村上陽子
Murakami Yoko

出来事の残響

原爆文学と沖縄文学

インパクト出版会

出来事の残響

目次

原爆文学と沖縄文学

序章

I. 出来事の深奥からの響き

破壊的な出来事の底には、証言の主体となることができない多くの存在が沈んでいる。その存在が発する呻きや泣き声、叫び、骨がこすれ合って生じるかすかな音――それらの響きはいまにも消えていこうとしながら、それでもなお空気を震わせている。留め置かれる響きの中で、語ることのできない存在はいまなお生き延びているのではないか。本書では、その響きを出来事の残響と捉えた。

残響は、破壊的な出来事を書く言葉の中にもたしかに宿っている。しかしそれは出来事を書く主体である作者によって意図的に取り入れられたものではない。作者が出来事に出会い直し、言葉を紡いでいく過程で直面せざるをえなかった、語り尽くすことのできない領域。その沈黙や不可解さが、はからずも言葉の狭間につなぎとめられるのだ。出来事について書く言葉は、出来事に遅れて発せられるしかない。しかし、決定的な遅れを伴う言葉が読まれるたびに残響は生起し、ただただ空気を震わせる。その空気の震えは、次第に読者を巻きこんでいくはずである。

残響に気づいてしまった読者は視線をさまよわせ、書かれた言葉をくりかえし読み直し、その響きがどこから発せられているのか探ろうとするだろう。そのような読み方は、壁に身を沿わせたり、振り向いたり、かがみこんだり、ときに地に横たわったりして、そっと耳をそばだてる身体の動きを思わせる。あまりにもかすかな残響を受け取ろうとするとき、読者は必然的に常とは異なる位置に身を置き、身をよじるような不慣れな姿勢を取ることになる。見慣れているはずの世界を新たな角度から見ることで、はじめて目に映るものもあるだろう。しかし不自然な姿勢を取りつづければ身体は次第に痛みやきしみを訴えはじめる。加えて、どうしても意味を成す言葉としては聞き取れない空気の震えに、長く、深く向き合うことは、苦痛を伴う困難な試みである。

無論、もはや異議申し立てができない存在――たとえば死者たち――が遺した残響になんらかの意味を付与し、読者が理解可能な解釈を施していくのは難しいことではない。そのように読めば、読者は自分のいる場所をさほど動くこともなく、楽な姿勢で出来事について書かれた言葉を受け取ることができる。しかし出来事を完結した物語として説明しようとした瞬間、ただちに意味づけられない残余が姿をあらわすだろう。その残余、意味づけられない不可解な領域は、読者に共感ではなく共振を要請しているように思われる。出来事を未了の状態に留め置いたまま、残響がもたらす空気の震えにさらされる読みを試みることは、言葉を介して言葉ではないものに向き合い、出来事を生き直していくことを意味している。それは、ふいに気づいてしまう残響、すなわち出来事の深奥から到来する呼びかけに応答する一つの実践なのである。

2. 原爆文学と沖縄文学を論じる意義について

本書では原爆文学[1]と沖縄文学[2]という二つの領域に向き合い、これらの領域に属する文学作品の中から主として中短篇小説を取り上げて論じていく。原爆文学は、広島と長崎に落とされた原爆がもたらした破壊や、被爆者の戦後の生の痛みに根差して生み出された。沖縄文学は、沖縄の苛酷な近現代の歴史体験と言語的な葛藤、差別、沖縄戦、米軍占領や基地の問題を織りこみながら生成されてきた。いずれも破壊的な出来事の記憶を色濃く宿す文学ではあるが、その背景にある歴史や文化、文脈は大きく異なっている。特に沖縄戦、広島原爆、長崎原爆は、全貌を知ることすら困難である上に、一回性を有する、ほかと比較しがたい出来事であった。また、沖縄戦においても、広島原爆、長崎原爆においても、個々の体験の差異や多様さは枚挙に暇がないほどである。

小森陽一は、沖縄戦、広島原爆、長崎原爆を安易に結びつけること自体が、別個に発生した破壊の記憶を恣意的に抽出し、一つの文脈に回収する暴力となるのではないかという問題提起を行っている[3]。確かに沖縄、広島、長崎で生じた別個の出来事をその際立った凄惨さゆえにひとくくりにし、それぞれの地域性や歴史性、体験の差異などを無視して語ることはできない。しかし徹底的に破壊された土地において、出来事を生き延びた人々の中から生み出された原爆文学と沖縄文学の問題意識には、やはり少なからず重なり合う部分がある。出来事をありのままに書こうとする努力や語りきれないものへの直面、その出来事を引き起こした国家の責任を問うこと、体験を持たない者に出来事を伝えようとする試みなどは、原爆文学と沖縄文学の双方が向き合ってきた問題の一部だと言える。

また、原爆文学と沖縄文学は、時に称揚され、時に消費されながら、ともに日本文学の周縁に位置づけられてきた。そして原爆文学の書き手たち、沖縄文学の書き手たちは、戦後日本に生き、日本語を解する人々に向けた表現を模索しつづけてきた。つまり原爆文学も沖縄文学も、戦後日本を生きる、原爆や沖縄戦を体験していない人々を読者として想定して生み出されてきたのである。原爆文学と沖縄文学をともに論じることは、戦後日本のあり方を問い直すことにつながっていくだろう。

文学研究において、原爆文学と沖縄文学をともに論じる試みはこれまでほとんど成されてこなかったが、沖縄と広島、長崎の戦争体験論の変容を歴史社会学的視点から考察した研究には福間良明『焦土の記憶　沖縄・広島・長崎に映る戦後』(新曜社、二〇一一年)がある。また、二〇一一年三月一一日以後、沖縄における基地機能の維持強化と原発の再稼働を是が非でも推進しようとするこの国の動きの中で、沖縄と原発を結びつける視点はむしろ強化されてきたと言える。それは高橋哲哉『犠牲のシステム　福島・沖縄』(集英社新書、二〇一二年)にもっとも端的にあらわれている。高橋は戦後日本の日米安保体制を、沖縄をスケープゴートとする「犠牲のシステム」だと捉え、福島についても一種の植民地主義が働いてきたという見方を示している。しかし「犠牲が避けられないとしたら、全国民で平等に負担すべきだという議論に道理があることは否定することができない[4]」という高橋の言葉には強い危惧を覚える。犠牲を平等にせよという要請は、犠牲自体を拒否することを非常に困難にしてしまうためだ。ただし高橋は本書の最後で「だれにも犠牲を引き受ける覚悟がなく、だれかに犠牲を押しつける権利もないとしたら、在日米軍基地についても原発についても、それを受け入れ、推進してきた国策そのものを見直すしかないのではないか[5]」とも述べている。この言葉には無論賛同するが、国家社会が犠牲なしに成り立たないものであるならば、犠牲を必要とする国家社会そのものに与しない生のあり方をつかみ取っていくことが必要である。

本書でも、自分のものではない痛みを受け取ることの重要性をくりかえし指摘することになる。しかしそれは犠牲を肯定し、その痛みを平等に負担するためではない。残響に共振し、当事者と非当事者がともに出来事を生き直す契機として痛みの分有があると考えるためである。想像することを通して創造される文学の言葉には、歴史学や社会学などの実証的研究からはこぼれ落ちてしまいがちな、語られない記憶や痛みが内包されている。さらに抑圧されてきたために証言を遺すことがかなわなかった存在も、文学の言葉の細部に声なき声を響かせている。文学作品について考察を進めていくことで、出来事はより重層的な文脈に開かれていくはずである。そしてそれは、記憶や体験が受け渡されるきわめて小さな、しかし複数の回路を示して、国家の原理や大きな物語に回収されることへの抵抗につながっていくのではないかと思われる。

原爆文学と沖縄文学は、それぞれ異なる出来事から生み出され、勢いを増してきた大きな渦のようなものである。二つの渦がぶつかれば、お互いに弾き合わずにはいられない。しかし渦と渦のせめぎ合いもまた新たな運動となり、周縁を漂う水がやがてかたちを変え、新たな流れとなっていくかもしれない。本書で試みるのは、原爆文学と沖縄文学を一つの文脈に回収しようとするのではなく、二つの渦のせめぎ合いの中に身を置き、文学作品を読んでいくことである。時に一方の渦に巻きこまれ、もう一方の渦に引き寄せられながら、複数の源流を持つ新たな流れを見出し、その流れに潜む出来事の残響を聞き取っていきたい。

3. 本書の構成

本書は第一部「原爆を書く・被爆を生きる」、第二部「占領下沖縄・声なき声の在処」、第三部「到来する記憶・再来する出来事」、第四部「いま・ここにある死者たちとともに」の四部構成となっている。第一部で注目する大田洋子と、第二部で扱う大城立裕、長堂英吉、嶋津与志はいずれも米軍占領を体験し、その暴力性や矛盾を強く意識していた。第一部、第二部を通して、さまざまなかたちで描かれた軍事占領に伴う分断や痛みに向き合い、それをもたらしたアメリカや戦後日本の問題について考察していく。

第三部で取り上げる林京子は少女の頃に体験した原爆の記憶を想起しながら作品を書き、井上光晴は非当事者として原爆や原発の問題をくりかえし描いた。第四部で扱う又吉栄喜と目取真俊はともに戦後生まれである。体験を書く言葉を事後的に獲得する書き手、非当事者として出来事に向き合う書き手が登場してくる時代において、出来事の記憶やその分有はあらためて大きな問題となった(6)。第三部、第四部では登場人物が出来事の残響に共振する瞬間を拾い上げ、記憶や痛みが受け渡される回路を見出すことを試みる。

また、本書の全体を通して、当事者／非当事者というくくりわけ＝分断をいかに乗り越えていくかという問いにはくりかえし向き合うことになるはずである。以下で各章の内容に簡単に触れておく。

第一部「原爆を書く・被爆を生きる」では一九五〇年代に着目し、原爆文学の黎明期を担った一人である大田洋子の作品およびそれに対する批評について論じる。第一章では大田洋子への批評を批判的に検討し、原爆文学をめぐる批評の問題を明らかにする。第二章では大田洋子「ほたる――「H市歴訪」のうち」（一九五三年）を取り上げ、自身も被爆している主人公が、次第に重度のケロイドを負った被爆者を「見世物」化するまなざしに近接していってしまう危うさ、見ることの権力性を露呈させる存在としての被爆者の少女の重要性などについて論じる。第三章では大田洋子「半人間」（一九五四年）を扱う。主人公の女性作家は精神を病んで神経科に入院し、そこで国家や人間に抗う半人間としての生を生きている。ここでは半人間という存在が戦争やジェンダーや階層に伴う被傷性、引き裂かれた主権の問題を提示しながらも、被害者としての「日本人」を立ち上げてしまうという問題をはらんでいることを示していく。

第二部「占領下沖縄・声なき声の在処」では一九六〇年代後半から一九七〇年代はじめにかけて発表された、占領下沖縄を描いた作品を扱う。第四章では、長堂英吉「黒人街」（一九六六年）で重要な位置を占める日の丸が当時の沖縄においてどのような意味を持っていたかを明らかにし、「黒人兵」や黒人街の「娼婦」の被傷性について考察する。第五章では大城立裕「カクテル・パーティー」（一九六七年）において、娘や妻をレイプされた被占領者の男性たちが当事者の女性の言葉を抑圧することで占領者の法的、文化的、言語的優位性を批判する言葉を獲得していくことの問題を中心に考察する。第六章では嶋津与志「骨」（一九七三年）を通して、沖縄の土地の開発が常に軍事基地の機能維持と隣り合わせであったことを示し、現在の沖縄の状況とこの作品との接続を試みる。

第三部「到来する記憶・再来する出来事」では一九七〇年代後半から一九八〇年代半ばに焦点を合わせ、原爆の記憶や原発についての作品を取り上げる。第七章で扱う林京子「祭りの場」（一九七五年）では、出来事を正確に記述するため、作品中にたびたび記録が引用される。そのうちの一つは、浦上の聖者と呼ばれた永井隆の手によるものである。「祭りの場」における記録の引用が重要な機能を持っていることを明らかにすると同時に、永井隆への批判を読み取っていきたい。第八章では林京子の短篇連作『ギヤマン　ビードロ』（一九七八年）を取り上げる。ここでは当事者が自らの体験に向き合い、出来事を再審することで、自分自身の当事者性に回収しきれぬものを見出していく過程に着目する。また、当事者と非当事者がともに体験に向き合う可能性について考えていく。第九章では井上光晴「西海原子力発電所」（一九八六年）を扱う。原発の不気味さを描いたこの作品において、特に注目したいのは贋被爆者という存在である。贋被爆者は、体験を持たない者が事後的に当事者となっていく可能性と、偽りの当事者性を獲得することによって死者の領域を恣意的な言葉で埋めてしまうという危険性を合わせ持つ。このような両義的な存在を現在の問題にいかに接続させていくかを模索したい。

第四部「いま・ここにある死者たちとともに」では一九八〇年代から一九九〇年代にかけて、戦後生まれの沖縄の書き手たちが沖縄戦の記憶をどのように描いていったかを検討する。第十章では、沖縄における朝鮮人差別を扱った先駆的な作品として注目されてきた又吉栄喜「ギンネム屋敷」（一九八〇年）を扱い、朝鮮人「従軍慰安婦」をはじめとする女性たちが亡霊というかたちで回帰し、男性たちに色濃く影響を及ぼしていることを明らかにしていく。第十一章では目取真俊「風音」（一九九七年）を取り上げる。死者の声に対して恣意的な意味づけを行うことなく空白として受け取ることの重要性と、自分のものではない体験を生き直していく可能性をこの作品から読み取っていきたい。第十二章では目取真俊「水滴」（一九九七年）を扱う。主人公の足先から滴る水が戦争の記憶を到来させると同時に若返りの効果を持つ霊水として売買されるこの作品において、戦争の記憶および経済と結びつく水がどのようなかたちで循環してるかをたどっていく。

終章では全体のまとめを行い、補遺とする。

（1）長岡弘芳は『原爆文学史』（風媒社、一九七三年）を著し、文学、演劇、映画、記録など広範なジャンルにわたる作品を文学史的に位置づけた。そこには広島原爆、長崎原爆に関連する作品のほか、核兵器や原子力発電所による被爆・被曝の問題を扱った作品、SFや未来小説なども含まれている。また『日本の原爆文学』全一五巻（ほるぷ出版、一九八三年）にも、原爆文学の代表的な書き手たちの作品に加え、ボタン一つで世界を壊滅させる未来の核戦争を描いた武田泰淳「第一のボタン」など被爆者の問題を直接描いたのではない作品が収められている。さらに二〇一一年三月一一日以降に刊行された川村湊『原発と原爆――「核」の戦後精神史』（河出ブックス、二〇一一年八月）や陣野俊史『世界史の中のフクシマ――ナガサキから世界へ』（河出ブックス、二〇一一年一二月）では、原爆と原発をつなぐ問題や作品の系譜が新たに見出されていくことになる。

原爆文学という領域は広島原爆、長崎原爆に主題を限定することなく拡張的な展開を遂げ、核をめぐる諸言説を網羅するかたちで作品や研究を蓄積してきた。それを踏まえ、本書では核や原発、被曝の問題を含むものとして原爆文学という名称を用いる。

（2）奄美、沖縄、宮古、八重山と連なる琉球列島で生み出された琉球語による文学が一般に琉球文学と呼ばれるのに対し、明治以降の沖縄で共通語によって書かれた文学は沖縄文学と呼ばれている。沖縄文学には、明治から現在に至るまで沖縄がたどってきた歴史が刻印されている。本書で扱う作品は戦争と占領の体験を経て書かれた戦後の沖縄文学に限られるが、そこにはやはり近代以降の沖縄がたどってきた歴史がさまざまなかたちであらわれている。

沖縄文学は岡本恵徳、仲程昌徳らによって体系的に整理されてきた。しかし沖縄文学という領域を考えようとするとき、沖縄の置かれた政治的、文化的、歴史的、言語的状況を無視することはできない。そのため沖縄文学と呼ばれうる作品を集積する作業は文学史の構築や作品の批評に留まらず、近代以降の沖縄を問い直す思想的営為となっていった。一九九〇年より刊行がはじまった『沖縄文学全集』全二〇巻（国書刊行会）は詩、短歌、俳句、歌謡、小説、戯曲、紀行、随筆、証言・記録、評論、沖縄学、文学史を網羅しており、沖縄文学が沖縄をめぐる多様なジャンルの言説が輻湊する領域であることを示している。

（3）「原爆文学と沖縄文学　「沈黙」を語る言葉」（初出『すばる』二〇〇二年四月）は井上ひさしと小森陽一が、原爆文学の書き手である林京子と沖縄文学研究者の松下博文を迎えた座談会である。この座談会の冒頭で、小森は「今回のテーマを「原爆文学」と「沖縄文学」とするまでには、非常に悩み、編集部とも繰り返し議論を重ねてきた経緯があります。この二つの問題を同時に、あるいは広島と長崎に落とされた原爆を同時に語ることは、そこで発生した大きな暴力の記憶に対する、改めての暴力になりかねないというおそれがあったからです。しかし、日本の戦後文学を考える上で、原爆、沖縄戦、さらに植民地の問題を、あえて一つのつながりの中で考え直してみようと決断しました」と発言している（井上ひさし、小森陽一編著『座談会昭和文学史』五巻、集英社、二〇〇四年、一七頁）。

（4）高橋哲哉『犠牲のシステム　福島・沖縄』集英社新書、二〇一二年、二一四―二一五頁。

（5）前掲『犠牲のシステム　福島・沖縄』二一六頁。

（6）一九九〇年代半ば以降、戦争の記憶といかに向き合うかは人文学諸領域における喫緊の課題となった。記憶のポリティクスや表象の不可能性を論じた岡真理『思考のフロンティア　記憶／物語』（岩波書店、二〇〇〇年）はいまなお重要な研究である。また、文学の領域では佐藤泉『戦後批評のメタヒストリー　近代を記憶する場』（岩波書店、二〇〇五年）や、マイク・モラスキー『占領の記憶／記憶の占領　戦後沖縄・日本とアメリカ』（鈴木直子訳、青土社、二〇〇六年）などによって文学史や文学批評、文学作品が無数の体験を集合的記憶として方向づける役割を担ったこと、その集合的記憶から何がこぼれ落ち、忘却されていったかが明らかにされてきた。

第一部

原爆を書く・
被爆を生きる

第一章

原爆文学と批評——大田洋子をめぐって

1. 大田洋子の位相

大田洋子は一九〇三年、広島県に生まれた。二六歳で作家としての道を歩みはじめた大田は、自叙伝的な恋愛小説『流離の岸』（一九三九年）などに代表される主観的な作風で知られていた。しかし広島の原爆に遭遇したことによってその作風には大きな変化が生じた。一九四五年一月、大田は作家活動を行っていた東京から郷里の広島に疎開し、白島九軒町の妹宅に身を寄せた。そこで八月六日を迎え、被爆当時の状況をつぶさに観察した大田は、以後、被爆体験や被爆者の生活を作品の主題としていくことになる。しかしそれらの作品は文壇からは評価されず、大田は次第に原爆を主題とすることから遠ざかり、晩年は「半放浪」的な生活に身を投じていった。

生涯を通して三度の結婚を経験し、対人関係におけるトラブルも多かった大田の生涯には、数多くのゴシップや噂がつきまとった。学生時代に大田洋子邸に下宿していた経験を持つ江刺昭子は『草饐——評伝・大田洋子』（濤書房、一九七一年）でその生涯を詳らかにしている。(1) 江刺は聞き取りや調査を重ねて大田の生涯を丹念にたどっている。その中には文壇の批評やジャーナリズムが大田を追い詰めたという指摘もあるが、大田を追い詰めた批評言説がどのようなものであったかは具体的に言及されていない。

本章では被爆後の大田の作品に寄せられた批評や批判、そしてそれらに反論した大田自身の言葉を取り上げ、検討していきたい。原民喜や峠三吉らとともに原爆文学の黎明期を担い、「原爆作家」と呼ばれた大田をめぐる批評言説を検討することは、原爆をめぐる表象がどのような批評にさらされてきたかを読み解くプロセスでもある。原民喜の『夏の花』が原爆文学を代表する作品として読み継がれているのとは対照的に、大田の作品はそのほとんどが絶版となって久しい。その背景には、体験を描くだけでは「小説」になりえないとして、大田に対する批判をくりかえした文壇の影響があった。大田を「原爆作家」と名指しつつ、彼女を冷遇した文壇は、原爆を語る言葉を「小説」という文学的ジャンルに押しこめ、それを批評する自らの位置を問い直すことのないままに言説を構築してきたのではなかったか。一方、大田は自らの作品に寄せられた批判に反発しながらも、文壇を強く意識し、その批評を内在化していたと言えるだろう。戦後の大田に対する批評をたどり直し、その問題点を明らかにすることを試みたい。

2. 戦後の大田洋子の文学観

大田が戦後最も早く発表した作品は、自身の被爆体験を中心として構成された『屍の街』である。『屍の街』は一九四五年の八月から一一月にかけて執筆された。八月六日を生き延びた人々が次々と「原子爆弾症」に倒れていく中、大田は自分自身もいつ死を迎えるかという不安に苛まれながら『屍の街』を書き上げた。
しかし、『屍の街』が刊行されるまでには三年の時を経なければならなかった。また、占領軍のプレスコードをはばかったために、初出の『屍の街』（中央公論社、一九四八年）では一九四五年八月から九月にかけて公表された新聞記事や研究者の中間報告発表を引用して原爆被害の実態をまとめた「無欲顔貌」の章が自主削除されている。二年後に再版増補された『屍の街』（冬芽書房、一九五〇年）では、「無欲顔貌」の増補に加え、全体の字句訂正や章題の改変が行われ、序文が付された。この序文では、大田がどのような思いでこの作品を執筆したのかが明らかにされている。

私は「屍の街」を小説的作品として構成する時間を持たなかった。その日の広島市街の現実を、肉体と精神をもってじかに体験した多くの人々に、話をきいたり、種々なことを調べたりした上、上手な小説的構成の下に、一目瞭然と巧妙に描きあげるという風な、そのような時間も気持の余裕もなかった。
私の書き易い形態と体力とをもって、死ぬまでには書き終らなくてはならないと、ひたすら私はそれをいそいだ。〔中略〕
しかし、なんと広島の、原子爆弾投下に依る死の街こそは、小説に書きにくい素材であろう。それを書くために必要な、新しい描写や表現法は、容易に一人の既成作家の中に見つからない。私は地獄というものを見たこともないし、仏教のいうそれを認めない。人々は誇張の言葉を見失って、しきりに地獄といったし地獄図と云った。地獄という出来あいの、存在を認められないものの名で、そのもの凄さが表現され得るものならば、簡単であろう。先ず新しい描写の言葉を創らなくては、到底真実は描き出せなかった。(2)

『屍の街』はやがて自分も死ぬかもしれないという切実な危機感を伴い、「小説」としての構成にこだわらずに書き上げられた。大田が向き合ったのは従来の描写や表現が追いつかない被爆の状況であり、それを言葉にすることの困難であった。切迫した状況で選択された「書き易い形態」は、佐々木基一によって「ほとんど作者が小説としては考えなかったこの手記が、そのままの形で新しい形式への萌芽を示している」(3)と評されるなど、おおむね肯定的に捉えられた。しかしそれは『屍の街』を「記録」として位置づけ、評価することにつながっていった。

大田は自らの作品が「小説」として文壇で評価されないことをよく自覚していた。江口渙が「太田《ママ》洋子の『城』（群像・十一月）は『屍の街』『艦褸《ママ》の列』とつぎつぎに力作をかいたせいか、さすがの原爆小説の本家本元も相当種ぎれのていいと見える。もう一度広島にかえってもっといい種を仕入れてくるんだな。そうでしょう太田《ママ》さん」(4)と評した際、大田はこれに激しく反発した。それは江口一人のみならず、自らの作品を「原爆もの」として安易に囲いこんでしまう批評家すべてに向けられた反論であった。

ある批評家たちは、私の作品に対し「広島もの」と評したり、「原爆もの」と云ったり、「自分が書かずんばという風に気負いこんで書いている」と批評したりしています。こういう批評を私は困ったインテリだと思うし、これだから再軍備論者も容易にひっ込まないと思ったりします。原民喜氏が生きていてくれて、彼の書き方で書き、峠三吉がもっと健康で充分に詩を書き、「原爆の子」の子等が大きくなって、教師の要請がなくても次々と大きな作品を書いてくれるならば、私はどんなに心が安まることでしょうか。私は私ひとりが書かなくてはならないのを、どんなにつらく思っているか知れません。一人では書ききれない。私一人に書かせておくのも、日本の作家の恥だと思うのです。〔中略〕江口渙氏が「新日本文学」で、「さすがの原爆ものも種ぎれと見える。広島へ行って種を仕入れて来てはどうです、大田さん」と、文芸時評で書いていました。このごろは文学者が文学者らしくもないことを書くのが流行っていますが、こういう不謹慎なことをいう暇に自ら広島に出かけて裏町の隅々にどれだけの原子爆弾不具者が辛じて生きているか、一眼見て来るといいのです。[5]

大田と江口の論争は、江口が「原爆文学一般が種ぎれになったとは、この私はどこにもかいていないのだ。そして世間からは原爆文学の家元のように考えられている大田洋子の作品の中に、そろそろ原爆文学の種がきれてきたようだとかいただけなのだ」[6]と、大田の誤読を指摘して再反論する形で終息した。だが、大田が彼女の作品を「原爆もの」として囲いこむ「困ったインテリ」たちに矛先を向けていることを見れば、それを江口個人への、誤読に基づく的外れな反発として捉えるわけにはいかないことは明らかである。

自死した原民喜も、原爆症を患う峠三吉も、原爆を「書かない」ことを選択したわけではない。彼らはもう、書くことができないのである。『原爆の子』[7]に作品を寄せた子どもたちもまた、大人になるまで生き延びられるかどうか定かではなかった。大田は多くの被爆者が自らの体験を言葉にできる状況を思い描き、それがかなえられることのない望みであることを自覚した上で「私ひとりが書かなくてはならない」という思いを強くしている。

それに対して江口は大田の文脈から自分自身への反論のみを拾い上げて誤読を指摘し、あまつさえ「広島長崎にゆけば原爆文学の種は無限なのだ。大田洋子は早くからだをなおして元気になって、あのような文学の無限の宝庫の中へもっとふかく入りこんでいってほしい(8)」という言葉を添えた。江口にとって原爆は完全に過去の、そして他者の災厄であるようだ。原爆の傷跡を刻まれた街は、彼にとっては「文学の無限の宝庫」であり、被爆者の身体を苛む原爆症は回復可能な病として受け取られている。原爆という出来事に対する無知は江口に限ったことではないが、それゆえにあまりにも楽天的で空虚なこの言葉が大田の心身を苛んだであろうことは想像にかたくない。

大田は観念的な「小説」ではなく、「反文壇的」な「リアリズム」の作品を書きつづけることを表明し、文壇の評価に日和ることを自らに対して厳しく戒めていく。しかし「リアリズム」の手法に基づいた作品は、「記録」か「小説」かというジャンルをめぐる評価に巻きこまれていくこととなった。

3.「記録」と「小説」の狭間で

大田は江口渙との論争の後、実際に広島に取材した作品を書いた。『夕凪の街と人と――一九五三年の実態』（一九五五年、以下『夕凪の街と人と』）がそれである。『夕凪の街と人と』の主人公は、被爆体験を持つ女性作家、小田篤子である。小田篤子は大田洋子自身の分身として作品世界を歩いていると言ってよい。三年ぶりに広島に帰郷した篤子は、当初不安神経症の再発を怖れ、「原子爆弾の傷害者《ママ》の肉体を見ることも、話しをきくこともさけたい」と考えていた。しかし、次第に篤子は土手に小屋を建てて暮らす貧しい人々に関心を寄せていく。連日土手に通いつめる篤子の目を通して土手の住人ひとりひとりの境遇や生活が語られるこの作品には、第一回の掲載時から厳しい批判が寄せられた。

> 小説としてかかれた以上、小説としてよむ以外には手がない。とすると、この書き方は、冗漫ではなかろうか。広島の実態をもっと整理して、小説としてまとめることが必要である。むろん、この作者が、第三者として、ヒロシマをみているのでないこともよく判る。あの悲劇の遺産を背に負っていることも同情に耐えぬ。だが、作家の眼はもっとべつの苦労の結果でなければならぬ。綴り方をかいているのではない。報告書を作っているのでもない。――一口にいって、このひとは、素材に振り廻されているのだ。素材を、作家の肉体を育てる栄養として利用していない。もう一度、根本から勉強をしなおすことである。（傍点引用者）[9]

この批評は、広島の現実を「素材」として捉え、それを作家が再構成することではじめて「小説」が生まれる、という認識に支えられている。無垢な主体がありのままの事実を書くことを称揚された「綴り方」や、数値や物象によって出来事の実態を客観的に示さなければならない「報告書」と、作家の仕事としての「小説」はここでは明確に区別されている。[10]だが、大田は、土手の人々の語りやそれを聞いて歩かずにはいられない篤子の眼を通して、言葉をかき集めるように『夕凪の街と人と』を書いた。それはこの批評が要請するように「小説としてまとめる」作業とはかけ離れた、むしろ出来事についての語りを押し開いていくような作業に基づくものであったのだ。

小田切秀雄は大田の「小説」の完成度に疑問符をつける一方で、「記録」としての『屍の街』を高く評価しつづけた。大田が「とうてい言葉では表現しえないようなそのおそろしい様相にたいして、言葉のほかになんの手段をももたぬ作家として、それまでこの作家が身につけてきたあらゆるものを生かし、全身全霊を傾けて、それ〔原爆〕の表現を試みた」[11]ことに、小田切は強い関心を寄せていた。だが、小田切は大田が「個人の体験のもつ制約を明晰に自覚し、自分以外の多くのひとびとの実情をさぐり、それらをもとにしてフィクションによって個人的体験の制約を乗りこえ、ヒロシマの巨大な現実の総体を人間像として描きだす」方向に向かった志は尊重するものの、『人間襤褸』（一九五一年）や『夕凪の街と人と』には厳しい評価を下し、「記録文学的な『屍の街』のほうがかえって文学的にすぐれていた」[12]と述べた。ここでもやはり原爆を主題とする大田の作品の「小説」としての弱さが指摘され、「記録」として位置づけられた『屍の街』には相対的に高い評価が与えられるという傾向が如実にあらわれている。

丹羽文雄、本多顕彰、小田切秀雄が『夕凪の街と人と』を取り上げた合評会（「創作合評」、『群像』一九五五年一月）にも、そのような傾向が見られる。ここで小田切は『屍の街』を「ルポルタージュだが芸術的な感銘は強い」と評価しながら、『夕凪の街と人と』では大田の「私は小説家だから」という意識の作品へのあらわれ方が問題であると述べ、「作者がチカチカ作中に出てきて、描き方も整理されていないというのでは弱い」、「事柄は非常に深刻なんだけど、その深刻さにくらべては作者の扱う態度がやや安易なところがある」と指摘した。

大田が自分自身の体験や被爆地の現実を対象化し、「小説」として構成することができていない、という批判は、小田切のみならず、多くの批評家に共通するものであった。彼らは「小説」を書く主体としての作家の意識が前面に出すぎること、現実の重みに「小説」が引きずられてしまうことをよしとしなかった。それは取りも直さず、原爆という「素材」を「小説」として再構成しつつ、作家自身の意識は後景に引き退くような作品を要求することにつながっていった。それは出来事の内部から出来事を語る言葉を模索していた大田にとっては不可能に近い要求であったと言ってよい。文壇の批評家たちは、出来事に引きこまれることのない安全な距離を保ちながら、原爆という出来事を自分たちにわかるように説明し、なおかつ「小説」としての完成度を高めてみせろという傲慢な要求をつづけたのである。

だが大田は無自覚に小説家としての意識や特権性を作品に書きこんでいたわけではなかった。大田が執拗に自らの作品に「私」を書きこんできたことの意味は「小説」としての完成度を評価する視点からはこぼれ落ちてしまうだろう。『夕凪の街と人と』の主人公の篤子は作家と作品の関係について次のように考えをめぐらせている。

結果的に作品が生れた場合、作家であるおのれは、作品のなかに顔も姿も出したくないのだ。歩きまわって接触した、あらゆる実態を、作品のなかに解放し、作者である自分は、行衛をくらませてしまいたいと篤子は思っていた。しかし、そうはいかない。この思いは、己れも土手の「者」たちと同様に、原子爆弾による放射能を浴びせられた人間だという意味で、同じ位置にいるというところから来ているようであった。自分の場合、作品のなかをさえも、作者が歩

かなくてはならないと彼女は考えるようになった。(13)

篤子もまた、作家として土手や基町に暮らす人々と一定の距離を取りながら接していた。篤子は時に彼らの生き様や境遇に共感を寄せ、時に高みから見下す視線を露わにする。観察する対象と自らの距離を取りあぐね、篤子は常に揺れ動いている。一九五三年の実態を描くこの作品において、篤子は客観的な視点を貫くことも、底辺の生活を強いられる被爆者に成り代わって語ることもできない。そのような困難をあえて篤子に語らせ、読者の目に見えるかたちで提示することを大田は選び取り、『夕凪の街と人と』を書いた。自らとは異なる場所、異なる階層、異なる体験を生きながら、被爆者であるという一点において「同じ位置」にある人々をどう見つめ、描くかが模索されたのが『夕凪の街と人と』であった。

「記録」と「小説」を別物として捉え、前者に対する後者の文学的優位を主張する批評に大田の作品が幾度もさらされてきたことは、すでに指摘したとおりである。だが原爆という、既存の文学表現が及ばない出来事を描いた、あるいは原爆がもたらした痛みの持続の中に生きる人々に向き合って紡ぎ出された言葉が「小説」的な完成度の次元で議論されることはあまりにも不毛である。大田が原爆という出来事を語る言葉をつかみ取ろうともがきながら生み出した作品に対して、文壇は既存のジャンル論の枠組みの中での批評を展開するに留まった。問い直されるべきは現実の状況に向き合った創造的な批評を生み出せず、既存の価値観に安住していた批評の言葉の貧しさの方だ。文壇の批評は、原爆や被爆者を「素材」として扱い、「小説」的な完成度を高めることを大田に要求してきた。だが原爆を「素材」として見る姿勢を疑わないことこそが文学者としての特権意識に根ざしていると言えるだろう。『屍の街』と『夕凪の街と人と』に対する批評から読み取れるのは、「記録」か「小説」かの二項対立を決して崩すことなく、出来事を表現する枠組みを権威として措定する域から脱することのできなかった文壇自体が抱えている問題である。二項対立に陥らないかたちで大田の作品の読みを深めていくことが、創造的な批評の場を切り開くことにつながるのだと思われる。

4. 大田洋子の政治性

大田は、原爆投下国であるアメリカ、戦時中の日本の軍国主義および戦後の日米関係、そしてまた、被爆者に対する世間の冷淡さに対する批判を自らの作品に書きこんできた。しかし、批評家らは大田の怒りや問題提起を「作者の気持ちはよくわかる」という一語で退けてしまった。そのため、大田の主張は「原爆作家」としてのイデオロギー性に回収され、読者をしらけさせるものとして受け流されてしまった。

原民喜の義弟でもある佐々木基一は、そのような状況の中で大田の作品に肯定的な評価を下した一人であった。たとえば、『人間襤褸』について、佐々木はまとまりのなさや通俗性を作品としての「限界」と位置づけながらも、次のように述べている。

> ほかならぬ心の中の空洞がこういう作品〔『人間襤褸』〕を書かしたので、原子爆弾に対するやり場のない恨みがこもっていますが、同時に恨みを通して批判にまで高まる道もここにしかないのです。心のなかにこの重圧、自分でえた体験の重みをもって、それを背負いながらでなけれ

ば、本当は希望の光の射す境地に抜け出て行くことはできないのです。それは容易な仕事でない。理窟で簡単に割切れるようなものではない。その過程における多くの苦しみや悩み、それをギリギリ一杯に表現したのが、この作品です。そこにいろいろ限界はあるにもかかわらず、この作品が戦後書かれた民主主義文学の中の、一つの苦難に満ちた佳作になったゆえんがあります。(14)

佐々木は大田が『屍の街』や『人間襤褸』で被爆の事実を書き、作者自身が原爆への怨嗟や将来に対する悲観的な心情に向き合いつづけたことを重視した。しかし、そのような読みが一般的であったとは言いがたい。一九五〇年代半ばには正宗白鳥が『人間襤褸』の感想で「広島の惨事については、私も既に一通り読まされもし、聞かされもしていて、もう沢山という感じがしている(15)」と述べ、平林たい子は大田に対して「原爆のレポートも、悲惨を説く段階は一応過ぎた。もう一つ、高い立場からより深く広く原爆問題を扱うためには、原爆の直接体験だけではもう足りない(16)」という厳しい言葉を投げつけている。原爆体験が消費され、それに対する忌避感すら蔓延しはじめる中で、大田の作品はさらに受け入れられにくくなっていったのである。

では、大田が示した政治性とはいかなるものであったか。占領下で発表された『屍の街』の「無欲顔貌」には、次のような言葉が見られる。

広島市街に原子爆弾の空爆のあったときは、すでに戦争ではなかった。すでに、ファシストやナチの同盟軍は完全に敗北し、日本は孤立して全世界に立ち向っていた。客観的に勝敗のきまった戦争は、もはや戦争ではないという意味で、そのときはすでに戦争ではなかった。軍国主義者たちが、捨鉢な悪あがきをしなかったならば、戦争はほんとうに終っていたのだ。原子爆弾は、それが広島であってもどこであっても、つまりは終っていた戦争のあとの、醜い余韻であったとしか思えない。戦争は硫黄島から沖縄へくる波のうえですでに終っていた。だから、私の心には倒錯があるのだ。原子爆弾をわれわれの頭上に落したのは、アメリカであると同時に、日本の軍閥政治そのものによって落されたのだという風にである。(17)

極めて早い段階で原爆投下が戦争終結とは関係なかったことを言明した大田洋子は、原爆投下の政治的意味を正確に見抜き、ぎりぎりの状況で言葉を発した人間の一人だったと言える。また、プレスコードが解けた年、大田は随筆で次のように書いた。

原子爆弾の体験というような、あらゆる生物のなにものも体験してはならない極端に異状なことを体験した本人の作家が、運命とはいえ、それを書かなくてはならない立場に立ったことの苦悩。その作品を書くのに、つねにつきまとう抑圧感、アメリカのやり方への批判はむろんのこと、最初の原爆投下が、極東征服の一段階であるとする考え方も、占領下では書きたくも書けなかった。〔中略〕

私は原子爆弾によって殺されそこなった者の一人として、米国にむかっていうことができる。

現在から将来にかけての米国の幸福のために、最大の反省をもって貧しい極東諸国から手をひいてくださいと。戦争を準備し、そのために原爆をつくらなければならない結果は、米国の思想の破滅であって最大の不幸でしかない。米国は世界中の怨恨の焔を浴びる前に、戦争準備を中止すべきである。(18)

ここには原爆を一回性の出来事として捉えるのではない視点がある。緊迫する東アジアで原爆がふたたび用いられることへの恐れと、それに対する明確な反対の立場が表明されている。大田は『屍の街』につづいて、原爆を描いた作家として米軍から取り調べを受けた体験を主題とする「山上」(一九五三年)、「私はあの原爆症のことを思うと、絶対にアメリカをゆるせない」というセリフを含む「残醜点々」(一九五四年)、朝鮮戦争勃発と日本の再軍備化に敏感に反応して精神を病んだ体験を基に描かれた「半人間」(一九五四年)などを相次いで発表していった。だが、これらの作品に対してもアメリカや日米体制への批判を積極的に読み取る批評は少なく、むしろ私小説的な作品として読まれる傾向が強かった。帝国日本の軍閥政治への批判、アメリカへの怒り、朝鮮戦争勃発前後から濃密に立ちこめた戦争の気配への脅え。大田が作品に書きこんだこれらの要素が受け流され、私小説という枠組みの中に閉じこめられていったことは、大田の孤立を深める一因となったと言えるだろう。

5. 大田洋子の「変貌」

大田は次第に原爆を作品の中心的な主題とすることから遠ざかっていった。政治的な立場を読み過ごされ、被爆者の個人的な痛みや絶望を描くことに拘泥する作家として捉えられた大田は、原水禁運動からも評価されることはなかった。『夕凪の街と人と』の翌年に発表された「半放浪」（一九五六年）に、大田は「水爆実験があって、東京に死の灰と云われるものがふって来た。（ざまを見ろ）と私は思った。死の灰にまみれて、ぞくぞくと死んで見るとよい」という言葉を書きこんだ。

これを「引き返し不能の言葉」として批判しながらも、孤立した大田の「傷み」に思いをはせたのは、栗原貞子であった。自身も被爆者であった栗原は、敗戦の翌年から広島を題材にした詩を発表し、被爆者と非被爆者の双方が体験を分有することを早い時期から志してきた詩人であった。栗原にとって、それまで原爆に向けてきた怨嗟を核の脅威に無関心であった人々に、それも原水爆禁止運動が盛り上がる最中に差し向けてしまった大田の「変貌」は受け入れがたいものであった。

だが、栗原は、大田の「変貌」を、文壇からの冷遇と被爆者の感情の二つの側面から理解しようとしている。大田が文壇から孤立していった時期、広島では『中国新聞』学芸欄で第一次原爆文学論争が展開されていた。『広島文学』会員であり、作家でもある志条みよ子の「人生の本質へ向って美しく突き進むことのみが文学なのだ。あんなむごたらしい地獄絵図なんか、もはや見たくも聞きたくもない」[19]という発言に端を発したこの論争は、賛否両論の応酬を引き起こした。後に「夏の刻印」（一九七六年）などで原爆を描いていく作家の小久保均は「原爆文学とは原爆を意識的契機として生まれ原爆にかかわる過去、現在、未来の一切の問題を人間との関連において深く考えようとする文学である」[20]と応答し、原爆が文学の対象たりえるという立場を示した。広島の人々の内から起こった第一次原爆文学論争は、原爆に触れられたくないという思いを有し、原爆と文学を切り離そうとする立場と、原爆の惨状を凝視し、現実世界や人間に深く関わる文学のあり方を主張する立場とのせめぎ合いであった。

志条の発言は、原爆を文学や映画として表象し、安易に消費することへの強い忌避感に裏打ちされていた。また、「原爆を売り物にするな」という批判も被爆者の間に根強く存在した。栗原は、「原爆で惨たらしく死んだ哀れで恐ろしい死者に対する生き残ったもののうしろめたさによる死者の聖化とともに、傷ついて生きる被爆者の無惨さを安易に表現してもらいたくない、そしてそのことが売名、売文などの個人的利益につながることを罪、裏切りとして反発する被爆者の後向きの排他性と閉鎖性」があり、「大田洋子のように原爆作品に打ちこめば打ちこむ程、被爆者からも孤立する」という結果を招いてしまったと述べている。(21)

文壇と被爆者の双方から突き放され、放浪へと赴いた大田に栗原は「いたましさ」を見る。栗原は、晩年の大田が放浪生活を通して出会った人々の「愛欲流転」を描くことに傾き、原爆を主題とする文学から遠ざかったことが批判される傾向を受けて、次のように述べている。

> こうした彼女の姿勢に、もっぱら前期の作品を評価し、後期の作品は生き恥をさらしたと言う人もあるが、原爆主題の作品を受け入れられず追いつめられ転身し、別の世界を書いたことで、彼女と彼女の作品をおとしめることは出来ないのではないか。むしろ後期の作品は自ら敗北することによって堕ちた場所の救いのない人々に眼を向けることが出来、文学的にも深めることが出来たのではないか。彼女の心情のいたましさを思うとき彼女を鞭打つことは出来ない。(22)

被爆の記憶、新たな核戦争の気配、文壇からの批評、被爆者の心情――さまざまな状況が大田を追い詰めていた。栗原の批評は、大田洋子という一人の作家が置かれた言説の網の目自体を問い直すという意味において非常に重要なものだ。

ただし、大田は「半放浪」以降の作品でも原爆に言及しつづけていた。大田の晩年の作品の中で、原爆は主人公の心身を苛むものとして描かれた。旅先で血液を採取して放射能障害の有無を調べる、髪の染料が腕に移った染みを紫斑症と勘違いして騒ぎ立てるなどのエピソードが挿入されるとき、読者は物語の背景に存在する原爆を意識することになる。被爆者が原爆を過去の出来事として捉えているのではなく、常に痛みと不安の渦中にあることを、大田は最後まで書きつづけていたのである。

大田の作品を文学的な価値の低いものとしてしか評価しえなかったのは、むしろ「記録」と「小説」の区分にこだわりつづけた批評言説が有する限界であった。圧倒的な現実と切り結ぶことで生み出された作品について語ろうとするとき、批評の言葉もまた、現実と向き合うことを余儀なくされている。特権的な立場に立ち、文学の権威をかさにきた分析をふりかざすのではなく、言説の細部に分け入ることによってこそ、大田の作品に満ちる痛みに共振できるのではないだろうか。

(1)『草饐――評伝・大田洋子』（濤書房、一九七一年）とそれにつづく江刺昭子の大田洋子批評を検討し、評価の変遷をたどった論考に亀井千明「大田洋子論・序説――〈原爆作家〉としての神話／からの逸脱」（『原爆文学研究3』二〇〇四年八月）がある。
(2) 大田洋子「『屍の街』序」、『大田洋子集』二巻、三一書房、一九八二年。

(3) 佐々木基一「『屍の街』解説」河出市民文庫、一九五一年。
(4) 江口渙「文藝時評」、『新日本文学』一九五二年二月。
(5) 大田洋子「作家の態度」、『近代文學』一九五二年七月(前掲『大田洋子集』二巻所収)。
(6) 江口渙「大田洋子に答える」、『近代文學』一九五三年三月。
(7)『原爆の子――広島の少年少女のうったえ』は広島文理科大学、広島大学で教鞭を執った長田新の編集によるものである。長田は広島市内の学校や孤児収容所、宗教関係施設を訪問して子どもたちに原爆体験の手記の執筆を依頼し、広島文理科大学の学生が集まった手記を清書した。その成果の一部が『世界』(一九五一年八月)に掲載されたことをきっかけに、代表的な手記一〇五編がまとめられて『原爆の子』として出版されることになった(沖原豊「解説」、長田新編『原爆の子――広島の少年少女のうったえ』下巻、岩波文庫、一九九〇年参照)。
(8) 前掲、江口渙「大田洋子に答える」。
(9) 久保田正文、佐々木基一、荒正人、奥野健男「文藝時評」、『近代文學』一九五四年一二月。
(10) 中谷いずみは、一九五一年後半から五三年の初め頃まで盛んだった国民文学論において専門作家とそれ以外の書き手が明確に区分されていく風潮があったことを指摘している(中谷いずみ「「人民文学」と〈書くこと〉――階級的視点と国民文学論」、『その「民衆」とは誰なのか ジェンダー・階級・アイデンティティ』青弓社、二〇一三年)。
(11) 小田切秀雄「現代の地獄、その証言」、『屍の街』潮文庫、一九七二年(『日本の原爆文学2 大田洋子』ほるぷ出版、一九八三年所収)。
(12) 小田切秀雄「解説――〝核〟と文学」、前掲『日本の原爆文学2 大田洋子』三七〇頁。
(13)『大田洋子集』三巻、三一書房、一九八二年、一二五―一二六頁。
(14) 佐々木基一「大田洋子『人間襤褸』」、『多喜二と百合子』四巻、一九五六年八月。
(15) 正宗白鳥「読書雑記」、『中央公論』一九五六年一一月。
(16) 平林たい子「大田洋子さんと私」、『別冊文藝春秋』一九五六年六月。
(17)『大田洋子集』一巻、三一書房、一九八二年、二四頁。
(18) 大田洋子「生き残りの心理」、『改造』一九五二年一一月、(前掲『大田洋子集』二巻所収)。

(19) 志条みよ子「「原爆文学」について」、『中国新聞』一九五三年一月二五日(『日本の原爆文学15 評論/エッセイ』ほるぷ出版、一九八三年所収)。
(20) 小久保均「再び「原爆文学」について」、『中国新聞』一九五三年二月四日(前掲『日本の原爆文学15 評論/エッセイ』所収)。
(21) 栗原貞子「原爆文学論争史——大田洋子を軸に」、『核・天皇・被爆者』三一書房、一九七八年、一七三—一八〇頁。
(22) 栗原貞子「悲運の作家大田洋子への傷み」、前掲『日本の原爆文学2 大田洋子』、三四六頁。

第二章

原爆を見る眼——大田洋子「ほたる——「H市歴訪」のうち」

I. 大田洋子と原民喜

大田洋子は「聖母のゐる黄昏」（一九二九年）を発表し、文壇に登場した。不遇な時期もあったものの、「海女」（一九三九年）が中央公論社の知識階級総動員懸賞創作第一席を獲得したのを機に、大田は職業作家として安定した地位を確立していった。大田の戦時中の作品については、江刺昭子が「「海女」や「桜の国」に顕著なように、国策に順応した大陸文学や生産文学であり、戦争を美化する多くの言葉で銃後の女たちのけなげな覚悟を描きだしている」[1]と批判するとおり、さまざまな問題があったと言える。時局に便乗したこれらの作品や日本軍への慰問活動など、戦時中の自らの言動を大田が戦後十分に省みることがなかったのも、しばしば指摘される事実である。

だが、広島で被爆して以降、大田は自らの被爆体験や被爆者の戦後の生を書きつづけた。被爆に起因する心身の不調を抱え、文壇から冷遇されながら、なおも原爆という主題を手放さなかったことは、戦時中の自らの言動を総括するのに劣らない苦しい生き方であったと思われる。

本章で取り上げる「ほたる――「H市歴訪」のうち」（一九五三年、以下「ほたる」）は、被爆体験を持つ女性作家「私」を語り手とする短篇である。H市に帰省した「私」は、被爆を体験していない人間とは異なる存在となってしまった自分を自覚しつつ、原爆によって没落した母や妹の現状、癒えない傷を抱えて苦しみつづける被爆者との対面を通して戦後七年目のH市を描き出す。

「ほたる」につづいて書かれた「マッカーサー道路との対比」（一九五三年）、「残醜点々」（一九五四年）の二作にも、「ほたる」と同じ「「H市歴訪」のうち」という副題がつけられている。広島・基町の原爆スラムの取材を踏まえて書かれたこれらの作品は、原爆や戦争によって深い傷を負った人間が苦境から這い上がることができず、「復興」していく街から取り残されていく状況に焦点を当てていた。この主題は、後に長編『夕凪の街と人と――一九五三年の実態』（一九五五年、以下『夕凪の街と人と』）に結実していくことになる。

『夕凪の街と人と』は同時代的には「小説以前」[2]と酷評されながらも、大田の代表作の一つとしてしばしば取り上げられてきた。[3]それに対し、「ほたる」をはじめ、『夕凪の街と人と』の系譜に連なる作品が論じられることはこれまでほとんどなかった。『夕凪の街と人と』で試みられたような多声的な語りの萌芽は、「ほたる」に織りこまれた原民喜という一人の詩人の言葉や、語り手の「私」と被爆者の間に結ばれる関係性の中に見出すことができるだろう。

本章ではまず、「ほたる」に実名で呼びこまれている原民喜と彼の晩年の作品である「鎮魂歌」に着目し、それが死者の表象と強く結びついていることを明らかにする。その上で、原爆を生き延びた者に執拗にまなざしをそそいだ大田が原民喜に影響を受けながらも、それとは異なる感覚で被爆者の痛みを描こうとした手法に着目していく。

2. 死者への回路を開く「鎮魂歌」

「ほたる」の冒頭では原爆の焔に焼かれた石門が描かれる。その石門は、東京から来た芸術家によって、原民喜の詩碑を建立する場所に選ばれるが、語り手の「私」はその石が現在も「燃えている」ような「病的な感覚」を覚える。「私」は「放射能の強烈な光線を見ていない旅行者の眼と魂は、ちがっていた」という思いを抱く。そして、原民喜を自分と「共通した眼と魂」を持つ存在として位置づけるのである。


生前の原民喜に私は会ったことはなかった。けれども「鎮魂歌」という作品のなかで彼の魂のことばを読んだ。

――自分のために生きるな。死んだ人たちの嘆きのためにだけ生きよ。僕は自分にくり返しくりかえし、言いきかせた。――

――一つの嘆きよ、僕をつらぬけ。無数の嘆きよ、僕をつらぬけ。――(4)

原民喜の名前とここに引用された詩句は石門と密接に結びつき、「ほたる」の中で幾度も呼び起こされる。(5) 大田は原民喜への追悼文で「原さんは外部的には計らずも私と幾つかの共通点をもつ人であった。しかし会いたい思いをそそる作家ではなかった」(6) と述べている。この言葉のとおり、大田と原民喜の間に生前の親交はなかった。だが、原民喜の自殺をきっかけとして大田は彼の死／詩への関心を深めていったと言えるだろう。それは、大田が「残醜点々」（一九五四年）や「半人間」（一九五四年）などで原民喜をモデルとする人物の死／詩にふれていることからも明らかである。

「鎮魂歌」の語り手の「僕」は、飢えと何年も続く不眠に苛まれ、ふらふらの体で「原子爆弾記念館」に入る。「僕」は奇妙なマスクをかぶせられ、原爆投下の瞬間を追体験させられて、ぐったりとソファの上に横たわる。やがて立ち上がり、歩き出した「僕」の耳は、八月六日の出来事を語る死者たちの「嘆き」を聞き取ってしまう。原爆の死者たちは「僕」に語りかけ、その「嘆き」は最終的に「僕をこの生の深みに沈め導いて行ってくれる」ものとなり、肉親や妻など「僕」に近しい死者の姿を鮮やかに呼び起こしていく。

「鎮魂歌」は、発表当時、「率直に言って全くわからない。いけなければ批評家失格でも結構だ」（中野好夫）、「感覚的なものばかりならべている」（林房雄）と酷評された。[7] これらの批判は、体験が明確なメッセージとして伝達されていないという認識に基づいている。評者らは体験者である作者が体験を持たない読者に「わかる」かたちで、なおかつ文学として完成度の高い作品を書くことを要請しているのだが、自らの認識枠組みを疑わない評者らの立ち位置こそが問われるべきなのであり、「鎮魂歌」の価値は「わからない」ことによって損なわれるものではまったくない。中村三春は『夏の花』のメッセージ性を脱構築する作品として「鎮魂歌」を位置づけ、作中で用いられるレトリックに着目することで、「鎮魂歌」が原民喜の代表作と言ってよい優れた作品であることを鮮やかに立証している。[8] 中村の論に学びつつ、ここでは「鎮魂歌」の「僕」が死者たちの「嘆き」を聞く存在としてあらわれていることに注目していきたい。
「鎮魂歌」は、「向側」の存在を感じ取ってしまう語り手の「僕」を媒介することで「向側」の世界を「こちら側」に接続させている作品である。「向側」は死者たちの世界であり、彼らは声としてあらわれる。そのため、「鎮魂歌」においては聴覚が非常に大きな役割を果たしている。死者の声は、伊作やお絹というすでに「向側」に行ってしまった存在を探し求める「僕」の耳に到来する。次に引用するのは、自分に語りかけてくる声は「幻想」かもしれないと考えていた「僕」が、原爆のために「死悶えて行った無数の隣人たち」が自分に到来していることを確信した直後の場面だ。

僕をつらぬくものは僕をつらぬけ。僕をつらぬくものは僕をつらぬけ。一つの嘆きよ、僕をつらぬけ。無数の嘆きよ、僕をつらぬけ。僕はここにいる。僕はこちら側にいる。僕はここにいない。僕は向側にいる。僕は僕の嘆きを生きる。僕は突離された人間だ。僕は歩いている。僕は還るところを失った人間だ。僕のまわりを歩いている人間……あれは僕 で は な い。(9)

生き残ってしまった「僕」が聞くのは、死んでいった者たちの声である。「僕」は「こちら側」にあって彼らの声を聞き取る受信者となり、「向側」と「こちら側」を架橋する。
声は断片的であり、必ずしもあの日のことのみを語るわけではなく、ときに現実とはかけ離れた夢のような情景すら紡いでいく。雑多な声を聞いている「僕」は、それらを説明づけたり整序化したりする欲望を持たない。「一つの嘆き」は死者の「嘆き」と分かちがたく結びつき、「無数の嘆き」に増幅されていく。そのようにして増幅された「嘆き」は「僕をつらぬけ」という自己命令によって、「僕」自身に「戻ってくる」。

それらの声はどこへ逃げうせて行っただろうか。おんみたちの背負わされていたギリギリの苦悩は消えうせたのだろうか。僕はふらふら歩き廻っている。僕のまわりを歩き廻っている無数の群衆は……僕ではない。僕ではない。僕ではない。僕ではなかったそれらの声はほんとうに消え失せて行ったのか。それらの声は戻ってくる。僕に戻ってくる。それらの声が担っていたものの荘厳さが僕の胸を押潰す。戻ってくる、戻ってくる、いろんな声が僕の耳に戻ってくる。(10)

「僕」が聞き取った「嘆き」は「僕」の中にこそ響きわたる。それはなによりも「僕」が聞く行為に徹していること、死者の「嘆き」を自分自身の身体に響かせ、際限なく聞きつづけていることを示している。「鎮魂歌」は聞く行為を徹底することで無限の回転運動を生み出し、死者を呼びこむ開口部を生成して、語り手自身がその中に投げこまれていくテクストなのである。

「僕」を介して死者の声を響かせる「鎮魂歌」と、その作者であり、自死を遂げた原民喜の名が「ほたる」にあらわれるとき、やはりその箇所は死者の気配を色濃く漂わせている。「鎮魂歌」の「僕」が死者の声を聞き取り、死者の側に身を投じていくのとは対照的に、「ほたる」の語り手の「私」はあくまでも生者の側に留まっている。「私」は原爆の焔に焼かれた石や生き残った人々の悲惨を見ることに固執する人物である。「私」は石の肌や被爆者の肌を凝視することで語りを構成していく。だが、もはやここに存在していない死者たちは視覚で捉えることができない存在である。不可視の死者たちと「私」を結ぶテクストとして「鎮魂歌」はここに召還されている。次節では、「鎮魂歌」が「ほたる」に呼びこまれることで顕在化する死者の姿に着目していく。

3. 「ほたる」における原民喜／石門／死者

「ほたる」の冒頭で、「私」は自分の目に映る石門を次のように描写する。

私には、その石が焔のかたまりになって、燃えているように見えるのだ。〔中略〕石壁の厚味は一メートル半であった。人体なら焼け溶けた筈であった。人間の顔が、このように原民喜の詩碑がここに建てられれば、その詩碑も、この石垣の色と同様に、燃えるような肌に見えるのではないかと私は思った。病的な感覚かも知れなかった。思えばH市のどこに立っても、七年後のそのとき、いっさいの物象が焔と血とかたまりに、私の眼には見えるのかもしれないのだ。

「私」が出来事の痕跡を刻印された石門を見るとき、石肌は焼け溶けた人間の肌のアナロジーとなって、一瞬でかき消された死者を呼び起こす。原民喜の名とその詩碑が建つ場所としての石門、そして原爆の死者はこのようにして結びつくが、そこで呼び起こされる死者とは、存在を抹消され、被爆者として数え上げられることのなかった者たちである。それは、「私」が木川誠と連れだって、かつて懇意であった慈愛病院の医師を訪ねる場面に特に明確にあらわれている。

医師は「私」にH市で「五十万人」[11]が死んだと語り、「人口として計算」されていなかった兵隊たちの死に言及する。兵隊たちの死を説明するために図を描きはじめる医師の手の動きを追う「私」の眼は、「錯覚」によって石門と原民喜の詩をここに召還する。

医師は机のうえに白い紙をひろげた。鉛筆をにぎって、なにか書きだした。遠くに白い城の絵を描いた。城の絵の肩に「師団司令部」と書いた。私は錯覚した。医師がそのつぎには、城に附属した石垣の門を描き、そこに原民喜の詩を書きだすのかと思ったのだ。彼はいくつかの長方形の見取図を描いた。一つずつの四角のなかに字をしるして行った。

「これが陸軍病院、これが第二分院、これは第一分院です。隣りが砲兵隊で、こっちが西部第一部隊、第二部隊。それからここは輜重隊。ほかにいくつかの仮病院があった筈です」

外科医らしいかざり気のなさで、この被爆者は、熱心に云った。

「この建物にいた兵隊が、みんなほとんどあの朝、即死ですからね」

私は外科医が白い紙に描いた第一部隊の長方形の図面を、しばらく見つめた。私の義弟もそこで即死した。骨もでなかった。小さいとき一緒にくらした義弟の、笑ったときの白い歯並びが、私の眼さきにちらついた。（傍点引用者）

「私」が「錯覚」するとき、「一つの嘆きよ、僕をつらぬけ。無数の嘆きよ、僕をつらぬけ」という原民喜の言葉がここに響いてくる。医師が示した名も無き無数の兵隊たちは、人口にも戦死者にも含まれないまま、消されてしまった人々である。医師が描いた図を見つめる「私」は、無数の死者を白い歯並びの義弟という個別の死者に置き換え、「無数の嘆き」の中に溶かしこまれた死者の中から自分に近しい一人の死者を引き寄せようとする。

それは確かに原民喜の言葉を経由することで可能となる連想であるに違いない。しかし、「無数の嘆き」から係累を引き寄せようとする「私」の語りは、個別の死者の嘆きを「無数の嘆き」に増幅させ、死者の側に身を投じていった「鎮魂歌」の「僕」の語りとは異なるものである。「鎮魂歌」の「僕」の語りは死者の声への共振であり、「向側」と「こちら側」の境界で築かれる死者と「僕」との応答関係を築いていた。だが、あくまでも生き残った者の側に立ちつづける「私」の言葉は死者に到達することなく宙づりになってしまう。次に引くのは、石門から妹一家が暮らす練兵場跡の罹災者住宅に帰る途上で、「私」が螢の光を眼にする場面である。


痩せた螢が草の繁みで、点々と光っている。一匹をつまんでみた。

「兵隊さん」

と私は云った。

「あんた、へいたいさんの幽れいでしょう。死にきれないの」

私はつぶやいた。

「あんたたちが死んでから、間もなく戦争はすんだのよ。もう兵隊さんじゃないんだからね、とびなさい。高くとびなさい」

螢の一匹を、私は高くとばせるように、手をあげて放って見た。螢は軽々と落ちた。草のなかでどの螢も光っていた。

私が兵隊の亡霊だという思いに陥るのは、螢だけではなかった。夕方から夜にかけ、家のなかを這いまわるなめくじにたいしても、おなじ思いに陥ったのだ。母やテイ子や子供たちが眠ってしまっても、私は起きていた。三畳の間は、なめくじの住家のようであった。私は云いだすのだ。

「あんたもとの兵隊さんでしょう。なにか云いたくて、まい晩きているの。死にきれないの」

これはきわめて実感的な一つのもの思いであった。

「私」の「とびなさい。高くとびなさい」という語りかけは螢には届かず、螢は「軽々と落ち」て草の中で光りつづける。また、「死にきれない」兵隊は不気味に湧き出るなめくじとして回帰し、粘液によって無言のままに自らの軌跡を描く。かつての練兵場に息づくこれらの生き物たちは、「鎮魂歌」を原民喜の「魂のことば」として読んだ「私」の眼を介して、存在自体を消されてしまった死者として見出されている。「私」はともすると感傷的な甘さすら感じさせるまなざしを死者に向けながら、生者の側から喪われた死者の声を代弁することの限界にもぶつかっており、言葉は誰に届くともなく「私」の「実感」としてそこに留まることになる。

喪われた者への／からの言葉をたぐり寄せ、喪われた者との間に回路を開くテクストが「鎮魂歌」であったとするならば、この場面での「私」は、その手法を不器用に真似つつそれに挫折している。だが、それは原民喜と彼の死／詩に動かされ、応答しようとした大田洋子の身振りとして捉えることができるだろう。しかし大田自身の特質は、死者の言葉を聞き取ることにではなく、生き残った人々を徹底して見つめる行為にあった。被爆者の無残な傷やケロイド、貧困に対して向けられた彼女のまなざしは執拗で、ときに残酷ですらあったのだ。

4. 被爆者の肌へのまなざし

傷やケロイドが残る被爆者の肌は、原爆投下による被害を示すものとしてしばしば人々のまなざしにさらされる。「ほたる」には、全身のケロイドのために「原爆一号」[12]と呼ばれる木川誠と、顔面が「化物」のように変容してしまった一九歳の高田光子が被爆者の悲惨を体現する存在として登場する。木川の肌は原爆の惨禍の見本として「多くの外国人と日本人」、すなわち日米のジャーナリストや進駐軍の関係者の眼にさらされ、見られる身体として馴致されていった。[13]また、光子は「外国の女の人にも、いろいろある」と言い、彼女らに哀れまれたり、写真を撮られたり、金を渡されたりした体験を「私」に語る。二人は自分が「見世物」扱いされているという思いを常に抱いている。

二人の肌を「見世物」として扱うのが被爆を体験していない人間、とりわけ「外国人」であることは注目されてよい。木川から「東京のマッカーサー司令部へ、原爆障害者の署名をもって行って」被爆者への「更正資金」を要求する計画を聞かされた「私」は、「高田光子さんのような娘を、十人ほどつれて行ってね、ずらりとならべて、顔を見せるといいと思うことがありますよ。でも向うではなにを考えるか、それは疑問よ」と応じる。見られる者としての位置に留め置かれる木川や光子を取材する「私」は、被爆者ではあるものの、眼につく傷もなく、「作家」として東京で生活している。その意味で木川や光子とは異なる位相・階層を生きていると言ってよい。そのような位置から「私」が描いてみせるのは、特権的な地位を占めるアメリカが被爆者の肌に好奇や同情のまなざしを寄せながらも、原爆投下に対する責任は取らないという構図である。この構図の中で、「なにを考えるか」は見る側に委ねられており、被爆者は交渉相手としてではなく見られる身体として客体化されていくことになる。「私」は「外国人」、特にアメリカ人を、被爆者を「見世物」扱いするまなざしの持ち主として措定し、それとは異なるまなざしを有する者として自らを位置づけている。

では、「私」はどのような眼で被爆者の肌を見つめているのだろうか。まず、「私」は木川の治療に立ち会うかたちで彼の肌に眼を向ける。

おそらく医者も木川も、自分たちでは気のつかない、木川の馴れた手つき。六年間に多くの外国人と日本人とに、次々とからだを見せるために衣類をぬいできたその馴れきった手の動作。私は木川の脊と腹を見た。涙はでなかった。涙を越えていた。腹部の肉をとって脊中に植えたが、腹部の傷あとがみんなケロイドになっていた。腹部には、もう肉をきりとってくる場所はのこっていなかった。私は彼がはやく服を着てしまうことを、心で希んだ。私はふたたび木川の脊と腹を見ようとは思わなかった。見なくてはならないのは、H市の生きのこりたちではないのだ。

「私」は治療の立ち会いというかたちを取ることで、木川を「見世物」扱いした人々と自分との間に一線を引いている。「私」は木川の手つきから見られることに対する彼の馴れを感じ取り、原爆によって生じた背のケロイドよりもそれを治療するために切り取られた腹部のケロイドをくわしく描写する。そして、これ以上の治療が不可能であることを見て取ったとき、木川の肌から目をそらす。木川の肌に原爆の惨禍の見本を見ようとするならば、注目されるのは背のケロイドであるはずだ。だが、「私」のまなざしが抉り出すのは、ケロイドを治す過程で新たなケロイドが生まれ、彼の身体に増殖していった事実である。切実に治療を望む木川の意志とは裏腹に、彼の肌は治癒を拒み、さらなる傷と痛みをその身体に呼びこんでしまう。「私」が見るのは、被爆から七年を生き延びてきた時間の中で生じた苦痛であり、それは現在も持続している。

一方、光子の肌に「私」がそそぐまなざしは時間的な段階を経て変化しており、木川に対する場合とはまた異なった軌跡を描く。そもそも、光子と「私」の対面は、取材を望む「私」の希望によって実現したものだった。しかし、初めて光子の顔を見た「私」は強い衝撃を受け、取材を断念する。

娘でなくて、化物であった。よそゆきの服、すがすがしい白地に、花の模様のあるスカートをつけ、純白のブラウスを着ているので、異様な顔と手つきが、いっそう浮彫りになっていた。高田光子はわざと私に真正面の顔をつきつけているのかと思った。表情はなく、あいさつもしなかった。私は上りかまちの板の間に、泣き伏した。戦慄しながら泣きやむことができなかった。対面の瞬間、「おぞましい作家の本能」を失った「私」は、涙によって眼を曇らせ、顔を伏せてしまう。そのため、「化け物」という言葉と、光子が着ている清楚な「よそゆきの服」との対比が光子の傷の重さを想像させはするものの、顔の細部が詳述されることはない。だが、光子が「私」に心を開きはじめると、「私」は「彼女の胸底を知ろうとする作家の打算」が頭をもたげてきていることを自覚する。「私」の心境が変化するとき、光子の顔はより具体的に描写されることになる。

光子はごはんをばらばらとこぼした。唇も上下にひきつれ、下唇はもはや唇の形をうしない、のどにむかって、醜くたれ下っているのだ。

彼女の口からはどのような食べものも、ぼろぼろと落ちた。箸をのどまで入れて食べるほかはないのだった。僅かに食べて、箸をおいた。

「作家」としての意識を取り戻しつつある「私」は光子をつぶさに観察し、体のあちこちに火傷によるひきつれを持つ光子の「異様」さが、容貌のみではなく立ち居振る舞いにも及ぶことを暴いていく。そこでは光子の醜さが強調されることになる。だが光子もまた「私」の視線を感じ取っているがゆえに箸を置くのである。それは光子が見られる対象ではなく、見つめかえす者でもあることを示している。そのような光子の前で「私」は観察者でありつづけることができず、逆に光子のまなざしにさらされることとなる。

5. 見つめかえす被爆者

光子とはじめて対面した際、「私」は光子の顔を見て「表情はなく、あいさつもしなかった」と記述していた。だが、光子と親しく言葉を交わすようになり、顔を見ることに馴れてくると、「私」は光子の眼の表情を読み取れるようになる。


見馴れてみると、上下にひきつれて、そのまわりの焼けている眼に、表情があった。眼はおだやかに、うっすらと笑っていた。

「うちの眼、光っているでしょ」

「光ってるかしら」

「あの日からこっち、光りがするどくなったんですよ。じぶんでわかるんです」

しばらく黙っていてから、

「うちは、やさしい人になりたい」

「将来どうしたいと思ってる?」

「早くもっと大きくなって、可哀相な人を救いたい。いきなり三十くらいになってしまいたい。それぱっかり思います」

光子の顔を見る「私」がその「異様」さに引きつけられている時、光子の感情の動きや、光子自身のまなざしが何に向けられているかは見過ごされてしまう。だが、「私」が光子の表情を読み取った瞬間、光子は「私」の眼の動きを的確に捉えて「うちの眼、光っているでしょ」と語りかける。それは、光子が自分の顔を見る者たちを常に見つめかえしていたことの証左である。

「私」と光子の視線が切り結ぶ瞬間、見る主体と見られる客体という関係ではなく、相互に見つめ合う関係が現前する。「うちの眼、光っているでしょ」という同意を求める語りかけは、見つめ合う関係が成立した瞬間に発せられている。それを受け止めかねた「私」の困惑をよそにつづけられる「あの日からこっち、光りがするどくなった」という言葉は、被爆によって「化け物」化された顔を誰よりも深く見つめ、被爆を境に生じた変化をそこに見出す光子自身のまなざしのありようを示している。光子の眼の光は被爆に伴う傷ではなく、「あの日からこっち」変貌した自分を見る人々を見つめかえす中で培われてきたものであると言えるだろう。そのような光子のまなざしは、木川の腹のケロイドに被爆者が生きてきた戦後の時間と痛みを看取する「私」と重なり合う。

無論、光子の胸底をさぐる「作家」としての立場を回復しかけ、光子に将来の夢を問う「私」は、光子が自分と同じまなざしを有していることに自覚的ではない。それは光子に対して質問者としての位置を取りつづける「私」の姿勢からも読み取ることができる。だが、「早くもっと大きくなって、可哀相な人を救いたい。いきなり三十くらいになってしまいたい」という光子の言葉は、「私」が光子に対して抱くまなざしを鮮やかに反転するものであり、光子の眼のするどさを証明して余りある。光子は顔に深い傷を負った若い娘という「可哀相」なイメージが自らに付与されていることを感じ取り、そこから逸脱するためにもがいているのだ。

被爆者の肌を見つめ、しかし「外国人」のようにそれを「見世物」にする位置に立つことを慎重に回避していた「私」は、傷を見馴れてくるにつれて「作家」としての立場を回復し、彼／彼女らを「見世物」化するまなざしに近接しかけている。「私」を見つめかえす光子の眼の光は、「私」が捉えきれていない見ることの権力性や欲望を露呈させ、「私」のまなざしの危うい揺らぎを暴き出している。だが、木川が被爆者の署名を届けようとしている「東京のマッカーサー司令部」や彼に肌をさらすことを要求した「多くの外国人と日本人」、光子にカメラを向けたり施しを与えたりする行きずりの「外国の女の人」との間に、このようなまなざしの応酬が生まれることは想像しにくい。対面している状況において、視線が交錯する瞬間をつかみ取ることで、はじめて光子は見られる対象としてではなく見つめかえす者としてたちあらわれてくるのである。

6. 「異様」さを見出す眼

最後に、「私」が被爆者の傷の「異様」さのみならず、無傷であることの「異様」さにも眼を向けていることに触れておきたい。「私」はH市内を走る電車の中から、商店街に佇む「磨いたような顔に、きれいなコールマンひげ」をたくわえた男たちを見つめ、彼らを「何者とも知れぬ、異様な日本人」と表現する。また、車内にいる流行の服を着た若い女性たちのウェーブヘアに「ぼうっともえている」ような赤い色を見出す。

原爆に焼かれた肌を持つ被爆者の「異様」さを抉り出す一方、傷一つない存在も「異様」だと捉える眼を持つ語り手によって「ほたる」は書かれている。そのため、H市を歩く傷一つない人々は「異様な、日本人」と表象される。つまり、ここで用いられる「日本人」の中に被爆者は含まれていないのである。「私」が女性たちの髪に見てしまった赤い色は、パーマをあてる際に電気で焼きすぎた実際の色なのか、それとも「私」の錯覚なのか、定かではない。自分の眼が見たものに確信を持てずに揺らぐ「私」の語りに、七年前の原爆の記憶が「私」自身にもたらした痛みを読み取ることがまず可能となる。しかし女性たちの髪に赤い色を見てしまう「私」の眼と、揺らぎをはらんだ「私」の語りを通して、原爆の痕跡がところどころに残された街で被爆者とともに生きる、被爆体験を持たない人間の身体が燃えているという情景が読者の前に提示されることになる。このとき、H市を歩く無傷の女性たちもまた、この街に生きる多くの被爆者や土地の記憶に類焼する存在として捉え直されるのだ。

無傷であることが「異様」であると表象されるとき、無傷であることはもはや、一つの傷となる。それによって無傷の身体を有する者は、他者の痛みを感じつつ生きはじめるのかもしれない。見るという行為を徹底していく大田洋子の眼は、無傷の者が他者の傷に対して開かれていく可能性を「ほたる」という作品の中に潜勢させているように思われる。

(1) 江刺昭子「大田洋子論」、『国文学　解釈と鑑賞』一九八五年八月。
(2) 丹羽文雄、本多顯彰、小田切秀雄「創作合評」、『群像』一九五五年一月。
(3) 川口隆行「街を記録する大田洋子――『夕凪の街と人と――一九五三年の実態』論」(『原爆文学研究10』、二〇一一年一二月)では当時の原爆文学をめぐる言説編成が丹念にたどられると同時に、「復興」から取り残された人々から発せられた「声」との係争に身を置きつづける「差異を架橋する実践」としてこの作品が評価されている。
（4）以下、本文の引用は大田洋子「ほたる――「H市歴訪」のうち」（『日本の原爆文学2　大田洋子』ほるぷ出版、一九八三年）に拠る。
（5）一九五一年一一月一五日、広島城跡に原民喜詩碑（設計・谷口吉郎、詩碑の記・佐藤春夫、現在は原爆ドームそばに再建）が建立された。実際に碑に刻まれた詩は「鎮魂歌」の一節ではなく「遠き日の石に刻み／砂に影おち／崩れ墜つ　天地のまなか／一輪の花の幻」という原民喜の絶筆である（岩崎文人『原民喜――人と文学』勉誠出版、二〇〇三年参照）。大田は「残醜点々」では、この絶筆を「東京で自殺した、この街出身の詩人の碑銘の詩」として引用している。
（6）大田洋子「原民喜の死について」、『近代文學』一九五一年八月。
（7）林房雄、中野好夫、北原武夫「創作合評」、『群像』一九四九年一〇月。
（8）中村三春「レトリックは伝達するか――原民喜「鎮魂歌」のスタイル」、『山形大学紀要（人文科学）』一二巻三号、一九九二年一月。
（9）原民喜『夏の花・心願の国』新潮文庫、一九七三年、二三九頁。
（10）前掲『夏の花・心願の国』二四一頁。
（11）長岡弘芳は「ほたる」について「事実の問題として、作品のなかでおこなわれている、たとえば広島で五十万人死んだという言い方は、ぼくはやはり拡大され過ぎていると思いますけれども、そういう問題も含めて、大田洋子という人がよく出てると思う」と語っている（長岡弘芳、大江健三郎「〈対談解説〉人間の条件の根底にあるもの」、大江健三郎選、日本ペンクラブ編『何とも知れない未来に』集英社文庫、一九八三年）。
（12）木川誠のモデルは、一九四七年に広島赤十字病院で外国記者団の取材を受け"ATOMIC BOMB VICTIM NO.1 KIKKAWA"と言われ、以後「原爆一号」と呼ばれた吉川清である（吉川清『「原爆一号」といわれて』ちくまぶっくす、一九八一年を参照）。大田洋子は「暴露の時間」（一九五二年）をはじめ、吉川をモデルとする人物をたびたび作品に描いてきた。「ほたる」においても、吉川の病院生活時代のエピソードが取り入れられている。
（13）吉川清は「原爆一号」と呼ばれはじめた時期のことを「ケロイドに被われた私の上半身の写真とインタビューを掲載したライフ誌とタイム誌が病室に送られてきた。／それからというもの、毎日のように内外の報道関係者や、進駐軍軍人などの訪問客がおとずれるようになった。その度に、院内放送で呼び出されるのであった。／私はひどく気むずかしい人間になっていた。呼び出しがあれば、その度に応接室には出てゆくものの、私はほとんどしゃべらなかった。殊に進駐軍関係者に対しては、私は反抗的でさえあった」(前掲『「原爆一号」といわれて』四九—五〇頁）と語っている。

第三章

半人間の射程と限界——大田洋子「半人間」

1. 「半人間」に対する評価をめぐって

大田洋子の随筆「生き残りの心理」（一九五二年一一月）には、大田が「不安神経症」と診断されて東大病院の神経科に入院し、持続睡眠療法を受ける前後の状況が綴られている。「私は原爆投下の日からその後につづいた事件と現象と状況とを、いくつかの作品に書いた。今後はあの巨大な殺人のもたらした現象と状況とが、被爆したまま現在も生きている人間の心理を、どのようなものにしているかを今後の作品に書きたい(1)」という思いに根差し、大田の実体験に基づいて書かれた小説が「半人間」（一九五四年）であった。まずはその梗概をたどってみたい。

世間から「原爆作家」というレッテルを貼られている主人公の小田篤子は、原爆を小説に書くことの苦しみや朝鮮戦争勃発の恐れから逃れるために抗ヒスタミン剤の摂取量を増し、心身に不調をきたしていた。一九五二年七月、「不安神経症」と診断された篤子は持続睡眠療法を受けるために神経科に入院する。病室で篤子はさまざまな苦境を生きる女性たちの姿を目の当たりにする。持続睡眠を終えても本復に至らない篤子は、夜中に病棟を徘徊する。そして医師に、かねてから自殺願望のあった女中の竹乃が首吊りを試みて失敗したことを聞かされる。それを聞いて「みんなへん」だと吐き捨てる篤子を看護婦が散歩に誘い、二人が大きな満月を目にする場面で作品は幕を閉じる。

大田自身はこの作品について「批評家のあいだで、比較的問題になった「半人間」は作者の私に、線が細く、あまい感じで、あきたらず、小説以前だと評された「夕凪の街と人と」が骨身に沁みるように気に入っている」(2)と書いている。「半人間」は昭和二九年度平和文化賞を受賞し、第三一回芥川賞候補にもなった(3)。大田の戦後の作品の中では比較的批評家たちに好意的に受け止められた作品だと言える。

また、被爆者に限らず戦後社会の苦境を生きる人々の群像を描き出した「半人間」の手法は、後の大作『夕凪の街と人と——一九五三年の実態』(一九五五年、以下『夕凪の街と人と』)に引き継がれていくことになる。

「半人間」に対する肯定的な評価にしばしば見られるのは、篤子の苦悩を、同時代を生きる人間に共通の問題として捉えるという視点である。『新日本文学』の書評は壺井栄の「岸打つ波」と「半人間」を並べ、両作品に共通する特徴として「平凡な人々の魂の傷を描くことによって、そのようなささやかな生活をまで傷つけ歪めてしまう時代の非人間性を浮彫りにするという方法」(4)を挙げている。また、檜山久雄は結末が「文学的」な感傷に流れてしまったことを惜しみつつ、「篤子の置かれているような状態は、たとえ彼女の場合が原爆が決定した特殊な状況であろうと、現代のどの人間の状態にも多かれ少かれ置きかえることができる」(5)と評価した。

一方、「半人間」を作者の個人体験に根ざした私小説として捉える批評もある。小田切秀雄は「半人間」を「作者の「私」を中心として描き出す方法」を用いて「原爆被災の生理的・精神的な結果の一部」

を描いた作品として評価した[6]。また、「半人間」と『夕凪の街と人と』を「原爆後遺症という楯を通してみた時、それぞれ反面ずつその役割を果たしている」作品として位置づけ、「『半人間』は一人の被爆作家が被爆という地獄めぐりの体験によって精神に異常をきたしたことを描き、『夕凪の街と人と』では、十年近い年月を経ているにもかかわらず、広島市の基町スラムでは、未来に対して、展望もないまま生き永らえている被爆者集団の悽惨な現実を描いている[7]」とした黒古一夫の批評も「半人間」を私小説的に捉えたものだと言える。小田切は私小説としての「半人間」に「文学的」な価値を見出し、黒古は病に冒されつつ政治的主張を作品に盛りこんだ大田洋子という作家を高く評価した。だが「半人間」が私小説として位置づけられるとき、主人公の篤子の苦痛を同時代の人間に敷衍して考えようとする視点は後景に退いていく。

また、ジョン・W・トリートは私小説として「半人間」を位置づけながらも、それを読む読者の感覚に注目した点において、従来の批評とは一線を画す読みを提示している。トリートは、読者が狂気を帯びた篤子の知覚を「疑わしく」感じるとし、「私たち〔読者〕は彼女〔篤子〕の苦境に対して同情するかもしれないが、それでも『屍の街』や『人間襤褸』よりも恐れを抱かない。というのは、問題――ヒロシマならびに人類の絶滅――は、歴史的なものというより、より個人的なもので、特異的なものであるとさえ見えるからである[8]」と論じている。トリートは私小説として「半人間」を捉えることが、作者である大田洋子自身の「錯乱した女性」イメージを強化するという一面を浮かび上がらせた。この場合にも篤子の苦痛は「個人的なもの」に囲いこまれてしまうのである。

「半人間」では、原爆体験に加えて緊迫する時代状況そのものが篤子の精神を蝕んだことが明確に示されている。戦争や戦後の苦境によって心身の健康を損ない、未来への不安を抱く心理状態を「日本国民」に共通する問題として提示することが「半人間」の狙いのひとつであったことは疑いようがない。しかし「半人間」の普遍性や政治性を評価する批評は作品の中で展開される篤子自身の自己分析に拠るところが大きいため、治療によって篤子の意識が朦朧としている箇所や、篤子が明確に言語化できない箇所を汲み取れていない。一方、私小説というジャンルに「半人間」を位置づけてしまうときには篤子の政治性や同時代状況への目配りが欠け、彼女が抱える苦痛が「個人的なもの」に収斂されてしまうという問題がある。

これらの問題点を踏まえて、本章では時代状況および篤子と周囲の人間との関係に着目していきたい。「半人間」は個人の心身に生じる病を同時代の普遍的な問題として提起しようとしながらもそれが成し遂げられずに終わる作品である。篤子の覚醒と混濁の意識の狭間には、自己の被傷性への強い自覚、他者の痛みへの共振、そこから引き裂かれていく感覚などが潜んでいる。それらをたどることで、半人間として生きることの可能性と限界を明らかにしていくことを試みる。

2.「**不安神経症**」と「**一九五二年の現在**」

この作品の冒頭で神経科への入院のために自動車を走らせる篤子は、「一九五二年の現在、なににあざむかれているのかわからないが、あざむかれているという意識には、確かな手応えがあった」と述懐する。ここに刻印された時間、すなわち「一九五二年の現在」は重要な意味を持っている。この「一九五二年の現在」に満ちる空気こそが篤子に自殺や発狂を警戒させ、生きがたさを感じさせるものなのだ。

一九五二年という年は、朝鮮戦争の休戦交渉の最中であり、片面講和によって日本の国際社会での位置づけが定まった年であった。そしてそれは「半人間」でも強く意識されていた。

朝鮮戦争は一九五〇年六月二五日、北朝鮮の南進攻撃開始によって勃発した。この事態を受けてアメリカは国連安全保障理事会を召集し、ソ連欠席の中で二五日に北朝鮮の侵略を決議、二七日には米海空軍、三〇日には地上軍の派遣を決定させた。そして七月七日には国連軍司令部が東京に設置され、米軍は「国連軍」となり、韓国軍がその指揮下に入った。国連軍司令官はマッカーサーが務め、朝鮮の爆撃に出撃する米空軍機は九州の板付や芦屋などの基地から飛び立っていった。日本は米軍＝「国連軍」の出撃基地となったのである。朝鮮戦争の基地日本の防衛のため、マッカーサーの命令で日本政府は警察予備隊を創設した。戦況は当初北朝鮮軍が優位だったが、一九五〇年九月の仁川上陸作戦で戦局が逆転し、「国連軍」は三八度線を越えて中国国境付近に北進する。しかし一〇月末には中国人民志願軍が介入したことで再び「国連軍」は押しかえされ、一九五一年春頃からは三八度線を挟んでの膠着状態がつづき、七月より休戦交渉が開始された[9]。

朝鮮半島で熱戦が展開されている間、日本は片面講和と日米安保体制への道を突き進み、一九五二年四月二八日、サンフランシスコ講和条約と日米行政協定の発効によって表向きの「独立」を手にした。冷戦構造が確立されつつある国際社会において日本が片面講和を受け入れ、アメリカを盟主とする西側陣営への参加を選択することは、必然的にソ連や中国、北朝鮮などの社会主義国との関係悪化を意味していた。それは国際社会において日本が自立した外交を展開する可能性を狭める選択でもあった[10]。

「半人間」における「一九五二年の現在」とは、七月下旬、すなわちサンフランシスコ講和条約と日米行政協定が発効された三カ月後を指している。篤子はこの流れを「戦争の準備の象徴」と表現し、それを自分が抗ヒスタミン剤の注射をやめられないことの原因として医師に説明している。

「どういうときに、その注射をもっともたくさんなさりたいですか」

篤子は答えにくかった。自分が女の患者だという意識があった。政治の問題にふれる言葉が咽喉につかえている。医師はおそらく女患者からそういう種類の返答をきこうとはしていないのだ。しかし言葉の応答による診察をうけているのである以上、相手の思惑を考えて、答えを誤間化すことは便利ではない。篤子は、日本のサンフランシスコにおける講和条約、日米安全保障条約、日米行政協定につづいて、破防法まで来た政策の進展を見ていて、これらの連鎖的に起ってくるものが、戦争の準備の象徴のように思い込まれ、一刻も醒めているのがいやになって、次第に睡眠剤と注射液がふえたのだということを、ぽつりぽつりと医者に云った。

「中立でいらっしゃいますか」

「はあ」

篤子はあいまいに答えた。(11)

サンフランシスコ講和条約は、日米安保条約および行政協定と不可分の関係にあった。行政協定は、米軍が陸・海・空軍の基地を無制限に設定・維持できること、米軍属やその家族の治外法権、基地設定のための費用を日米共同とすることを定めた。また、破防法と略称され、後に反基地運動を弾圧するための法的根拠として用いられることになる破壊活動防止法は一九五二年七月二一日に公布されたのである。

篤子はこの流れを明確に捉えた上で、主権回復後もアメリカが「国連軍」として日本に居残り、朝鮮戦争が展開されていくことを極度に恐れていた。原爆の使用も匂わされ、核戦争の再来は杞憂とは言えない状況であった(12)。しかし医師は原爆や社会状況と篤子の症状を切り離して考えようとし、看護婦は「原子爆弾は、明日やあさってはまだ落ちやしません」と言い放つ。だが、篤子が口にしつづける不安によって、朝鮮半島の戦況を他人事として捉えている「日本人」の「まとも」さは揺るがされていく。

篤子はマルキシストの妻であるために周囲から敬遠され、「原爆作家」としてメディアに消費されている。加えて、常につきまとう被爆の記憶や健康への不安が篤子の「不安神経症」を誘発しているとされている。幾重にも折り重なる被傷性と密接に絡み合うことで、時代への警鐘を鳴らす篤子という主体は弱々しく立ち上げられていく。その弱々しさが篤子自身の加害性や他者への視点の欠落を覆い隠す、隠れみののような役割を担っていることは否定できない。

たとえば日本が朝鮮戦争に加担している加害国家だという意識を篤子の言動から読み取ることは難しい。篤子は「新潟にも、飛行場ができ、基地ができてしまった」という夢を見、飛行機の爆音にさらされて「軀中の骨が砕けるような」思いを味わう。だが、篤子はその飛行場から飛び立っていく兵士たちが繰り広げる朝鮮半島での戦闘や、それを後方で支えて経済的利益を享受している日本という国家のあり方にはさほど関心を示していないのだ。

自らの加害性を問う視点の欠落は、作者である大田洋子が抱えている問題でもあった。江刺昭子は大田の戦時中の言動や作品が「時局むき」であったことを指摘し、戦後の大田が原爆をくりかえしテーマとしながらも自分自身を省みることがなかったと批判している。

「屍の街」などで、原爆被害を招いた戦争の責任を支配者に求め、支配者の煽動にのった国民の好戦性に求めているものの、自分もその好戦的な国民の一人として、侵略地の民衆を苦しめたという反省は全くない。洋子がこれらの作品を書いた時点では、このような視点が一般にもほとんど獲得されていなかったのだから、洋子にそれを求めるのは酷かもしれない。しかし少なくとも、日本人の好戦性を批判するのなら、自身の戦時中の言動にもなんらかの形で触れるべきではなかったか。(13)

「一九五二年の現在」を「まとも」に生きることへの不信を表明する自らを問えていないことは、たしかにこの作品の弱さだと言えるだろう。だが、大田やその作品の主人公である篤子が自分自身の加害性に目を向け、「反省」をすればよいということでもない。問われるべきは国家の責任であり、その国家の暴走に歯止めをかけることができなかった「日本人」ひとりひとりの問題であるはずなのだ。「半人間」において戦時中の問題はたしかに置き去りにされている。しかし「一九五二年の現在」においては着々と再軍備化を進める日米両政府のあり方を黙認することの問題がここでは問われようとしている。そしてその意義は半人間という表象の射程とその宛先を見直していくことでより明確になるのではないかと思われる。

3. 半人間という存在

半人間という言葉はタイトルに用いられるのみで、本文中にはあらわれない。そのため半人間がどのような存在かは明確にされていない。しかし、しばしばこの言葉は不安定な精神状態を生きる篤子と、そして同じ病室に入院している女性たちを指す言葉として捉えられてきた。[14]

だが、「一九五二年の現在」に着目すると、半人間という存在はより広い射程を持っていると考えることができる。講和条約発効に伴う日本の主権回復は十全なものではなく、引き裂かれた国家という印象を人々に与えていた。ジョン・ダワーはこの問題に触れて、次のように述べている。

日米安保条約と、これに付随して作成された「行政協定」は、戦後合衆国が締結した二国間の取り決めのなかで最も不平等なものとなった。アメリカ人は他に例のない治外法権を引き続き手にし、アメリカが日本に要求した軍事施設は、誰の予想をもはるかに超えて法外な数にのぼった。『ニューヨーク・タイムズ』紙の高名な軍事評論家であったハンソン・ボールドウィンは、これは「日本が自由で、しかも自由でない時代」の始まりであると、ずばり指摘した。[15]

ダワーは講和発効後間もなくの世論調査で「日本は独立国家になったかとの問いに「はい」と答えた者は四一%しかいなかった」ことを挙げ、「日本人」がこの「従属的独立」によって引き裂かれていたと指摘している。それはとりもなおさず、片面講和によって主権が半分に引き裂かれたことを意味している。

「半人間」では講和発効後、住民登録の用紙が来た時、篤子は女中の竹乃を相手に「冗談とも本気ともつかず」、「私は日本の住民でなくていいよ」、「橋の下に小屋を建てて、無籍で暮すよ」と語っていた。以下の会話は、それにつづく部分である。


「私たちは二人の殺人者の手を見ながら、生きているのよ。そのうえいつ自分で自分を殺してしまうかわかんない」

「その二人の殺人者は、両方とも破れん恥でございます」

「ねえ、こんど戦争に引きずりこまれれば、自殺者がどッとでるよ。気ちがいも」


主権を引き裂かれ、戦争に引きずりこまれる「日本の住民」であることを放棄したいと願いながらも、アメリカと日本という「二人の殺人者」から逃れることができないという思いが篤子にはある。それは「一九五二年の現在」を生きる「日本人」の境遇を浮き彫りにする言葉であった。

やがて病を深めていく篤子は、逃れようのないさまざまな束縛に不信を突きつけることでそれらから引き退いていこうとする。


そこからのがれる道のない、おのれの所属する国家への不信、世界への不信、人間への不信、社会への不信。自分の肉体と精神のぶつかる接触体への不信が、あたまのなかを暗くしている。

この不信は自己への不信を裏書きするものであった。自分の確立が自信となって血肉をつらぬいていれば、不信ながらも、その不信のよってくるものに、抵抗して生きていなければならぬ必要を、かんじる筈であった。不信をそのまま放っていようとするのは、病気がなおっていないからだと篤子は思った。

ここで篤子の不信は「国家」、「世界」、「人間」、「社会」に向けられている。篤子はこれらの枠組みに身を委ねることができずにいるが、それから逃れる術を持っているわけでもない。病によって「人間」への不信を保ちつづけること、それがすなわち半人間であることだとすれば、半人間として生きることは「そこからのがれる道のない」強固な枠組みから引き退く身振りとして捉えることができる。だが、篤子自身がすでに気づいているように、半人間という存在は不信にうずくまりつづけることを意味するものでしかなく、抵抗の主体にはなりえない。さらに半人間として生きる限り、篤子が口にする不信はすべて「病気」の癒えていない者、すなわち「気ちがい」の発言として回収され、病棟の中に閉じこめられてしまうという問題がある。だからこそ篤子はこの後、「自分の確立が自信となって血肉をつらぬいて」いる存在として再生する方向を目指そうとする気配を見せる。

さまざまなかたちで分裂を体験していた「一九五二年の現在」を「まとも」に生きようとする「日本人」に与しない半人間という存在は、引き裂かれた状況への気づきを促し、「人間」への不信を突きつけるものであったと、まずは言うことができるだろう。しかしすでに述べたように、半人間は抵抗の主体になりえないという限界をはらんでもいる。

半人間の限界について考えるとき、篤子と同じ病室に運びこまれてきた南千佐子という女性の存在が重要になってくる。千佐子は篤子とは異なるかたちで「人間」への不信を表明する人物である。篤子と千佐子、二人の生を考察することを通して彼女たちの生に米軍――「一九五二年の現在」における「国連軍」――が与えた影響を見ていくと同時に、複数の存在として描かれた半人間のあり方を具体的に明らかにすることを試みていきたい。

4. 検閲とマルキシズム

「半人間」は一九五二年七月下旬の夕暮れに幕を開ける。篤子は「この四、五カ月」の間「人と口をきくこともいやになり、顔を見られることさえ煩わしさ」を感じるという「症状」を高じさせていた。篤子は自分が自殺するのではないかという不安と、それを避けたいという思いから神経科を受診した。八月が近づくと「原爆作家」として話を求められるという状況が篤子の「症状」の悪化に拍車をかけていた。篤子の元には「この四五年」、作品内の時間に置き直すと一九四七～四八年頃から、「原子爆弾の話」をしてほしいという依頼が全国から寄せられるようになったという。篤子には当初それに応じる意志があったが、原爆の話をすることは篤子を深く苛んだ。また、「それ〔原爆〕を落した相手へむかって、非難と攻撃を浴びせなければならなかったが、それをゆるさず、ふみにじる力がほかのところにあった」という状況があり、篤子は講演の依頼を断るようになっていく。

篤子が原爆の話を求められるようになった時期は、プレスコードのまっただなかであった。GHQによる検閲は一九四五年九月から一九五二年四月の講和発効までつづいた。この間、原爆体験を書くことはっきり禁止されたわけではないものの、自主規制と検閲の二重の抑圧が常につきまとっていた。ジョン・ダワーは原爆をめぐる言説の検閲について次のように指摘している。

> 降伏後一、二年間は、広島周辺の地域刊行物を中心に、多くの作家が原爆についての散文や詩を発表している。しかし同時に、永井隆など被爆者の初期の著作が発禁処分になり、原爆に関連した文書の多くが大幅な削除を強いられた。一九四六年八月に雑誌『ニューヨーカー』に掲載されたジョン・ハーシーの「ヒロシマ」は、このテーマをあつかったもっとも感動的な英語の作品であった。この短編は、六人の被爆者を素描して読む者に深い印象を残したが、日本では、メディアでこそとりあげられたが、翻訳で読むには一九四九年まで待たなければならなかった。原爆体験はタブーだと口から口へと伝わった結果、直接の検閲と広範な自主規制とが結びついて、この関連の著作はほとんど完全に姿を消した。それでも一九四八《ママ》年末になると、永井隆の本が出版され、原爆文学がようやくおずおずと登場することになった。このような状況では、原爆を生き延びた人たちが、互いに手をさしのべて支えあったり、核戦争が個人のレベルでどのような意味をもつのかを他の人に語ったりすることはきわめてむずかしかった。(16)

ダワーが言及している「永井隆の本」とは、当時ベストセラーとなった『長崎の鐘』（日比谷出版、一九四九年）である。永井はカトリック信者としての立場から、浦上の原爆死者を「世界大戦争という人類の罪悪の償いとして、日本唯一の聖地浦上が犠牲の祭壇に屠られ燃やさるべき潔き羔として選ばれた」と位置づけ、この犠牲が「天皇陛下に天啓を垂れ、終戦の聖断を下させ給うた」とした。[17] これは原爆の使用によって終戦がもたらされたという一つの「神話」の形成に大きく寄与した言説であった。篤子が講演依頼を受けはじめた時期は、「神話」を受け入れることで原爆を語ることがかろうじて許されるという状況であり、「それを落した相手」への「非難と攻撃」を公然と口にすることは極めて困難だったと言ってよい。原爆を体験し、戦後「原爆作家」と名指されながら作品を発表し、発言してきた篤子は自主規制を余儀なくされ、周囲の監視の目とせめぎ合いながら言葉を紡がなければならなかった。それらは強い抑圧として篤子を脅かしていった。

いま一つ、篤子を脅かすものにマルキシズムへの警戒があった。入院中、篤子はしばしば医師から自分や夫の政治的立場を問われる。篤子の夫はマルキシストで、それは周囲が知るところであった。篤子は医師の問いに対して「はあ」という曖昧な返事をするのである。政治的立場を曖昧ながらも「中立」に設定しなければならない背景には、この時期の共産党の位置づけの問題があった。道場親信は、朝鮮戦争の勃発と同時に、全面講和と朝鮮戦争反対を訴えていた共産党が事実上「非合法」状態に置かれたと指摘している。[18]

この問題は篤子が持続睡眠療法のために混濁した意識の中で、知り合いの「原爆娘」[19]に会いに行こうとして夜中の病棟をさまよい歩く場面で、より深刻にあらわれている。「原爆娘」たちは整形手術のために上京していたが、引率の牧師がマルキシストを夫に持つ篤子を警戒し、篤子に会いたがっていた娘を引き止めたのだという。

「原爆娘」たちは実際に一九五二年六月に上京し、東大病院で治療を受けている。[20] このとき「原爆娘」

たちを引率していたのは広島メソジスト教会牧師の谷本清である。ジョン・ハーシー『ヒロシマ』の翻訳者でもある谷本の被爆体験は、同書で大きく取り上げられている。谷本は教会再建の資金集めのため、メソジスト教会外国伝道局からの招待によって一九四八年から一九五〇年にかけてアメリカで講演旅行を行った。帰国後、谷本はケロイドを負った女性たちのための聖書教室をひらき、来広した著名人に彼女たちの治療の必要性を訴えていった。一九五二年、東大病院での治療が実現したことをきっかけに「原爆娘」の存在は広く知られ、一九五五年には米ジャーナリストのノーマン・カズンズらの協力によって女性たちの渡米治療が実現した。しかし当時から、なぜ女性たちだけなのか、谷本の売名ではないのかという批判も少なくなかったという。[21] 早くからアメリカと積極的に交流し、その支援を期待していた谷本にとってマルキシストとの関わりは極力避けたいものであったのである。

そのような位相を踏まえた上で、篤子は「原爆娘」が政治的に無色で無力な存在として表象され、メディアや政治に利用されることへの憤りを混沌とした意識の底で打ち出す。[22] 篤子は牧師に対して憤り、なだめようとした看護婦をも「牧師」と名指す。

「真夜中の廊下で泣いてても、しかたないでしょ。ねえ、ベッドに帰りましょう」

牧屋が肩に手をかけた。

「牧師のくせに」

篤子は牧屋の手をとった。

「私はあの娘一人のためにも、たたかうつもりなの。でも顔を見るのがこわくて、行けなかったのよ。毎晩、寝床のなかで、何時間も泣いていたの」

眠りをさまたげられる牧屋は、眉をよせて怒った表情をしていた。

「自分の娘でもないひとのことを、そんなに気にすることないじゃ、ありませんか。そんなことで、じぶんのからだまで壊すなんて、つまらないことだわ」

「――つまらないの？　あんたも牧師だわ」

篤子の政治的立場を警戒して「原爆娘」を篤子から遠ざけようとする「牧師」とは異なり、ここで「牧師」と名指される付き添い看護婦はより単純な論理で「原爆娘」のために涙を流す篤子を突き放す。「自分の娘でもないひとのことを、そんなに気にすることない」という一言がそれである。このとき「原爆娘」は篤子が嘆く資格のない他者として措定され、篤子から遠ざけられてしまう。付き添い看護婦の論理では、「自分の娘」や「じぶんのからだ」がまず重要で、他人の痛みに思いを馳せて苦しむのは「つまらないこと」なのである。付き添い看護婦の論理は、朝鮮戦争下の半島への想像力を押し殺し、再軍備の危険に目を閉じて「一九五二年の現在」を生き延びようとする「まとも」な人々の問題を浮き彫りにしている。

一方、篤子は「あの娘一人のためにも、たたかう」ことを決意しつつもそれをなしえない。その時に篤子にできるのは泣くことだった。これは篤子がかつて女中の竹乃に「自分のためにだけの涙をながさない」、「自分以外の人のために、涙をながさなくちゃいられない」と語っていたことにつながる。篤子にとって自分以外の人のために涙をながすことは、自分のものではない痛みに共振することを意味している。だが「原爆娘」は政治的に無色な主体であることを要請され、無垢なるまったき被害者として表象されていった。この篤子の涙もまた、彼女らを自分ではたたかうことのできない無力な存在に留め置くまなざしと無縁ではない。だが、そのような危険をはらみながらも自分のものではない痛みに共振するための回路がここではまだ細くつながれていることを確認しておきたい。

以上のように、篤子はアメリカと日本という「二人の殺人者」が招いた原爆投下という出来事を生き延び、その体験と記憶に蝕まれ、言説や政治的立場への抑圧を感じて日々を過ごしていた。そして千佐子は、篤子とは異なるかたちでの引き裂かれた生を生きている。

5. 半人間の限界

篤子の病室には婚約者に裏切られたと思いこんでいる「分裂症」の娘や、新興宗教にのめりこんだ女性が入院している。しかし篤子は彼女らと言葉を交わすことがなく、付き添い看護婦や女中を介して彼女らの境遇を知らされるのみである。それに対して千佐子は医師に自白剤のイソミタールを注射されて篤子の隣のベッドで身の上を語りはじめ、篤子はそれをすべて聞いてしまう。

千佐子は一九四六年に引き揚げてきた後、生活のために池袋駅の焼け跡で米兵相手の売春をはじめた。やがて妊娠した千佐子は「黒い赤ん坊」を出産する。「白人の子供のつもりでいたのに、見ているうちに黒くなってきたので、私、少し気がへんになりました」と千佐子は語っている。乳が出なかったために「黒い赤ん坊」は亡くなり、千佐子はいったん持ち直していたのに、最近になってまた「白い人でも黒い人でも、外国の人さえ見ると、ほんとの大きさよりももっともっと、ばかにかさばって見えて、ナイフもっていたら、突きさしたくなっちゃった」という状態に陥っているのだという。千佐子は自分が人を殺すのではないかと恐れ、睡眠剤を飲んで日暮里の線路に寝ていて病院に担ぎこまれてきた。千佐子は少し回復してから、篤子と次のような会話を交わしている。

「いのちを惜しむということだけでも、こっけいなことね、現代では」

篤子は独りごとを云った。

「わたしは自分が死ぬことよりも、人をころしそうで、それがこわいの。あなた、ころしたくないの？　原子爆弾をつかったやつ」

「――――」

「わたし、赤ん坊がだんだん黒くなったとき、あたまがへんになったでしょ。そのときはX病院にいれられていたの。あそこにはひどいひとがたくさんいましたわ。外国兵にもらった悪い病気で、完全にくるったのがいたの。それがとっても美しいひとでね、よけい惨めに見えたわ。なんでも気にくわないことがあるとね、ところかまわず、おしっこやうんこしちゃうんですよ。その人を見てると、わたし、どうしても日本人以外の人をころしたくてころしたくて」

篤子は「独りごと」をつぶやいたり沈黙したりと、千佐子の言葉に対して正面から応答しようとはしていない。千佐子の言葉は、篤子の考えや言葉と響き合う可能性を含みながらも微妙なずれを生じさせている。それゆえに篤子と千佐子はお互いに結び合うことなく、すれちがっていく。

千佐子は「あたまがへんになった」ために収容された病院で自分と似た境遇にある「ひどいひと」を多く目にし、自分が体験したことやその痛みを個人に回収せず「日本人」という集団に拡大して捉える視点を獲得していく。千佐子は、引き揚げや売春、混血児の出産という出来事を「日本人」全体の問題として捉えているのである。「白人の子供」だと思って産んだ子が「黒い赤ん坊」であったことで「あたまがへんになった」という千佐子の告白からは、占領軍の中に存在した人種差別意識が占領下の「日本人」にも共有されていることが伺える。しかし「あたまがへん」になった千佐子は彼らは「おんなじ」だと言い、「国連軍」の兵士すべてにその殺意を向けていく。兵士たちの内部の差異やそこに存在する差別の問題をいったん外に置き、本来の大きさよりもかさばる支配的な存在として「国連軍」の兵士たちを表象するとき、逆説的に立ち上がってくるのは被害者としての「日本人」だと言える。千佐子のいう「日本人」は売春によって生計を立てる人々の悲惨な生の影を帯びた、女性的・被害者的存在として措定されていると言えるだろう。

次に、千佐子は「日本人以外の人をころしたくて」という状態に陥った動機として、「惨め」な状態に突き落とされた別の女性の姿を見たことを挙げている。これは、篤子が自らの原爆の記憶に苛まれて精神を病んでいく一方、「原爆娘」の悲惨さやその存在を語ることを通して「たたかう」主体として再生していこうとする姿を想起させる言葉である。千佐子と篤子は「自分のためだけ」に泣き、殺そうとしているわけではなく、むしろ自分たちと似通った痛みを生きている「人のため」に何事かを成そうとしている。

半人間とは「人間」に不信を抱きつづける存在であった。千佐子もまた、「人間」に不信を抱きつづける半人間的存在の一人ではあるが、篤子が逃れえない束縛と違和感を感じつづけた「日本人」という枠組みに、千佐子は疑いなく身をゆだねている。「日本人」に対して不信と違和を感じつづける篤子と、「日本人」であることに疑いを持たない千佐子とでは、「国家」に対する考えが大きく異なっていると言える。だが、篤子もまた「そこからのがれる道のない、おのれの所属する国家への不信」について語っていたように、「国家」から逃れられないという感覚のために苦しんでいた。日本という「国家」はたとえ主権を引き裂かれていようとも、篤子や千佐子の上に厳然と存在するものでありつづけた。半人間が「国家」から逃れる可能性を持ちうるものではないという限界をここから読み取らなければならない。

篤子のたたかいが泣き伏すことに留まっていたように、千佐子の殺人も未発の可能性として留め置かれる。それどころか、千佐子は自分が「人をころしそう」になることを極度に恐れ、その暴力性を自分自身に向けてしまう。その結果、千佐子は自殺未遂に至ってこの病室に運ばれてきているのだ。つまり千佐子によって「日本人」は被傷性をまとうことを許され、千佐子が自らに暴力の矛先を向けることで加害者となることを免れているのである。

「一九五二年の現在」という時間の中で、神経科の病棟を中心に展開される「半人間」は、戦争の記憶やジェンダーや階層に伴う被傷性、引き裂かれた主権の問題を提示する作品であった。しかし篤子や千佐子によって体現される半人間的存在は、最も弱い立場にある「被爆者」や虐げられた女性たちの痛みを、戦後日本という国家や「日本人」が都合良く搾取していく構造を強化しかねないものでもある。

半人間は、国家的な暴力に翻弄され、「まとも」でいることができない状況の中で弱々しく「人間」への不信を突きつける人々であった。しかし半人間はその声を聞き捨てられ、個としての力を持たず、狂気や自殺未遂によって表舞台から引き退き、「一九五二年の現在」からその姿を隠されていくのである。このような構図の中で半人間的な生に留まることは社会的・肉体的な死の気配を常にまとわりつかせ、他者と結び合うことを許されない状況を生きることを意味する。決して主体たりえなかった半人間の重層的な声に着目する時、傷つき、損なわれた人々の生を踏みつけることによって立ち上げられた戦後日本、そして戦後日本に影響を与えつづけるアメリカの暴力性が透けて見えるのである。

（1）大田洋子「生き残りの心理」、『大田洋子集』二巻、三一書房、一九八二年、三一四頁。
（2）大田洋子「文学のおそろしさ」、前掲『大田洋子集』二巻、三二二頁。
（3）第三一回芥川賞（一九五四年上半期）は吉行淳之介が受賞している。選評で大田に触れているのは石川達三、宇野浩二、川端康成の三名である。石川は「大田洋子氏が候補にのぼっていたが、もはや新人ではない堂堂たる作家であるという意味から除外された。落選ではない。落選と思われては気の毒だから付記しておく」と述べ、宇野は「私は、作者がこういう小説を書こうとした事は大へん結構であると思うが、肝心の書き方があまり旨くないのを残念に思った」と論じた。川端は「残念ながら、今回も私は特に推したい作品は見出せなかった。（大田洋子氏の「半人間」は別である。）」という言を残している（「選後評」、『文藝春秋』一九五四年九月）。
（4）服部達、奥野健男、日野啓「小説世界の現情」、『新日本文学』一九五四年九月。
（5）檜山久雄「大田洋子著『半人間』」、『近代文學』一九五四年十月。
（6）小田切秀雄「原子力と文学」、『原子力と文学』大日本雄弁会講談社、一九五五年、一九〇頁。
（7）黒古一夫『原爆とことば　原民喜から林京子まで』三一書房、一九八三年、四七—四八頁。
（8）ジョン・W・トリート「大田洋子と語り手の位置」、『グラウンド・ゼロを書く——日本文学と原爆』水島裕雅、成定薫、野坂昭雄監訳、法政大学出版局、二〇一〇年、三〇九頁。

（9）和田春樹『朝鮮戦争』岩波書店、一九九五年、三四二―三四六頁参照。

（10）道場親信『占領と平和　〈戦後〉という経験』青土社、二〇〇五年、三〇六頁参照。

（11）以下、本文の引用は大田洋子「半人間」（『大田洋子集』一巻、三一書房、一九八二年）に拠る。

（12）「現実には原爆が使用されることはなかったが、五〇年一一月三〇日には米トルーマン大統領が「朝鮮戦争で原爆使用も辞せず」と発言し、またマッカーサーが原爆の使用を求めるなど、原爆を現実に使用する動きはたしかに存在したのである」（前掲、道場親信『占領と平和　〈戦後〉という経験』二九五頁）。

（13）江刺昭子「大田洋子論」、『国文学　解釈と鑑賞』一九八五年八月。

（14）例えば佐多稲子、長岡弘芳、川村孝則の間で以下のようなやり取りが見られる。「佐多　この『半人間』にしても、ああいう病院に入るような精神状態になっていながら、しかしあの病院の中の人間をよく見てますね。作品に見る作家としての彼女はちっとも病人じゃありませんよ。だから、むしろいろいろと伝わっていた彼女の実生活のほうがよほど病人的なんですが。それはちょっと面白いですね。／――『半人間』は、シチュエーションがよく出来ていますね。出てくるのがみんな〈半人間〉でしょ。直接戦争や原爆でそうなったわけでは、必ずしもないけれども、そうであってもおかしくない。そこは一種、戦後日本の社会の、歪みの縮図のようでもある。そしてそういう周囲がみんなこわれているなかにいると、どこかホッとするものが、彼女にはあったみたいですね」（佐多稲子、聞きて・長岡弘芳、川村孝則「解説」、『大田洋子集』一巻、三四一頁）。

（15）ジョン・ダワー『増補版　敗北を抱きしめて』下巻、三浦陽一、高杉忠明、田代泰子訳、岩波書店、二〇〇四年、三七八頁。

（16）前掲、ジョン・ダワー『増補版　敗北を抱きしめて』下巻、一九〇頁。

（17）永井隆『長崎の鐘』アルバ文庫、一九九五年、一四五―一四六頁。なお、永井の理論はその後、山田かん、井上ひさし、高橋眞司らによって批判されることになる。篠崎美生子は「温存される〈浦上燔祭説〉――原爆死の意味づけと戦後天皇制をめぐって」（『社会文学』三八号、二〇一三年七月）で、これらの論者の批判に「「信仰上」の価値を担保する用心深さ」が潜むことを指摘し、永井の〈浦上燔祭説〉が「キリスト教の根本的な思想に抵触する形で成立している」ことを示した上で、キリスト者の「戦後協力」に言及している。

（18）前掲、道場親信『占領と平和　〈戦後〉という経験』、二九四頁。

(19)重いケロイドを負った若い女性たちは、広島の牧師谷本清や作家の真杉静枝らの尽力によって一九五二年に東大病院で治療を受け、広く世に知られた。谷本牧師はその後、米ジャーナリストのノーマン・カズンズと協力し、未婚の被爆女性の渡米治療を実現させた。女性たちは、「原爆乙女」、「ヒロシマ乙女」とも呼ばれた。なお、広島平和記念資料館では、当事者からの申し入れによって二〇〇四年から「原爆乙女」の表記を「被爆した若い女性たち」という表現に改めている(高雄きくえ「「原爆乙女」とジェンダー――なにが彼女たちに渡米治療を決意させたのか」、『女性史学』二〇号、二〇一〇年参照)。

(20)大田洋子は随筆「広島から来た娘たち」(『世界』一九五二年八月)で一人の「原爆娘」との交流を描き、上京した彼女たちが巣鴨刑務所にA級戦犯の慰問に行ったことにも批判的に触れている。

(21)ジョン・ハーシー『ヒロシマ〔増補版〕』石川欣一、谷本清、明田川融訳、法政大学出版局、二〇〇三年、一九〇―二〇二頁参照。

(22)米山リサは戦後日本の「女性化された記憶」について、「乙女」と「母」のイメージが主に対米関係において果たした役割を次のように論じている。「一方で、いわゆる「ヒロシマ乙女」たちは、日本と合衆国のオイディプス的関係を反映するイメージを構築していた。純潔、処女、娘らしさ、といったこの女性たちの支配的イメージは、少なくとも通俗的言説のなかでは、父親としてのアメリカとの関係における国民の姿を忠実に表象した。他方、平和と反核言説の主要な担い手であった「広島の母たち」は、アメリカの軍国主義と帝国主義と真向から対立するものを意味するようになった。彼女たちの語りは、反植民地闘争のメタファーを通じて、戦後の合衆国と日本の関係を表した。乙女たちが、米国と日本の公的な同盟と友愛を示唆していたのに対し、母性をめぐる修辞は、国民性についての別な語り、つまり、日本を合衆国の犠牲者として想起する語りを強固にする一助となったのである」(米山リサ『広島 記憶のポリティクス』小沢弘明、小澤祥子、小田島勝浩訳、岩波書店、二〇〇五年、二七二頁)。

第一部

占領下沖縄・声なき声の在処

第四章

来るべき連帯に向けて――長堂英吉「黒人街」

1.「黒人街」で描かれたもの

長堂英吉は一九三二年に沖縄県那覇市に生まれ、「嘉数高地」(『沖縄タイムス』一九六五年一月一日)で作家としてのデビューを果たした。そして、沖縄文壇の大きな期待を担って創刊された『新沖縄文学』の創刊号を飾った「黒人街」(一九六六年)によって、長堂英吉という書き手の存在は強く印象づけられた。「黒人街」は、戦後初の総理訪沖に湧く一九六五年八月のコザを舞台とした短篇である。[1] 当時、多くの米兵たちで賑わっていたコザの街は、「白人兵」と「黒人兵」の専用区域に分かれていた。黒人街とは「黒人兵」専用のバーやキャバレーがひとかたまりになっていた照屋一帯を指す呼び名であり、そこは「白人兵」を寄せつけない空間であった。

この作品の冒頭で描かれるのは、それと知らずに黒人街に迷いこんだ「白人兵」を「黒人兵」たちが袋だたきにする事件である。騒ぎを聞きつけて白人街で飲んでいた「白人兵」が黒人街になだれこみ、黒人街最大の店、リンカーンレストハウスで激しい衝突が起こる。店に立てこもった「黒人兵」たちは、駆けつけた「白人兵」を不意打ちによって蹴散らし、逃走する。店は大損害を負い、店主の山田うめは米軍に弁償させると息巻く。ここから語りはうめに焦点化し、うめの半生がたどられていく。うめは沖縄中部の貧しい農家に生まれ、大阪で娼婦となり、戦争中は「慰安女子挺身隊」に加わって戦地をめぐった。そして戦後に沖縄に戻り、いちはやく「黒人兵」相手の商売をはじめたうめは大成功を収め、黒人街の名物女となった。しかし「黒人兵」たちが引き起こした事件の事情聴取にやってきた米軍のMPと地元の巡査は、常連の「黒人兵」をかばううめに対して、店の弁償どころか、米軍が発行する店のライセンスの剥奪をちらつかせる。「うちはね、ベトコンを置いているんじゃないんだよ」と啖呵を切ったうめの言葉を、「黒人兵」のMPが「黒人兵達はベトコンであった」と叫んでいると誤解し、壁にのりづけされたライセンスを引きはがすという場面で作品は幕を閉じる。

同時代のコザの状況を踏まえて書かれた「黒人街」は、米軍基地とそこに属する兵士たちが肌の色によって分断され、対立していた状況を如実に示すものとなっていた。米兵と沖縄の人々との関係は戦後の沖縄文学がくりかえし描いてきたテーマである。しかし「黒人街」以前の小説では、沖縄の人々の視点からアメリカを捉えることに重点が置かれていた。それに対して「黒人兵」と「白人兵」の対立という米軍内部の人種問題に着目した点に長堂英吉の「黒人街」の新しさがあった。仲程昌徳は、それについて次のように評価している。

これまで書かれてきた小説作品は、嘉陽〔安男〕、大城〔立裕〕をはじめ、アメリカを非難するにせよ賞賛するにせよ「アメリカ」に所属しないものが「アメリカ」を見るというかたちで書かれていた。すなわち、アメリカは常に見られる側にあったといっていいが、長堂は、そのかたちを崩し、「アメリカ」が「アメリカ」を見るという構図をとって「アメリカ」を描いたのである。そしてそれは、黒人対白人の対立というもっとも先鋭なかたちで取り出されていた。(2)

仲程が指摘するとおり、「黒人兵」という存在がクローズアップされ、米軍当局に反抗的な態度を取る「黒人兵」の姿が浮かび上がっているのはこの作品の大きな特徴である。同時に「黒人兵」と最も近しい関係を築く黒人街の女性の、復帰運動に対する冷淡なスタンスが示されていることも着目すべき点である。岡本恵徳は「黒人街」の主要な登場人物である「黒人兵」アルと、黒人街の名物女のうめの関係について、次のように述べている。

この作品は「日の丸」への反発からそれを失敬して降等された黒人兵「アル」の軍の体制に対する反抗と、下積みの「うめ」の日本復帰運動に対する反発——復帰運動は「うめ」のような人達にとっては、教師や公務員など恵まれた階層の身勝手なものにみえていた——を重ねることによって、支配者と被支配者双方の内部矛盾を同時に捉え、下積みの人間同士の結びつきの可能性(残念ながらそれは示唆にとどまるのだが)をものぞかせている。(3)

岡本が指摘した「下積みの人間同士の結びつきの可能性」は、うめ自身が総理来沖を歓迎して黒人街にはためく日の丸に違和感を持ち、その旗を「失敬」したアルの行為に共感を寄せるという場面に見出される。しかし、「黒人兵」が日の丸に手をかけることがなぜ「軍の体制に対する反抗」として捉えられるのか、うめが日の丸に対して感じた反発とアルの行為がどのように重なり合い、結びつくのか、あるいは結びつきようのない断絶をはらんでいるのかについては、より掘り下げて考察する必要があるだろう。

本章ではまず、「黒人兵」とうめを結びつける重要なモティーフとして作品に呼びこまれている日の丸が当時の沖縄においてどのような意味を持っていたかをたどり直す。その上で、当時の「黒人兵」と黒人街の女性たちが置かれていた文脈を検討し、占領下沖縄における彼ら／彼女らの関係性について考えていく。

2. 日の丸をめぐるまなざし

――沖縄の祖国復帰が実現しない限り我が国にとって「戦後」が終ってない事をよく承知しております。

佐藤栄作

「黒人街」のエピグラフは、一九六五年八月一九日、佐藤栄作首相が訪沖し、那覇空港に到着した直後に発表したステートメントの一節である。(4) 首相の訪沖を「明後日」に控えた日の出来事を描いた「黒人街」は、一九六五年八月一七日のコザという、明確な日付と空間を刻まれて展開する作品だと特定することができる。

新崎盛暉は、日の丸をシンボルとして展開していた沖縄の復帰運動の内部にさえ、一九六四年頃から日の丸をシンボルとすることに対する危惧の念が出はじめており、「日米軍事同盟（安保体制）再編強化のための沖縄返還政策」が胎動しはじめる一九六七年頃に日の丸が復帰運動から消えていったと述べている。(5) 一九六五年の沖縄において、日の丸に託される意味は決して一様ではなかった。しかし、これも新崎の指摘するところであるが、米軍当局が日の丸掲揚を制限していた当時、日の丸が米軍統治への抵抗を託す旗として沖縄の人々に支持されていたという面も無視できない。米兵による日の丸の持ち去りや損壊事件が相次いでいたことは、そのような民衆の感情に拍車をかけていた。

一九六五年一月一日、宜野湾市内で米兵による日の丸盗難事件が三件発生した。(6) 沖縄県祖国復帰協議会の抗議や立法院の抗議決議を受け、アルバート・ワトソン高等弁務官は七項目にわたる厳守事項をあげた書簡を米軍各部隊司令官に送って警告を発するという異例の措置をとった。書簡には「あなたたちはいかなる時でも、いかなる場所からも日本国旗を取り去る権利はない」、「あなたたちは日本国旗を損壊した場合、米国の同盟国を侮辱したカドで罪に問われる」と記され、さらに「われわれは征服者の権利として沖縄に駐留しているのだという時代錯誤的な考え方をいだいているものもいるが、これは、ある時代には真実であったかも知れない。しかし一九六五年の現在では真実ではない。合衆国は、一九五二年四月二十八日以降、対日平和条約によって琉球に駐留しているのである」と訓告されている。(7)

だが、それからわずか半年後の一九六五年六月二三日、「慰霊の日」の弔旗として掲げられていた日の丸が二人組の米兵によってむしり取られるという事件がコザで発生した。(8) この事件に対して立法院はふたたび抗議決議を採択し、「弔旗を損壊し、持ち逃げするという行為は、単に国旗の尊厳を傷つけるばかりでなく、戦没者の霊をもふみにじる非道な行為」であり、「日本国民並びに沖縄県民を侮辱」するものだと抗議した(9)。

このような流れの中で、首相訪沖に際して米兵が日の丸に手をかける事態が発生することは厳しく警戒されていた。『琉球新報』は「佐藤首相の訪沖と日の丸」と題した社説を掲げ、「国旗の凌辱は、その国家にたいする侮辱」であるとし、米兵による日の丸凌辱事件の防止を高等弁務官に呼びかけるとともに、沖縄の一般市民に対しても日の丸の小旗を捨てたり踏みつけたりすることがないよう注意を促している(10)。

市民に対して注意が喚起された背景には、首相訪沖を歓迎するか、訪沖自体に反対するか、もしくは抗議によって迎えるかの大きく分けて三つの意見が沖縄の人々の間に存在していたという状況がある。一九六五年八月一七日の午前九時、沖縄では日の丸をめぐる一つの政治決定が下されていた。松岡政保行政主席がワトソン高等弁務官との定例会見で首相訪沖中の日の丸掲揚の許可を要請し、了承されたのである。「日の丸の掲揚は布令百四十四号(集成刑法)によって祝祭日を除き政府庁舎、公共建て物、あるいは政治目的による集会などの使用については禁止されているが、高等弁務官の許可があれば掲揚できる(11)」という当時の沖縄において、この日、日の丸掲揚は日本の首相を歓迎するという意味を明確に担うこととなった。首相訪沖当日の沖縄は、松岡政保行政主席が会長を務める「佐藤総理を迎える会」が二五万人を動員して日の丸歓迎に万全を期し、抗議の姿勢を貫く復帰協が日の丸歓迎を避けて千五百人を動員した抗議体制を敷き、訪沖阻止を訴える全沖労連や琉大学生会が空港に五百人以上を動員して阻止行動を行うという状況であった(12)。

ここまで見てきたとおり、日の丸は復帰運動のシンボルでもあり、掲揚が許される祝祭日にはさまざまな建造物に掲げられていた。また、六月二三日の日の丸の掲揚は沖縄戦の死者を悼む「弔旗」としての意味を担うものでもあった。しかし、首相来沖の際には日の丸は「歓迎」の印として米軍の承認の下に掲げられることとなり、復帰運動の中枢を担う人々はそれを掲げることを避ける選択をした。一九六五年の一月から八月にかけてのごく短い期間においてさえ、日の丸を掲げることの意味を一つの文脈に回収して語ることは困難である。日の丸をめぐるまなざしは複雑に交錯し、その都度揺れ動いていたと言えるだろう。

しかし、そのような状況の中で一貫して厳しく批判されてきたのが、沖縄に駐留する米兵が日の丸を持ち去ったり引きちぎったりする行為であった。米兵が日の丸に手をかけることは、「征服者」意識の発露であり、また「日本国民並びに沖縄県民を侮辱」するものだと捉えられていたのである。それは米軍上層部と沖縄の人々に共通する認識であった。

だが、「黒人街」のうめは、それとは異なる文脈で日の丸と「日の丸事件」を捉えようとしている。

3.「日の丸事件」の解釈

「黒人街」の結末近くでは、首相訪沖を控えた街の様子が描写されている。

ネオンの林をぬって、町には日の丸の旗が重苦しくたれさがっていた。

「歓迎、加藤総理大臣閣下」と大書された横断幕が、ハーレムに迷いこんだ日本人のようにそこ此処に萎縮していた。

それはまさしく場ちがいな感じだった。楽屋の裏方がしまい忘れた小道具が、次の場面の幕があいたにもかゝわらず、そのまゝステージの片隅にとり残され、観衆の意識の片隅をチクチク責めさいなむあの何ともやりきれない気持に似ていた。

いってみれば、日の丸はこの町には似合わないのである。[13]

「加藤総理」のモデルが佐藤栄作であることは、先に引用したエピグラフからも明らかである。首相訪沖を目前に控えて出現したこの光景は、舞台の幕間になぞらえられている。それは日の丸がうめに与える違和感を示すと同時に、復帰への期待を高めつつ施政権返還交渉を先送りにし、在沖米軍基地の機能維持をはかる日米両政府によって演出された首相訪沖に対する皮肉ともなっている。

ワトソン高等弁務官は、一九六四年八月の就任以降、沖縄の自治権を拡大する柔軟政策を取る一方、沖縄での米軍演習を強化するなど、施政権返還には消極的な姿勢を見せていた。[14]また、佐藤栄作は訪沖直後に高等弁務官主催のレセプションに出席し、日米協調の重要性を強調した上で「私は、今日激動しているアジアに一日も早く平和と安定が確立されることを念願し、このために一層の努力を傾けたいと決意しています。これはまた沖縄の日本本土復帰という日本国民全体の悲願実現の道にも通じるものと思います」[15]と挨拶した。沖縄の基地の機能維持こそが復帰につながるという佐藤の論理は、在沖米軍基地の機能維持を最優先事項とする日米両政府の姿勢を示すものにほかならなかった。ベトナムへの北爆開始によって沖縄が前線基地としての重要性を増し、補給基地のみならず出撃基地としても機能しはじめていたこの時期、日米両政府は復帰準備よりも基地機能維持に重点を置いていた。復帰への期待を高めつつも具体的な政策を示すことのないままに終わった首相訪沖は、大規模なパフォーマンスとしての面も強かった。それを彩る日の丸が舞台の「小道具」に喩えられているのは、首相訪沖が日米両政府によって周到に演出されたことと響き合っている。

黒人街に生きるうめは、垂れ下がる日の丸を見て「意識の片隅をチクチク責めさいなむあの何ともやりきれない気持」を抱き、首相の訪沖を歓迎する人々を批判する。

「一体、なんであんた達は加藤、加藤と大さわぎせなあならないの。うちは、日本復帰には反対よ。えっ、反対ですとも。

二十年この方、日本の世話になった事なんか、これっぽっちもおまへんのやからな。加藤はんがうちらのために、何をしてくれはったというの？」

「うちはね、むしろアメリカ帰属運動をおこした方が良い位に思ってるのよ。誰が何といったって、こゝの基地の兵隊達こそ生命の綱なんだからね」

うめにとって、結びつくべきは日本でも復帰を待望する沖縄の人々でもなく、「こゝの基地の兵隊達」にほかならなかった。

アルがいつかの祝祭日に、その中の一枚を失敬し地元の新聞や革新団体の袋だたきにあった

のは、ついこの間の事である。きっとアルは、

「俺は日本が嫌いなのじゃない。俺の神経をチクチク刺戟するあの無格好なヒラヒラをちょっとばかり動かしただけなんだ。それだけなんだ」

と、わめいたにちがいない。

此の町の住民には、すくなくともその主流をなすうめたちには、その気持がわかるのである。しかしアルのいうヒラヒラのもつ神経のさいなみや、兵隊達の屈折したサイコロジーが米軍の法務官達にわかるわけがなかった。

おかげでアルは、下士官から一兵卒に降等され、ベトナムの馬小屋のような基地に三カ月も追いやられる破目になった。

その事を、うめは忘れなかった。（傍点引用者）

傍点部から読み取れるように、アルの台詞はアル自身によって語られたものではなく、うめがアルの心情を忖度し、代弁したものである。アルを「袋だたき」にした「地元の新聞や革新団体」、そしてアルを罰した「米軍の法務官達」は、当時の新聞紙面から伺えるとおり、米兵が日の丸に手をかけることを日本への侮辱として解釈している。だが、「俺は日本が嫌いなのじゃない。俺の神経をチクチク刺戟するあの無格好なヒラヒラをちょっとばかり動かしただけなんだ」といううめの代弁によれば、アルが引き起こした事件は日本への反発に根ざすものではなく、「無格好なヒラヒラ」を目の前から取りのぞく行為に過ぎないことになる。アルの行為に明確な日本への反発を読み取るのではなく、言葉にしがた

い違和感のみを受け取ろうとするうめは、米兵を罰することで沖縄の人々の対米感情を和らげようとする「米軍の法務官達」の解釈を退ける。そして、黒人街にはためく日の丸に「意識の片隅をチクチク責めさいなむあの何ともやりきれない気持」を抱く自分自身の痛みをアルの行為に重ね、アルの行為に共感を寄せるのである。

うめは総体としての「アメリカ」や「基地」ではなく、そこに属しながらも支配的な階層とは異なる文脈を生きる存在としてのアル＝「こゝの基地の兵隊達」と自分自身を結びつけようとする。その結びつきは、うめとアルの二人の間に留まらず、「此の町の住民」と「屈折したサイコロジー」を抱く「兵隊達」という複数性に開かれ、拡大されていく。

うめがアルの行為に与えた解釈には、共同体の中で虐げられ、抑圧される立場にある者同士として自分たちを捉え直す視点を見出すことができる。だが、アル自身がどのような思いによって日の丸に手をかけたのかは作品の中では明らかにされていない。そのため、うめの解釈が正当であることを証し立てることはできない。アルの行為をうめが自らの心情に引き寄せて捉えようとした理由を探るためには、うめ自身の半生と、複雑な、重層化した差別意識によって形成された黒人街という空間に踏みこんでいくことが必要となる。

4. 黒人街という空間

うめは「昭和二十三年の夏」に沖縄に戻り、ほどなく「黒人街を形成する百軒あまりのクラブ、キャバレーの草わけ」となる店をはじめた。終戦前の一年間、「廓の中から送りだされた慰安女子挺身隊というものに加わって、中支からビルマ、ジャワ、フィリピン、はてはスマトラの山の奥まで、身体を売って歩いた」うめが沖縄で見たのは、次のような光景であった。

　自分の家があったと思われる地点には、草色の大型トラックが鼻をつきあわせて、うずくまっている。そのかたわらをシンガポールやジャワの奥地でよく見かけた獅子っ鼻の黒人達が、踊るように首を振りながらせかせかと歩きまわっている。
　足どりに落ち付きがないのは、欲求不満のあらわれであると見てとった。長年の感《ママ》である。

　米軍の「黒人兵」を、うめは「シンガポールやジャワの奥地」で出会った人々と重ねて見ている。言うまでもなく、米軍の「黒人兵」とアジアの人々の歴史経験や民族性は大きく異なっており、ひとくくりにすることはできない。それにもかかわらず、うめのまなざしの中でこれらの人々は肌の色によってたちまち溶け合い、同一視されてしまう。

　一方、米兵もまた、アジアの人々と「黒人」をひとくくりにするまなざしによって沖縄を眺めていた。敗戦直後の一般米兵は沖縄の人々を「グック」と呼んでいた[16]。ジョン・ダワーは、一八九八年のフィリピン征服に起因する米軍の隠語について、「フィリピン人は「黒ん坊《ニガー》」であり、「反逆的な野蛮人」であり、「油断のならない土人《グーグー》」であった——後者は第二次世界大戦において「グーク」として再登場する[17]」と指摘している。有色人種への蔑称はアジアの戦場を介して絡み合い、差別意識の重層化をもたらしていた。特に「黒人兵」と沖縄の人々の間には、相互に差別意識を持って接するという状況が生まれてしまった。

米兵から「グック」と名指されながらも、捕虜収容所から戦後の生活を出発させ、米軍と密接に関わりながら生きてきた沖縄の人々は、米軍内部における「黒人兵」への差別を目の当たりにし、差別意識を深く内在化していったのである。

沖縄に戻ったうめが「最初から黒人のみを商売の相手にえらんだ」のは、沖縄の人々が「黒人兵」に対して差別意識を持っていることを敏感に感じ取ったからにほかならない。「昭和二十三年」にはすでに「若さ」を失いつつあったうめは、自らが切り拓く新たな市場として「黒人兵」に狙いを定めたのである。

黒人街の女は、うめのように太った中年が多い。女は白人のたむろする町でこの道に入り、年をとり、白人兵達に相手にされなくなって来ると、潮がひくように黒人街へ、黒人街へとあとずさりして来る。

所がうめの場合は、最初から黒人のみを商売の相手にえらんだ。根性がちがっていた。流れものの白人相手の女達とは、どだい土性骨がちがうのだと豪快に笑った。飛田の廓あがりの貫録が、こゝでものをいうのである。

この町は、老いた売春婦たちの最後の淀みであり、砦である。若い女が一足とびにこの一帯にのしてくる事は、まずないから、この溜池が干上る事はない。

基地の町で生きる多くの女性たちはまず「白人兵」を相手にすることを選び、黒人街は落ちれば抜け出すことのかなわない「最後の淀み」となっていた。その構造は、「黒人兵」の客を取ることへの沖縄の女性たちの強い抵抗感に支えられていた。

黒人街という「淀み」に吹き寄せられるのは差別や貧困を経験してきた存在であったが、人種をめぐる差別意識が複雑に絡み合い、占領者／被占領者という支配関係が存在する植民地状況にあって、人々は様々な分断を生きていた。そのねじれを表出させる言葉として、「ベトコン」がある。ベトナム戦争が本格化するこの時期、それは米兵達にとってかつての「グック」と同じように、野蛮な他者を示す名であった。「黒人兵」と対峙した「白人兵」は「俺達とサイゴンにいこうや、アル。クロンボ女がいっぱいいるぜ」という言葉を投げつけ、ベトナム人を「黒人兵」と同一視することで彼らを貶めようとする。また、うめも「ベトコン」という言葉を口にすることで、言葉の意味が捉え損ねられ、食い違う状況に巻きこまれていくことになる。

「うちはね、ベトコンを置いているんじゃないんだよ」

——すると、ベトコンという言葉で所在なさそうに二人のやりとりを見ていた黒人兵のMPの目がピカリ、と光った。

どうやらこの女は、黒人兵達はベトコンであった、とまくしたてていると感違《ママ》いしたらしく、いきなりうめの太った首筋を両手でつかむと、ドアの外にひきずりだした。

「貴様《アイ》を逮捕《アレスト》する《ユー》」

あわてた巡査が

「ノーノー」

と、手をふったが、きこえぬふりをして見むきもしない。

白人兵のMPが、カウンターの上にひょいと土足のまゝあがると、壁に糊づけにされたライセンスをひっぱがした。


当時コザの街をパトロールするMPは、「黒人兵」と「白人兵」のペアで構成されていた。首相歓迎をめぐるうめと巡査のやり取りを見ていた「黒人兵」のMPはうめとは面識がなく、うめの口から発せられた「ベトコン」という言葉を聞き取るやいなや、うめの言葉を「黒人兵」への侮辱と判断し、うめを逮捕する。うめが「ベトコン」という言葉を発したのは、「ベトコン」と自分の店に出入りする「黒人兵」たちを差別化するためであった。だが、「黒人兵」のMPが「ベトコン」という言葉を聞き取ったとき、うめは「黒人兵」を差別的に扱う沖縄の人間の一人として捉えられる。「黒人兵」のMPの反応は、肌の色によって「ベトコン」と「黒人兵」が同一視されることへの忌避と、沖縄の人間が「黒人兵」への差別意識を露呈することへの嫌悪に裏打ちされている。

うめがアルの行為への解釈を通してたぐり寄せようとした「黒人兵」と黒人街の住人の結びつきは、うめ個人の心情や関係性に支えられたあまりにも脆いものであることがここで露呈してしまう。うめの思いは黒人街の住人やアルたち以外の「黒人兵」に届くことのないまま、悲痛な声として黒人街に投げ出される。

また、沖縄から出撃していくB52の爆撃にさらされる「ベトコン」は他者のままに留め置かれている。「ベトコン」という言葉をめぐる食い違いを見れば、アルの「気持ちがわかる」といううめの共感を根拠に、「黒人兵」と黒人街の住人の連帯を読み取ることには歯止めをかけざるをえない。うめがアルに寄せる共感は、異なる文脈を生きながら黒人街という空間を形成する存在同士の、何かの折に結び合うかもしれぬ、しかし達成されなかった連帯へのかすかな可能性を示すものに留まるのだ。(18)

5. 抹消される被傷性

アルは人種によって、うめは幼少期からの貧困や娼婦という職業によって、それぞれが生きる社会の底辺に属する存在として位置づけられている。しかし、同時に、アルやうめはしたたかにその境遇を生き抜く人物として造型されている。アルやうめのしたたかさは、彼ら／彼女らの被傷性の抹消によって成立している。

アルは「大男の黒人」であり、「黒人兵」のリーダーとして黒人街で幅をきかせている。また、アルはかつて下士官であったが、日の丸を「失敬」したことで一兵卒に降等され、「ベトナムの馬小屋のような基地に三カ月も追いやられる」という経験を持っている。しかしそれでもなお、作品の現在時においてアルは「白人兵」よりも優位な立場に立っている。それは、作品に書きこまれたアルの所属から浮かび上がってくる。次に引用するのは、「白人兵」と「黒人兵」が対立する際の会話である。アルは仲間たちとともにうめが経営するリンカーンレストハウスの二階に陣取り、「白人兵」を迎え撃っている。

「黒いの《ヘイ　ニガー》、覚悟しろよ」

「叩き殺してやるからな、その積りでおれ」

「アフリカのゲジゲジ野郎」

大きな身体をドアの中に沈めると、アルはのぞき窓に顔を押しつけて外を眺めた。

第七艦隊の白いセーラー服が三〇人許り《ママ》。あとは、ちかくのキャンプブラッドレーの海兵隊の連中らしい。さすがにアルの所属する空軍基地の灰色のユニフォームは見当らない。

やにわにアルがどなった。

「おっちょこちょいの白ンボども。よくきけ、俺を知っているか。知っとるだろう。カデナのアルだ。メインテナイ《ママ》ンスグループのアルだ。一昨年までクレイのトレーナーをつとめた男だ」


第七艦隊は横須賀に司令部を置き、直接ベトナム戦争に参加する艦隊であった。特に海兵隊は「戦争、あるいは緊急事態発生とともにただちに急行して、海・空から目的地へ強行上陸を行ない、敵を強襲して撃破し、橋頭堡を確保して友軍の作戦を容易ならしめることが主任務であり、さらに独自の進攻作戦も行ないうる」[19] 独立戦闘兵団である。つまり、ここに登場する「白人兵」たちは、遠からずベトナムに派兵され、最前線で戦うことを運命づけられた存在である。

それに対してアルたち「黒人兵」は空軍、しかもメインテナンスグループという兵站に属している。アルやその仲間たちが「白人兵」を見下ろす位置に陣取り、終始「白人兵」の機先を制して勝利をものにするのは決して偶然ではない。アルは海兵隊の「白人兵」よりも有利な境遇にあり、戦場での死という切実な不安からは距離を取る存在として設定されている。

また、アルの所属は当時の沖縄においては非常に重要な意味を持っていた。一九六五年七月二九日、台風を理由にグアムから嘉手納基地へ避難していたB52爆撃機二五機がベトナムに出撃したのである。この出撃によって、沖縄はベトナム戦争の「補給基地」だという米軍の主張の欺瞞が崩れ去り、沖縄の「出撃基地」としての性格が明らかになった。[20] この事態は沖縄の人々に強い衝撃を与え、沖縄が報復攻撃の標的となるという切実な危機感によって米軍への抗議が相次いだ。アルが所属していたカデナのメインテナンスグループは、沖縄を報復攻撃の対象として戦地へと変貌させた事件に密接に関わっていた。戦地に送られる「白人兵」とB52をメンテする「黒人兵」の対立は、沖縄という地が戦禍の渦中にあることを同時代の読者に強く意識させるものであった。

無論、「黒人街」という作品でアルに与えられた所属は特殊なものであり、現実には多くの「黒人兵」が下級兵士としてベトナムの戦地に真っ先に送りこまれていった。[21] それにもかかわらず、「黒人街」で描かれる「黒人兵」らはそのような被傷性を免れる存在として表象されている。

これは、うめをめぐる表象とも結びついていく問題である。うめは弟の進学をきっかけに性をひさぎはじめ、男や時間を金に換算する「廓の女としての発想と思考の角度」を自らの中に根づかせた。そのため、うめは飛田遊廓での生活や「慰安女子挺身隊」での体験を「ざくざく金ももうかった」と商売の成功として捉えている。そして黒人街に店を構えてからのうめは、せっせと金を貯め、白人街で客のつかなくなった女たちにその金を貸しつけ、元の店から引き抜いて「黒人兵」の客を取らせている。「黒人街」という作品において、うめは、自ら「廓の女」としての生を選び、積極的に商売し、冷酷な経営者としてのし上がっていく人物として描かれる。このような構図はうめ自身の被傷性を見えにくくするのみならず、遊郭や黒人街に生きる人々、「慰安女子挺身隊」に動員された人々の生が主体的な決定によって選び取られたものであるかのような印象すらもたらす。

「黒人兵」や「廓の女」のしたたかさが強調されるとき、彼ら／彼女らの被傷性は見えにくいものになっていく。だが、抹消されていく被傷性は細部に宿り、息づいている。それはたとえば、黒人街で二十年を過ごしてなおうめの言葉に深く刻まれた大阪弁に見出すことができよう。「二十年この方、日本に世話になった事なんか、これっぽっちもおまへんのやからな。加藤はんがうちらのために、何をしてくれはったというの？」と啖呵を切るうめの言葉には、内地の生活と従軍経験を通して沖縄の言葉を捨て、内地の言葉を習得しなければならなかった痛みが深く刻まれている。

また、「黒人兵」としては比較的恵まれた境遇にあるはずのアルが、その地位を危うくしてまで日の丸に手をかけなければならなかったのはなぜなのか。米本国や軍隊内において差別的な状況にさらされていた「黒人兵」たちにとって、黒人街は自らが主導権を握ることのできる希有な空間であった。その場所にはためく日の丸を「失敬」する行為が、沖縄の人々や日本政府のみならず、米軍当局からも不興を買うものであったことはすでに述べたとおりである。アルが日の丸に手をかけた経緯は定かではない。しかし、その行為が衝動的であったにせよ、明確な理由に基づいていたにせよ、アルは日の丸に手をかけずにはいられなかった。米兵たちが米軍占領下の沖縄にはためく日の丸に不快感を持ってそれを損壊したことを考えれば、アルが日の丸を他者の旗として捉えていたことは疑いようがない。そうであるとすれば、黒人街に他者の旗がひるがえることへの反発としてアルが日の丸を「失敬」したと考えることもできるだろう。

暴力的な行為やしたたかな生き様が強調されるときに見失われていく、アルやうめ自身の被傷性に目を向けようとすると、彼ら／彼女らの行為や声がはらんでいる不可解な部分が浮かび上がる。それに着目して解釈を広げていくとき、アルの行為に米軍当局への抵抗を、うめの言葉に帝国日本が女性たちや沖縄の言葉に対して行使した暴力の片鱗を読み取ることが可能となるだろう。

6. 来るべき連帯の可能性

うめのアルへの共感はあくまでも一方的なものに留まっている。また、アルとうめの関係を「黒人兵」と黒人街の住人という複数の存在に敷衍していくことができるのかどうかも不明確である。うめとアルが日の丸に対して抱くイメージが同じであるはずはなく、言葉やイメージは常に食い違いや誤解にさらされている。また、「此の町の住民たち」と「こゝの基地の兵隊達」の関係を声高に主張しようとする際に、「ベトコン」という別の他者がたちあらわれてくることの危うさを看過することはできない。「黒人街」において、沖縄から出撃するB52の爆撃にさらされる「ベトコン」は、沖縄の人々と「黒人兵」の双方から決定的な他者として捉えられ、「黒人兵」とうめの食い違いを増幅させる装置として機能している。

だが、沖縄の人々と「黒人兵」がお互いに差別し合うという構造の中で、うめがアルに共感を寄せ、その行為に至った理由を代弁することで瞬間的に出現した連帯の可能性は、それが瞬間的なものであるがゆえに、食い違うイメージや言葉を抱えて結び合い、切り離され、また結び合う光景を連想させる。それは常に同じ連帯としてではなく、その都度異なるものとして出現するだろう。他者として認識していた存在が、同じ傷を持つ、連帯が可能な存在として捉え直される。そのような瞬間が到来する可能性も「黒人街」は示唆しているのである。

（1）本章では作品中で用いられている語に基づき、括弧つきで「黒人兵」、「白人兵」の語を使用する。ただし空間としての黒人街については、作品名の「黒人街」と区別するために括弧を用いずに表記する。
（2）仲程昌徳「「アメリカ」のある風景――戦後小説を歩く」、『アメリカのある風景――沖縄文学の一領域』ニライ社、二〇〇八年、一九〇頁。
（3）岡本恵徳「長堂英吉『黒人街』――娼婦の眼で捉えた米兵たち」、『現代文学にみる沖縄の自画像』高文研、一九九六年、一二七頁。
（4）「感慨胸に迫る思い　佐藤首相ステートメント」、『沖縄タイムス』夕刊、一九六五年八月一九日。
（5）新崎盛暉『日本になった沖縄』有斐閣新書、一九八七年、六一―六三頁。
（6）「米兵〝日の丸〟を盗む」、『沖縄タイムス』一九六五年一月四日。
（7）「日の丸事件で警告」、『琉球新報』一九六五年一月一六日。
（8）「「日の丸」盗まれる」、『琉球新報』一九六五年六月二四日。
（9）「米兵の日本国旗損壊にたいする抗議決議」、『琉球新報』一九六五年六月二六日。
（10）「佐藤首相の訪沖と日の丸」、『琉球新報』一九六五年八月一〇日。
（11）「日の丸掲揚　首相の来島中」、『沖縄タイムス』夕刊、一九六五年八月一七日。
（12）「迎える会25万人動員」、『琉球新報』一九六五年八月一九日。
（13）以下、本文の引用は長堂英吉「黒人街」（『新沖縄文学』創刊号、一九六六年四月）に拠る。
（14）「ワッソン施政の一年」、『琉球新報』一九六五年八月二日。
（15）「日米協調高める」、『沖縄タイムス』一九六五年八月二〇日。

(16) 宮城悦二郎は、敗戦直後に米海軍軍政府が特に命令を発して「グック」という侮蔑語の使用を禁じたことや、沖縄の子ども達がその語を口にしていていたことを挙げ、一般米兵が住民を「グック」と呼んでいた状況があったと指摘している。宮城の著書で、「グック」は、「アメリカ人から見て、粗野で愚かな野蛮人と思われる人たちへの蔑称」と定義されている。(宮城悦二郎『占領者の眼──アメリカ人は〈沖縄〉をどう見たか』、那覇出版社、一九八二年、五七─五八頁)。

(17) ジョン・ダワー『容赦なき戦争　太平洋戦争における人種差別』猿谷要監修、斎藤元一訳、平凡社ライブラリー、二〇〇一年、二七七頁。

(18) 一九六八年頃から存在が確認される「黒人兵」組織「ブッシュ・マスター」の活動は、「黒人兵」と黒人街の住人の結びつきを体現する存在であった。「ブッシュ・マスター」のメンバーは照屋のバーなどを貸し切って集会を持ち、米本国のブラック・パワー運動についての学習などを行った。それと同時に、照屋の黒人街の正常化運動も推進し、新入りの「白人兵」が黒人街に誤って迷いこむのを阻止したり、「黒人兵」の無銭飲食などで民間のバーに迷惑をかけると、当該「黒人兵」から代金を取り立てたり、組織でカンパして補填したりするなどの互助会のような役割を果たしていたという。(高嶺朝一『知られざる沖縄の米兵──米軍基地15年の取材メモから』高文研、一九八四年、二〇四─二〇七頁)。

(19) 吉原公一郎『第七艦隊　アメリカ極東戦略のシンボル』三一新書、一九六七年、一一五─一一六頁。

(20) 「B52沖縄から発進」、『琉球新報』一九六五年七月三〇日。

(21) 高嶺朝一は、一九七〇年から復帰前まで反戦GIと「黒人兵」の支援運動をしていたマーク・アムステルダム弁護士の「〔軍隊内の〕階級が低ければ低いほど黒人兵士の占める比率は高くなる」という証言を挙げ、米軍内の人種差別の実態に言及している。特に海兵隊においては、一般兵士中の一割強を「黒人兵」が占めているが、将校において「黒人兵」が占める割合はわずか一・三%に留まっている。海兵隊では、日常生活においても、「白人兵」が「黒人兵」と同じ兵舎に寝ることや夜警の同行を拒否した例、上官が「黒人兵」を挑発し、暴力事件が起こった例などが報告されている(前掲『知られざる沖縄の米兵』二一〇─二一一頁)。

第五章

沈黙へのまなざし——大城立裕「カクテル・パーティー」

1. 「カクテル・パーティー」が提起する諸問題

大城立裕は一九二五年、沖縄県中城村《なかぐすくそん》に生まれた。一九四三年に上海の東亜同文書院大学に入学するが敗戦により中退、沖縄に戻った後は通訳や教員を経て琉球政府に勤務し、精力的に創作をつづけた。やがて大城立裕は戦後の沖縄文学を牽引する存在となっていった。

特に「カクテル・パーティー」（一九六七年）は第五七回芥川賞を受賞し、戦後の沖縄文学を代表する作品として位置づけられることとなった。芥川賞選評では「内地にはない深刻な状況が取扱われていて、切迫した小説的興味を生み出している」（大岡昇平）、「目下の米国占領治下の琉球人の、制圧された悲哀がよくわかった」（瀧井孝作）など、占領下沖縄の状況を描いた作品であることが評価された。(1) 沖縄の日本への「復帰」が現実味を帯びはじめていたこの時期に世に出た「カクテル・パーティー」は、日本の文壇において米軍占領下の沖縄の痛みを発信する作品として受け止められたのである。

「カクテル・パーティー」は、前章は主人公の「私」の一人称、後章は「私」が語り手によって「お前」

と名指される二人称で展開される独特の形式を持つ作品だが、ここでは前章、後章の区別なく一貫して主人公を「私」と呼ぶことにしたい。

まず、前章では主に基地の内部が描かれる。役所に勤める沖縄人の「私」、日本人新聞記者の小川、大陸から香港へ亡命する際に家族を失った中国人弁護士の孫、米軍人のミラーの四人は中国語研究グループを結成している。基地内のミラー邸で開かれたパーティーに招かれた中国語研究グループのメンバーは、ミラーの友人たちと歓談し、沖縄文化論や復帰問題について語り合う。その際、出席者の一人であるモーガンの幼い息子が行方不明になったという知らせがあり、「私」は孫とともに基地の中を歩いてモーガンの息子を探す。やがて沖縄人のメイドが無断でモーガンの息子を連れ帰ったのだということが判明し、歓談が再開される。

しかし、後章では雰囲気が一変する。帰宅した「私」は、娘が顔見知りの米兵ロバート・ハリスにレイプされ、ハリスを崖から突き落として怪我を負わせたことを知る。「私」はハリスを証人として裁判に召喚しようと試み、ミラーに助力を乞うが拒まれて孫を頼る。孫は「私」や小川とともにハリスと面会するが、ハリスは証人喚問を拒否する。病院を出てから、孫は日本軍占領下で生活していたとき、自分の妻が日本兵に犯されたのだと語った。「私」と小川は中国においては加害者であった事実を突きつけられ、告訴をあきらめるよう進言する孫に反論することができない。娘自身の反対もあって、「私」はいったん告訴をあきらめる。しかし改めてミラーに招かれたパーティーの場で、モーガンが沖縄人のメイドを告訴したことを知った「私」は、ミラーと小川、孫を前にして親善の欺瞞を告発し、告訴に踏み切ることを決意する。

「カクテル・パーティー」の重要な背景となっている米琉親善は、米軍の占領政策の一環として積極的に推進されてきたものである。ペリーが那覇港に来航した一八五三年五月二六日を記念して、五月二六日が「米琉親善日」とされたのは一九五〇年のことであった。(2) 後章の終わり近く、パーティーから一週間ほど前に行われた「ペルリ来航百十年祭記念行事」の横断幕がひるがえるという描写がある。この描写によって、「カクテル・パーティー」は一八五三年から一一〇年後、すなわち一九六三年六月のはじめという時間を設定していると特定することができる。それは、時の高等弁務官ポール・W・キャラウェイの下でアメリカの恩恵がことさらに強調された、米琉親善の時代だった。(3)

すでに見たように、「カクテル・パーティー」は親善によっては覆い隠すことのできない占領下沖縄の痛みを描いた作品として評価された。だが梗概をたどれば、「カクテル・パーティー」が占領下沖縄の状況を描くのみならず、被害者として位置づけられることの多かった沖縄の加害者性を浮かび上がらせた作品でもあったことが明らかになるだろう。それは作者の大城自身が主張してきたことでもあった。(4)

作者による解説も踏まえた上で「カクテル・パーティー」が詳細に、多角的に論じられはじめたのは八〇年半ば以降のことであった。まず、岡本恵徳は「カクテル・パーティーの構造」(『沖縄文化研究』一二号、一九八六年)(5) で、この作品の「戦後的な特質」を構造的な側面から明らかにしていくことを試みた。岡本は詳細な作品分析を通して、基地内のパーティーという虚構の空間において仮面をつけて生きることを容認していた「私」が、娘がレイプされた事件によって自分の生きる現実も虚構に満ちていることを突きつけられ、親善を支える仮面の論理を全否定する作品として「カクテル・パーティー」を論じた。その上で、岡本は仮面をつけずに本音で生きることをよしとして行動する「私」に、近代以前の

「共同体的な関係性の支配する社会に生きる人間の感性」を見出し、「米軍の占領とそれにともなう沖縄の近代的な社会への変質の問題」を描いた作品として「カクテル・パーティー」を位置づけている。岡本は占領／被占領、被害／加害という枠組みでは汲み取れない問題に光をあて、「カクテル・パーティー」を論じる地平を切り開いたと言える。

岡本論が発表された翌年、鹿野政直は『戦後沖縄の思想像』の中で大城立裕の思想を検討し、そこから沖縄の位相を読み取ることを試みた。[6] 鹿野は一九五〇年代から六〇年代後半にかけての大城に「主体性」へのこだわりを見、「主体回復の模索の時期の、文学作品における証し」の一つとして「カクテル・パーティー」を捉えている。鹿野は前章と後章の人称の変化を「被害者としての主観性から、加害者でもあったという他者に映る姿＝客観性のクローズ・アップへの転換」の装置だとし、「カクテル・パーティー」を自らの加害者性に向き合い、「沖縄人に向って、悲哀感に陶酔することからの脱却を呼びかける作品であった」と評価した。

岡本論、鹿野論を踏まえた近年の論考としては、主に前章のパーティーの多言語的、多声的空間に着目した大野隆之や、[7]「カクテル・パーティー」をめぐる作者の意図と研究者の読解、一般読者の受容のズレに着目して大城立裕という作家の立ち位置を浮かび上がらせることを試みた武山梅乗の研究がある。[8] また、岡本論や鹿野論をはじめとする従来の「カクテル・パーティー」研究にジェンダーの問題が欠落していることを指摘したのはマイク・モラスキーであった。モラスキーは「カクテル・パーティー」にミラー、小川、孫、「私」という四人の「多言語的男性人物」が頂点を表象する「正方形の構図」を見出し、この四頂点がさまざまに組み替えられつつ「変転する二項関係の権力配分《エコノミー》」が展開されることを指摘した。加害者が占領軍の男性、被害者がネイティヴの女性としてあらわれ、被害者性が「女性」ないし「ネイティヴ」というカテゴリーの交差を通じて規定されているとするモラスキーは、ネイティヴの男性は被害者性が免罪を約束するものであるがゆえに被害者性という「女性」領域に同一化すると論じる。(9)

モラスキーが指摘するとおり「カクテル・パーティー」においては、ネイティヴの女性がレイプという暴力の被害者として措定されている。そして同時に、ネイティヴの男性が娘や妻の被害を訴えることで抵抗の言説を構築しようとする時、女性たちの身体を被害者性に結びつけ、男性の身体性や被傷性を忘却していくという別様の暴力も作動しているのである。本章では「カクテル・パーティー」を批判的に読むことを通して女性たちの言葉が奪われるプロセスを明らかにし、それでもなお発せられていた声を聞き取っていきたい。

2. 被害者の言葉の収奪

「カクテル・パーティー」に登場する女性は一人として名前を持たない。彼女たちは娘や妻、メイド、愛人などと名指され、男性に所有される存在としてこの作品に書きこまれている。占領下沖縄におけるレイプ的な暴力にさらされている被害者はこの作品において常に女性として措定されている。しかしレイプ的な暴力にさらされているのが彼女たち自身であるにもかかわらず、彼女たちは常に父、夫、主人の名を伴ってあらわれなければならない。

そしてミラー、小川、孫、「私」といった男性たちは、言説の空間に女性の身体を取りこみ、同時に女性自身の言葉を排除していくという点においては見事なまでの共同戦線を張っている。たとえば、パーティーに招かれた「私」は白人女性ミセス・ミラーの「愛嬌ある美貌と豊麗な体格」をわかりやすく欲望している。また、ミラーと「私」は子供の数を話題にする。生活の不安があるので子供は娘一人だけだと「私」が口にすると、三人の子供を持つミラーは「子供の多いのは幸福そう」だと反論し、沖縄人に英語を教えるミセス・ミラーが「英語クラスの生徒たちの家庭をしらべて、自分がやっと平均に達している、どうしても平均をオーバーしたい、といっている」と語るのだ。「私」は「そのこと、奥さんにたしかめてもよいですか」と軽口を叩くが、ホステスとして忙しく料理をすすめてまわるミセス・ミラーが男性たちの会話に深入りすることはなく、「私」もミセス・ミラーにあえてそれを尋ねることはしない。

ミスター・ミラーと「私」がパーティーで子供の数を話題にする時、女性の身体は生殖を担うものとして捉えられている。そのような会話を交わすことによってミスター・ミラーと「私」は占領者／被占領者という分断を越えて男性同士のかりそめの親密さを確認し合うのだ。親善の場で、男性たちは女性の身体を話題の俎上に載せ、セクシュアルな欲望を刺激し合いながら交流を深めていく。

だがこの親善は、「私」の娘が米兵によるレイプの被害者となったことをきっかけに崩れていくことになる。「私」は助力を乞うた際のミラーや孫の態度に隔たりを感じ、親善の欺瞞を暴くことを決意する。しかし男性間に生じた隔たり以上に重要なのは、「私」が娘をはじめとする沖縄人の女性、すなわち自らの管理の下にあったはずの女性たちとの間に隔たりを見出したことに「耐えられない」という気持ちを抱いていることである。結論を先取りして言えば「私」は彼女たちとの隔たりを解消するために奮闘するのであり、占領体制や親善の欺瞞を告発するための闘いは沖縄人の女性たちを自分自身の手に取り戻すための闘いにほかならないのだ。

「私」の娘をレイプしたロバート・ハリスは、沖縄人の愛人を住まわせるために「私」の家に間借りしていた米兵であった。つまり「私」は自宅の一部を米兵と沖縄人の女性の性関係を支える空間として提供して収入を得ていたのであり、しかも事件が起こるまではそれにさほどの後ろめたさも感じずに生きてきたということになる。

ロバート・ハリスの愛人が事件の翌日に事のあらましを知らされた場面を以下に引用する。


愛人は十日ほど前から離島にある実家へ帰っていて、翌日借間へ戻ってきた。お前は、彼女に事件を告げた。告げたが、別になんの要求もしなかった。告訴や罵詈や賠償要求や、ということはまだお前と妻の頭にうかんでこなかった。ただ表情を動かさず、声をたかぶらせずに、お前たちは愛人に事件を告げた。愛人は、はじめ驚きの眼でそれを受けとめたが、お前たちがひととおり告げたあと、じっと黙って坐っていると、突然声をひきつらせて、「私だって犠牲者なのよ」と叫んだ。そして、ただちに動きまわって、荷物をまとめ、翌日にはもう引っ越していった。おそらくは、その世界の友達のところへでも身を寄せていったのか。ロバート・ハリスとは別れるつもりであるのかないのか、彼が来たらどう伝えてくれとの頼みもなく、とにかくお前は、あらためて自分の生活と彼女の生活とがとてつもなく離れていることを覚った。同時に、事件にたいする実感と憤りがこみあげてきた。(傍点引用者)[10]

この場面で「私」は、「私だって犠牲者なのよ」というロバート・ハリスの愛人の叫びを自らに向けられたものとして聞き届けることを、無意識のうちに拒絶してしまっている。「私」は愛人が属する「その世界」が自らとはかけ離れた外部に存在するかのように位置づけ、愛人を「とてつもなく離れている」存在として認識し直す。「私」の家族とも親しく交際していたその女性が米兵に身体をひさぐ者として位置づけられる時、「私」は米兵の愛人とは異なる存在であるはずの自分の娘がレイプされたことへの怒りを獲得するのである。

怒りを獲得した「私」は告訴を決意したと娘に告げるが、娘はそれにかたくなに反対する。

> しかし、娘は告訴につよく反対した。その理由を言わなかったが、はじめお前はそれを羞恥心からだと判断した。その羞恥心についてはお前も分らないではなかったが、しかし事件をそのままに流しては、ロバートやその愛人との関係がきわめて不安定なままに埋もれてしまうし、自分の周囲に自分の手の届かない世界がいつまでも存在するということが、お前には到底耐えられない気がした。お前は娘を説得しようと努めた。娘は、そういう理由ではない、といった。お前が問いつめると、娘は幾度かそれを言おうと表情を動かしたが、ついに明かさなかった。（傍点引用者）

ここで「私」は自分の周囲の世界を明らかにし、自分の手に取り戻すことを告訴の動機としている。(11)

告訴に反対しながらも理由を口にできず、沈黙する娘の声は「私」には届かない。「私」の告訴の決意は、いまだ被害者の沈黙に満ちた「手の届かない世界」を言語化し、自分の手の届く場所に引き戻そうとする欲望に裏づけられている。

そしてこれとほぼ同じ構図を、中国人弁護士の孫をめぐる状況にも見出すことができる。孫は日本人新聞記者の小川に促されるかたちで「中国人として」日本の軍事支配を告発した。孫は妻が日本兵にレイプされたことを告げ、小川も「私」も中国に対しては加害者であるという事実を突きつける。

「私」の告訴の決意と孫の告発は、いずれも自分が所有しているはずの女性への暴力を語ることをその基盤としている。孫は妻がレイプされたことを語り、その上で主人公と小川に「あなた自身の中国における生活、あのときの中国人と日本人との接触のしかたを見聞した実例」をもとに問題を捉えるように迫る。一方、「私」は告訴に踏み切ることで親善の欺瞞を告発しようとする。二人は、告発を法廷に持ちこむか否か、「仮面の論理」に従って生きることを選ぶか否かにおいては正反対の決断をする。しかし「私」と孫は、妻や娘へのレイプを中国人、沖縄人の被害として捉え、自身が中国人、沖縄人の告発者として立ち上がるという同一のプロセスをたどってもいるのだ。

「私」と孫、すなわちネイティヴの男性は、娘や妻の被害を語る資格を持つ者としてふるまい、出来事を代弁しようとする。女性たちがレイプにさらされる被傷性を有する存在として、また生殖を担う身体として表象されるのとは対照的に、告発の言葉を獲得したネイティヴの男性の被傷性や身体性は隠蔽されていく。彼らは娘や妻へのレイプを語り、戦争・占領状態のまっただなかに置かれている女性たちの身体への暴力を告発しようとするまさにその試みにおいて、同じく戦争・占領状態に置かれているはずの自らの身体性を覆い隠す。身体性を隠蔽した彼らは、レイプ的な暴力が自分自身の身体に行使される可能性を忘却していく。彼らは告発のたびに娘や妻の身体を借用し、沈黙した被害者である彼女たちを代弁し、彼女たちの語ることのできない苦痛を言葉で埋めようとする。だが、彼女たちの身体に行使された暴力を男性たちが語る時、女性自身の発話の可能性が収奪されるというもう一つの暴力が行使されているのだ。

「カクテル・パーティー」において、「私」と孫の告発は、戦争、侵略、占領、支配という植民地的暴力への抵抗としてあらわれている。だが、ほかならぬその告発の持つ暴力性によって「私」の娘や孫の妻はさらなる沈黙の領域へと押しこめられていく。沖縄人の被害者性と加害者性をともに見つめ、植民地主義の欺瞞を糾弾する告発を行うために沖縄人や中国人の女性へのレイプはここに呼びこまれ、告発の正当性を示すものとして利用されていくのである。女性たちの言葉が収奪される構造を反復するこの作品自体がレイプ的な暴力の発動の場となっているのだ。

3. 法の暴力性

占領下沖縄における法の暴力性について考えるために、後章の内容をより詳しくたどり直しておきたい。

「私」の娘はレイプされたあとにロバート・ハリスを崖から突き落とし、相手に傷害を与えてしまった。そのためロバート・ハリスによって告訴され、娘はＣＩＤに連行される。「私」は、娘の行為を正当防衛だと主張するため、市の警察署を訪れる。中年の警察官は、娘がロバート・ハリスにレイプされたという暴行事件と、娘がロバート・ハリスを崖に突き落として怪我を負わせた傷害事件とは別個の事件として取り扱われると「私」に告げ、裁判に関する説明をはじめる。――暴行事件は軍の裁判所で、傷害事件は琉球政府の裁判所で行われる。娘の身柄はＣＩＤから琉球政府の警察へ移管される。軍の裁判は英語で行われる。強姦事件はこの上なく立証困難な事件で勝ち目がない。通常、告訴しないように勧告している。琉球政府の裁判所は軍用員に対して証人喚問の権限を持たない。傷害は強姦の後で与えられたものであり、正当防衛を立証することはできない――。

　このような説明を受けて、「私」は占領下沖縄の法が米軍に特権を与えていることをまざまざと思い知らされ、ロバート・ハリス本人が自発的に証人として琉球政府の法廷に立つようミラーや孫に助けを求めるが、その努力は実を結ばなかった。そして、「私」はふたたびパーティーへの招待を受ける。パーティーに出席して、モーガンの息子を無断で連れ帰ったメイドが告訴されたことを知った「私」は、パーティーに象徴される親善の欺瞞を告発し、告訴に踏み切る。

　ここには複数の裁判が書きこまれている。一つめは娘を原告とし、ロバート・ハリスを被告とする裁判、二つめはロバート・ハリスを原告とし、娘を被告とする裁判である。娘は「私」が決意した告訴によって軍事法廷に原告として引き出され、ロバート・ハリスの告訴によって琉球政府の法廷に被告として引き出されることになる。そして三つめの裁判として、モーガンを原告とし、沖縄人のメイドを被告とする裁判がある。ロバート・ハリスとモーガンが告訴という手段に踏み切ったのは、自らの身体、あるいは自らの息子の身体が沖縄人によって脅かされたという認識が彼らの胸に萌したためであると言えるだろう。[12]

前章の冒頭の場面を想起してみると、「私」はミスター・ミラーに招かれてパーティーに赴く道すがら、十年前のある体験を想起していた。基地住宅の中を突っ切って反対側に抜けようと試みた「私」は似たような建物が立ち並ぶ基地の中で方向感覚を失い、沖縄人のメイドに道を尋ねて基地を抜け出したのである。そのときの心細さや恐怖と比べ、ミスター・ミラーの招待客として堂々とふるまえることが「私」の気分を明るくさせていたのだが、「私」は次のような思いを抱きもする。

外人の子どもがバスの窓に石を投げたとか、空気銃をうちこんだとか、たまに新聞にでる。あいう子供たちは、街なかで素手で沖縄人たちのあいだを歩きまわるとき恐怖を感じることはないのだろうか。あるのだろうか。たとえばまた、私の家の裏座敷を借りて愛人を住まわせているロバート・ハリスという兵隊は、週に二日ほど泊っていくが、沖縄人ばかりの町内で、恐怖を感じた経験が一瞬間くらいはあるのだろうか。

ここで「私」が夢想しているのは占領者の被傷性である。自分と同じように、彼らもこの土地で不安を感じるだろうか、という疑問である。娘がロバート・ハリスに重傷を負わせた行為、メイドがモーガンの息子を「沖縄人ばかりの町内」に連れ帰った行為はいわば「私」の夢想を現実化する行為であった。ロバート・ハリスとモーガンは沖縄人の女性が自分たちの身体を脅かす存在に変貌する「一瞬間」を捉え、そこに「恐怖」を感じたのだと考えられる。占領者の男性もまた傷つきやすい身体を抱えていることが露呈され、彼らはもはや自らの身体性を無視することができずにいる。それゆえに、娘とメイドは不平等な法の下で裁かれなければならない。
しかし占領下沖縄の法は占領者に絶対的な優位を約束し、彼らの傷つきやすさを隠蔽するものとして機能する。沖縄という場において米軍人が法的な優位性を獲得していることに彼らは自覚的である。ロバート・ハリスは自分が琉球政府の法廷に証人として出廷する義務がないことを理由に「私」を退ける。モーガンもまた、メイドに悪意があったか否かを確かめる前に告訴という手段を選ぶ。メイドの告訴を「私」に知らせた軍の劇場の照明係を勤めるメキシコ系男性リンカーンは次のように語る。

「ほんとうですよ。私の友人にＣＩＤがいましてね。もちろんまだ参考ていどに出頭させて取り調べているところらしいのですがね。まあ、あまり気もちのいい事件ではありませんね。無実で告訴したとなれば面白くないけれども、実際に誘拐かなにかの意志があったとすれば、ほっておくわけにいきませんしね」

無断で幼児を連れ帰ったメイドの行為は、モーガンにとっては誘拐事件の容疑で告訴するに足るものであった。だが、同じ行為を「私」はメイドの「無分別」、「底抜けの善人ぶり」をあらわすものとして捉える。「私」は「会ったこともない」メイドを年端のいかない少女だと考えるが、告訴されたメイドに関する情報はリンカーンの口を介して語られるのみで、名前や年齢などが明らかにされていない。しかしテクストにおいて空所化されたメイドは、「私」によって少女という純粋な被害者性を体現する存在のイメージを付与される。

メイドの行為を占領者の男性と「沖縄人」の男性がそれぞれいかに解釈するか、その解釈のずれを示すためにメイドの裁判がある。メイドが行為する身体として解釈の対象となり、その行為が法の文脈において解釈され、男性たちのセクシュアルな要素を多分にはらんだ視線にさらされるという点において、メイドの身体もまたレイプ的な暴力にさらされていると言いうるだろう。

「私」は自分自身がメイドの身体に向けているレイプ的視線には無自覚なまま、「同胞」である沖縄人メイドが娘と同じように米軍人から告訴されたという事実に憤る。占領者の男性から沖縄人の少女に行使される暴力が、沖縄人の男性たる「私」の怒りを誘発するのである。「私」が告発者として発話する資格を得るために、娘やメイドの身体は利用され、彼女たちは自身の発話の契機を収奪されなければならない。さらに娘の場合、裁判の過程でレイプを再演することが強いられる。

娘は、裁判官の指示にしたがって、実験をすすめた。検事の現場検証のときお前はゆるされなかった。いま娘がときどきやりなおしたりすると、あるいは前回の実験のときと食いちがっているのではないかと、お前は気にした。ロバート・ハリスは証人出廷を拒否したし、娘は終始ひとりで証言しなければならない。海風に髪をなびかせながら、ワンピース姿の娘は、手つきで架空の相手をかたちづくりながら、周到な訊問にこたえていった。休んでいた場所から行為の場所へ、それから争いの場所を移動してゆく、その過程にいくどか駄目おしをされてはくりかえす、娘の努力をお前はみまもった。その検証をすくなくとももう一度は実験しなければならないのだ。ロバート・ハリスを告訴した以上、その裁判のための証言に積極的な発言を覚悟しなければならない――。告訴したことを娘に告げたとき、娘はもうなにも言わなかった。その無言がお前には妙にこたえて、このさい告訴がどうしても必要なのだということを、お前はくどく説明した。

「周到な訊問」で娘から「こたえ」を引き出し、さらには娘の実験に「だめ押し」をする裁判官の前で行われるレイプの再演。ここでは裁判官、すなわち法を体現する者こそが何が事実なのかを判断する権力を握っている。娘が占領者と被占領者の男性たちのまなざしにさらされながら自身が被った暴力を説明しなければならないという状況において、レイプの苦痛はふたたび娘の身体に回帰してくるだろう。娘の身体は娘自身から奪われて父の手中にあり、父から法へと受け渡される。告訴から裁判、そして判決に至る過程において、娘はレイプ的暴力の反復を生き抜かねばならない。

原告あるいは被告として名指され、法廷に引き出される娘とメイドは事実を語ることを求められる。それにもかかわらずテクストに彼女らの言葉が書きこまれることはない。しかし彼女たちが被った苦痛は彼女たちの身体に留まりつづけている。

4. 身体の発話行為

ロバート・ハリスに面会した主人公と孫は次のような会話を展開する。

「では、おれに何を話しにきた。ことわっておきたいが、この部屋にいる者はみな病人だ。分りきったことでなが話をしてもらいたくないし、病人を興奮させる権利はあなたがたにはない」

「もちろん、私たちは法的にあなたを拘束しにきたのでもないし、またその権利もありません」

孫氏は、ゆっくりとおちついた口調を保った。「私たちも、あなたに興奮しないでゆっくり相談に乗ってほしいと思います。この気もちを理解して、努力してください」

「私たちは、合意の上での行為をおこなったのだ。そして、私は裏切られたのだ」

「そのことを、法廷で証言してくれますか」

「なに？」

「あなたは、なにか誤解している。私たちはまだあなたを訴えようとは考えていない。ただ、この人の娘が訴えられて、裁判を待っている。その裁判で、あなた、証言してくれませんか」

「なにを証言する」

「あなたはいま、合意の上でのやった行為の末、裏切られたといった。それを証言してくれますか。むろん、あなたを裁く法廷ではないが、娘がこの上もなく依怙地にあなたの犯罪を主張すると、あなたへのこだわりが、世間からなかなか消えない。沖縄人の理解のなかで、あなたが……」

「下手な誘いだ。その手には乗らぬ。私が娘のおかげでこれだけの怪我をしたのは、まちがいのない事実だ。そして私は、沖縄の住民の法廷に証人として立つ義務はない」

〔中略〕

「合意の上の行為だとお前はいった。だが、私は絶対に信じない。それは、いまのこの場所で確認したことだ」

この場面で、ロバート・ハリスは娘との間に行われた行為がまぎれもないレイプであったことをはからずも露呈させている。「合意」なき行為こそがレイプであることは言うまでもない。「合意」が娘によって「裏切られた」こと、すなわち「合意」の否認が娘によって示されたことをロバート・ハリスは語っている。「間違いのない事実」とは「合意」の否認にほかならず、ロバート・ハリスはその否認を認めてしまっているのだ。

レイプの被害者は身体にもたらされた苦痛によって言葉を奪われ、沈黙や叫びの領域に留め置かれる。そして、身体の苦痛を他者に伝えることがこの上もなく困難なために語ることすら困難になってしまう。レイプは言葉を奪い、他者とのつながりを分断する、そのような暴力であると言うことができる。しかし被害者は本当に語ってはいなかったのだろうか。娘がロバート・ハリスを崖下に突き落とすという行為は、レイプという暴力に抗してかろうじて紡ぎ出された、言語化されることのない発話ではなかったか。少なくとも、その発話はロバート・ハリスに「合意」の否認として受け止められている。ロバート・ハリスという最も直接的な暴力の行使者が、自らの身体の被傷性において娘の発話を聞き取ってしまっているのである。

娘の沈黙は、解釈され、代弁され、翻訳される。彼女の苦痛の瞬間に生起した発話行為は、暴力と苦痛の記憶に結びついているがゆえに言語化されていない。それは聞き届けられる可能性の極めて低い発話である。だが、それでもなお、彼女らの発話を聞き取ってしまう者があらわれる。

ロバート・ハリスを突き落とした娘の行為は占領者の男性の身体の被傷性を暴く発話行為であったと言える。ロバート・ハリスは自分の身体の痛みに直面することで、はからずも娘の発話行為、すなわち「合意」の否認を聞き取ってしまったのである。

「私」は、「合意の上の行為だとお前はいった。だが、私は絶対に信じない。それは、いまのこの場で確認したことだ」とロバート・ハリスに告げている。このとき、「私」は、自らが聞き捨ててきた娘の沈黙にロバート・ハリスの身体と言葉を介することではじめて接近したのだと言える。娘の身体からロバート・ハリスの身体へ、ロバート・ハリスの言葉から「私」へ。伝播する過程で切れ切れになった娘の発話の、ほとんど無に等しい残響を「私」は受け取ろうとしている。

娘という被害者の発話が、レイプという暴力を行使した当事者であるロバート・ハリスの身体を介して伝えられる。そのこと自体が想像を絶する暴力をはらんでいる。ロバート・ハリスは娘を告訴することでその発話をかき消し、裁判は不平等な法の下で娘を一方的に解釈していくだろう。残響はもはや跡形もなく消え去ることを運命づけられている。しかし残響を聞き取ってしまった者の身体には、そのかすかな発話が反響しつづけているのではないか。統御不能な、暴力的な、不気味な、自らが主体となることを許されないものとして。そしてそれゆえに発話を聞き取ってしまった者は残響を抱えつづけていかなければならないのではないか。

沖縄はレイプという暴力に絶え間なくさらされつづけてきた場所の一つである。被傷性を抹消したかに見える男性や占領者の身体もレイプと無縁ではない。レイプにさらされうる、もろく傷つきやすい身体を抱えて、それでもなお私たちは他者と触れ合おうとする。だが、自らの身体の被傷性を隠蔽しつつ被害者を語ることは、被害者の身体を政治的な言説の場として利用することにほかならない。そのような問題を投げかける作品として「カクテル・パーティー」を読むことが、沖縄において頻発するレイプの被害者の発話を聞き取ろうとする試みの一つになるのではないかと思える。

(1)「芥川賞選評」、『文藝春秋』一九六七年九月。
(2)『うるま新報』の記事を通して沖縄とアメリカの異文化接触および親善の初期の段階を明らかにした仲程昌徳は、沖縄とアメリカの関係を「与えられるもの」と「与えるもの」というかたちで位置づけている。配給や慰問などを通して与えることから接触をはじめたアメリカは、やがて特別布告によって「米琉親善日」を設定し、沖縄に与えたと仲程は言う(仲程昌徳「平和工作から親善活動へ 戦後沖縄とアメリカ——異文化接触の胎動」『アメリカのある風景——沖縄文学の一領域』ニライ社、二〇〇八年)。
(3)鹿野政直「統治者の福音——『今日の琉球』とその周辺」、『戦後沖縄の思想像』朝日新聞社、一九八七年、一九二—一九九頁。
(4)大城は「カクテル・パーティー」について「国際親善の欺瞞性をあばくことに出発しながらも、アメリカの犯罪を見て過去における日本の中国への犯罪を思いだし、「加害者としての自分をも相手をも同時に責めるべきだ」として、加害者にたいする絶対の不寛容というテーマを打ちだした」と語っている(大城立裕「沖縄文学の可能性」、『国語通信』二七七号、一九八五年八月)。岡本恵徳、鹿野政直、大野隆之らは、この大城の自作への言及に触れた上で論を展開している。
(5)この論文は「『カクテル・パーティー』論」(一九九三年)とともに岡本恵徳『沖縄文学の情景 現代作家・作品をよむ』(二〇〇〇年、ニライ社)に収められている。
(6)鹿野政直「異化・同化・自立——大城立裕の文学と思想」、前掲『戦後沖縄の思想像』。

(7) 大野隆之「大城立裕「カクテル・パーティー」を読み直す――文化論としての「カクテル・パーティー」」、『沖縄文化』一一一号、二〇一二年七月。
(8) 武山梅乗『不穏でユーモラスなアイコンたち――大城立裕の文学と〈沖縄〉』晶文社、二〇一三年。
(9) マイク・モラスキー「無人地帯への道」、『占領の記憶/記憶の占領　戦後沖縄・日本とアメリカ』鈴木直子訳、青土社、二〇〇六年、八六―一〇二頁。
(10) 以下、本文の引用は大城立裕『カクテル・パーティー』(岩波現代文庫、二〇一一年) に拠る。
(11) 岡本恵徳もこの場面について「現実は自分自身と密接に結びついて安定しており、いつでも了解可能のものであるべきはずだという確固とした信念に主人公が立っている」と指摘し、「告訴は、娘のためではなくて、主人公が自分自身の現実に生きていくうえでの立場をたしかにするためのもの」だと論じている。(前掲『沖縄文学の情景』一七九―一八〇頁)。
(12) マイク・モラスキーはメイドに子どもを連れ去られたモーガン夫妻の傷つきやすさに言及している。「メイドは雇い主の最も親密な領域である家と、最も傷つきやすい「専有物」である子どもに接近する者である。〔中略〕メイドが脅威なのは、まさに彼女が――粗野で女性で下層階級で、要するに――無害な存在に見えるからである。この無害な人物がアメリカ人家族を安全な米軍基地の囲みからひきずりだして危害を加える可能性があると想定すること自体が、占領者たちの傷つきやすさと、沖縄人の潜在的秩序転覆性とを示唆する」(前掲『占領の記憶/記憶の占領』九一頁)。

第六章

骨のざわめき――嶋津与志「骨」と沖縄の現在

1. 米軍占領下の文学としての「骨」

一九七三年、琉球新報社は創刊八〇年を記念して懸賞小説を公募し、「琉球新報短編小説賞」を設定した。(1) 以来、この賞は毎年優れた作品を世に送り出すこととなった。後に芥川賞を受賞する又吉栄喜や目取真俊も「琉球新報短編小説賞」の受賞者に名を連ねている。

嶋津与志「骨」(一九七三年)は琉球新報短編小説賞第一回受賞作品である。この賞の第一回から第三回までは規定枚数が二〇枚(第四回以降は四〇枚)に設定されていた。この限られた枚数の中で、嶋津与志は沖縄戦の記憶をどう受け継ぐかという問題を提起した。嶋津与志は本名を大城将保といい、一九三九年、沖縄県玉城村《たまぐすくそん》に生まれた。「骨」の発表時には沖縄史料編集所に勤務していた大城は、後に『沖縄県史』の編纂などに携わり、沖縄県教育長文化課課長、沖縄県立博物館館長などを歴任していく。歴史研究者でもある大城は、復帰直後の時点で作家嶋津与志として沖縄戦の記憶の問題に着目していたのである。

「骨」の主な登場人物は、主人公の鎌吉を含む「市役所の五人の男たち」とホテルの建設予定地の元の地主のカメ婆さん、そして本土出身の「東亜電建」の現場主任である。「市役所の五人の男たち」は鎌吉、市役所の係長、ゴム長をはいた年配の男、火薬を使って密漁をした際に傷を負った片目の男、ヒッピー風に顎ヒゲを蓄えた青年という顔ぶれだ。

舞台は復帰の翌年、一九七三年の沖縄である。那覇を一望する丘の上に豪華なホテルが建設されようとしていたところ、工事現場から骨が出て市役所に収骨の依頼が舞いこみ、鎌吉たちは現場に赴いた。現場では元の地主のカメ婆さんが現場主任にこの土地には沖縄戦の死者が埋められていると話しているところだった。戦没者の遺骨収集に対して県も政府も曖昧な対応を取ったため、鎌吉たちはカメ婆さんとともに大量の遺骨の収集に明け暮れることとなる。鎌吉は遺骨に向き合いながら沖縄戦に様々な思いをめぐらせ、戦死した自らの父のことを考えはじめる。だが、現場主任は作業の進捗状況のみを気にして、死者を埋めた目印として植えられたガジュマルの木を切り倒そうとする。骨を掘りながら沖縄戦の記憶を想起していたカメ婆さんと「市役所の五人の男たち」は、現場主任とするどく対立する。鎌吉はそのガジュマルの幹に体を預け、その葉で笛を作って鋭い音を鳴らす。作品はそこで結末を迎える。

この作品には、死者の骨をふたたび砕き、風化させていく暴力としての本土資本による沖縄の開発、沖縄の人々の中にくっきりとしたかたちで生じはじめていた戦争体験の世代差の問題が取り上げられていた。

「骨」が入選した際、選考委員を務めた大城立裕は、「予選を通過した五篇に共通していることは、土着への関心の深さ」だとし、墓やユタへの関心、方言描写の努力などが見て取れることを「沖縄の文学として喜ばしい」動向だと評した。[2] 大城が見出した沖縄文学の動向は、ほかならぬ大城自身の、六〇年代後半からの仕事によって方向づけられたものであったと言ってよい。[3] 「骨」に描かれる沖縄戦の死者の骨や老婆、方言などが「土着」的な要素としてまず目を引いたのである。

「骨」の発表の前年は沖縄の日本「復帰」であり、沖縄社会がめまぐるしい変転を体験していた時期にあたる。岡本恵徳は米軍占領下の沖縄文学に「沖縄の歴史の捉え直し」、「米軍の支配下の沖縄の状況を根底から捉え直そうとする作品」、「戦争体験の捉え直し」、「土着性・民俗的なものへの関心」があったことを踏まえ、嶋津与志の「骨」は「先行する多くの作品の特色を受けついだもの」だと位置づけた。[4] 「復帰」に伴う変化を内在化した新しい沖縄文学の傾向が出現するにはこの後数年を経なければならず、「骨」は文学の系譜としてはむしろ米軍占領下の文学に連なるものであった。

このように「骨」に描かれたモチーフや文学史的位置づけはしばしば注目されてきたものの、作品の細部に関してはいまだ十分に論じられていない。しかし「骨」には戦争の記憶と直面せざるをえない状況に置かれた人々が描かれている。そこには戦争体験の想起や分有の契機、また、世代や立場によって生じるずれや記憶の亀裂を見出すことができる。本章では、「復帰」前後の沖縄の状況を踏まえた上で、戦争の体験を持たない者がいかにその当事者性を獲得していくかを探り、作品に描かれる亀裂やずれに着目していく。亀裂やずれはまさに土の中から姿をあらわした骨たちに刻まれているものでもある。そのような断層を不可避のものとしてはらみながらも、骨たちは出来事を非当事者に受け渡そうとしているのではないだろうか。そして「骨」の大きなテーマとなっている開発の問題は、軍事基地と強く結びついていることも明らかにしていきたい。

2. 沖縄の日本「復帰」前後

「骨」の内容と傾向が米軍占領下の文学の系譜に位置づけられるものであったことはすでに述べたが、この作品において問題の発端になっている本土資本による大規模な開発には、やはり沖縄の日本「復帰」にまつわる状況が影響している。

米軍占領下の沖縄における経済は、米軍の政策や基地をめぐる状況と強く結びついていた。屋嘉比収は、米軍が基地の確保と安定的利用を大前提とし、「島ぐるみ闘争」[5]以降、沖縄経済や沖縄住民の生活向上に重きを置いてきたことを指摘している。その上で屋嘉比は、沖縄住民が生活向上のための政策によってもたらされた豊かさを受け入れる一方、米軍基地撤去を主張する復帰運動をより一層推進させたと言う。「沖縄の米軍統治、とりわけ六〇年代の沖縄住民のなかには、構造的暴力としての米軍基地に反対する復帰運動と、経済成長によってもたらされた資本主義のアメリカ的生活様式への欲望と受容という二つのアメリカが共存していた。そして、復帰運動を中心的に担っていた人びとは、沖縄教職員組合に所属していた教員や公務員層が中心であり、彼らは高度経済成長の恩恵を受けた沖縄の中産階級を代表する人びとである[6]」と屋嘉比は述べる。だが、そのような文脈において希求された「復帰」は期待を大きく裏切るものであった。一九七二年五月一五日、沖縄は日本に「復帰」したが、「核抜き・本土並み」は実現されなかった。

一九六八年一一月に公選主席となった屋良朝苗は一九七二年五月一一日、戦後初の沖縄県知事となり、翌六月二五日の知事選挙でも再選を果たした。新崎盛暉は、革新県政の目標は「核も基地もない平和で豊かな沖縄県」であり、それは日米軍事同盟の維持強化を目指す日米両政府とは相容れないものだったが、革新県政の「豊かな沖縄県」構想と政府の沖縄振興策は微妙に交錯し合っていたと指摘している。

復帰に際して日本政府は、一九七二年から八一年まで一〇カ年の沖縄振興開発計画（一次振計）を立て、この計画に基づく諸事業の推進をはかるために沖縄振興開発特別措置法（沖振法）を制定した。この計画は、苛烈な沖縄戦と本土からの長期にわたる隔絶の結果生じた社会的経済的格差を早急に是正し、自立的発展を可能とする基礎的条件を整備することを目標とするとされたが、要するに一九六〇年代の高度経済成長政策を後追いしつつ、多額の公共投資によって社会資本を充実させ、それを呼び水として企業誘致をはかる、というものであった。そのいわば起爆剤として、沖縄国際海洋博覧会（一九七五年七月二〇日―七六年一月一八日）などの復帰記念事業を位置づけた[7]。

海洋博をめぐっては高速道路建設や空港建設などの関連事業に大型の公共投資がなされた。また、本土資本による土地の投機買いも続出した[8]。沖縄振興開発計画によって沖縄に投下された多額の公共投資は、道路、空港、港湾、上下水道、ダム、義務教育施設の整備に一定の成果を上げていく。しかし、投下された公共投資の多くは沖縄に蓄積されることはなく、本土大企業の下請けを地元企業が引き受ける形態によって公共投資依存型の建設業を発達させてしまった。

また、何よりも重要な指摘として、「沖縄の戦後の開発問題は「復帰」前も、後も軍事基地問題と大きくリンクしている。米軍基地を維持するために、沖縄の「復興計画」と「振興開発計画」は策定されたのである」[9]という安里英子の言葉を引いておきたい。沖縄の開発は米軍基地の維持および安定利用と切り離せないかたちで進められてきたのであり、「骨」に登場する死者たちが姿をあらわしたのはその開発に伴ってのことである。本土資本による沖縄の開発という「骨」のテーマが示すのは、施政権返還に伴って沖縄の地に暴力を行使する主体が米軍から日本政府に移り変わったことではない。「復帰」前後を貫く構造的暴力の構図の中で、常に日米両政府が強く結びつきながら人を殺し、地を削りつづけてきたことをこそ暴いていかなければならないのである。

3. 骨のざわめき、ねじれた語り

「骨」では、沖縄戦から二八年という時間が経過している。二八年という時間は、沖縄戦の記憶を生々しく保ちつづける世代と、戦争を記憶していない世代や戦後に生まれた世代の間に認識の差を生じさせていた。「市役所の五人の男たち」のうち、「終戦は二つのとき」という主人公鎌吉と戦後生まれのヒゲの青年は戦争の記憶を持たない世代に位置づけられる。それに対してカメ婆さん、係長、ゴム長の男、片目の男は戦争を明確に記憶している。

世代の差は、骨に対する向き合い方に端的にあらわれる。戦争の記憶を持つ男たちは、「わしらは骨をかき分けながら生きのびてきたようなもんだ」、「あのころは骸骨と寝ていても何とも思わんかったからな」、「収容所の近くによく肥えた大根畑をみつけたんだよ。ところが掘ってみたら下はザクザク骨の家だった」、「死んだ者が生きてる者を見守ってくれたんだよ」と口々に語りはじめる。その口調は「陽

気」ですらある。鎌吉はその「陽気」さを死者への冒瀆のように感じ、骨に対して及び腰になっている。鎌吉は、骨は単なる「モノ」であり、「貝塚の貝殻と同じ」だと自分に言い聞かせて作業を進める。鎌吉の父は防衛隊に取られたまま帰ってこず、遺骨も没年月日も不明なままである。しかし、鎌吉はそれを「自分とは関りのない遠い昔の伝説」のようなものだと捉えてきた。沖縄戦を生き延びながらも幼すぎてその記憶を持ちえず、それゆえに沖縄戦という出来事との距離を感じてきた鎌吉だが、穴の底から「まるごとの骨」が出はじめると「生身の人間の肉体の想像」にまとわりつかれるようになる。このとき、鎌吉はもはや骨たちを「モノ」として捉えることができない。

赤錆びた鉄片が突き刺さっている骨を見たとき、鎌吉は「痛いだろうな」とつぶやき、目の前に父親が横たわっているような錯覚にとらわれてしまう。鎌吉にとって父親は「いないのがもともと自然」な、「まぼろし」のような存在だった。だが、二八年前の死者の骨の痛みに「痛いだろうな」という現在形で共振してしまうとき、鎌吉はその骨に父親を重ねていく。「まぼろし」の父親は痛みや苦しみを抱えて死んでいったかけがえのない一人の死者として鎌吉に捉え直されようとしているのである。

無数の遺骨に接して父の死を悼みはじめる鎌吉の心理は、確かに戦後世代が沖縄戦に出会い直す一つの契機を示していると言える。しかし一方でこれは家族という血のつながりに基づく体験の「継承」の物語を強化していく危険もはらんでいる。鎌吉は唐突に地中から掘り出された骨たちの到来にさらされる。その骨たちは「ジャパニー」も「アメリカー」も「男も女も、乳呑み児」も含む多様な戦死者たちであるにもかかわらず、鎌吉は目の前の骨を自分の父という悼むべき死者に一元化させてしまう。骨たちが父の像に収斂されていくとすれば、地中から到来したおびただしい骨たちの複数性はかき消されていってしまうだろう。

　しかしこの作品で重要なのは、このように家族の物語に収斂していこうとする力が生じる一方で、鎌吉が母から聞かされた戦争の語りが家族の物語にわずかなねじれを生じさせている点である。それは以下の場面にあらわれている。


　カメ婆さんは頭骨ばかり集めてていねいに泥をぬぐっていた。それはどれも人間の表情を宿した骨だった。他の部分は赤錆びた色をしていながら歯ならびだけが異様に白く原型を保っていた。それはまるで生きていて、食欲を訴えているかのように思えるのだった。ふと、戦さはおそろしいものだ、誰でも餓鬼になるものだ、とくり返し聞いた言葉を思いだした。その母親は、真壁の暗い洞窟の底で、二歳になるわが子の口に一握りの泥をおしこんだのだった。それで泣き声は止んだ。洞窟の入口には友軍の将校が抜刀して立っていた。母は、戦争とはそんなもんだと口ぐせのように語った。

　この骨たちもたぶん飢えながら死んだのだろう。今でも飢えた表情をしている。鎌吉はいつの間にか手を止めて、頭骨の上に父親の面影を描いていた。[10]（傍点引用者）

　鎌吉はまず、骨の歯ならびを見て沖縄戦の「飢え」を想起する。そして母親の言葉を思い起こす。しかし「誰でも餓鬼になるものだ」という母親の言葉につづくエピソードは、「飢え」に直接結びつくものだとは言いがたい。沖縄戦の証言にしばしば見られるように、抜刀して立つ友軍の将校は母親に幼児を泣き止ませるよう強要しているのだと考えられる。(11) 母親がわが子の口に泥を押しこむのは泣き声を止ませるためであり、飢えをしのぐためではないはずなのだ。

そしてこのとき母親によって口に泥を押しこまれた「二歳になるわが子」は、終戦を二歳で迎えた鎌吉にほかならない。からくも生き延びた鎌吉は戦争の記憶を持っていない。しかし母は、自らの行為を「飢え」によって「餓鬼」になったためだと息子に「口ぐせのように」語りつづけてきた。そして鎌吉もまた、この奇妙にねじれた語りを「飢え」に起因するものとして受け止めており、疑問を差し挟んではいないのである。鎌吉が目の前の骨に父の面影を投影しようとするとき、家族の中で発動されてしまった暴力の記憶が呼びこまれ、戦後世代が骨への直面を通して親の死や体験を受け入れていくという予定調和的な家族の物語に亀裂が走る。

鎌吉が骨に直面したときにあらわれてくるのは、語りの主体やそれを聞き取る者が自覚できぬままに織りこまれている暴力の記憶である。抜刀する日本兵に象徴される国家的暴力の下、家族の中で最も弱い者に家族自身が手をかけるという暴力が発動され、生き残った人々に深い傷をもたらしていた。(12) 亡き父の姿を目の前の骨に投影することで引き寄せようとする鎌吉は、一方で口に泥を押しこまれた自分自身の記憶を忘却しつづけている。そのようなねじれと欠落が骨に直面する体験を経て露わにされるとき、体験を聞くこと、出来事を分有していくことの困難が明らかになる。鎌吉は出来事の渦中にあった死者たちに直面する体験を経て、そのような困難を不可避的に引き受けながら自分自身にまつわる死者=父について改めて考えようとする。思いがけなく到来してきた骨たちによって、出来事を語る母親の言葉の再審が迫られるのである。それは家族という血のつながりに支えられた「継承」ではない。むしろ、これまでの鎌吉と母親の関係を変容させ、危機にさらしかねない危うさをはらんだものである。「自分とは関りのない遠い昔の伝説」とは異なるかたちで沖縄戦をたぐり寄せはじめた鎌吉の物語は、その危うさの上でかろうじて成立しているのだ。

4 記憶を分かち合うことの拒否

前節で論じたように、鎌吉は骨への直面を通して沖縄戦の語りを想起し、無自覚にねじれをはらみながらも、それまで遠い過去の出来事としてしか認識できなかった沖縄戦という出来事に新たに出会い直していく。それは鎌吉のみならず、他の男たちやカメ婆さんも同様であった。土の中から姿をあらわす骨たちは沖縄戦の記憶を呼び覚まし、それと向き合うことを余儀なくさせたのである。

だが「骨」のいま一人の登場人物、骨たちが埋められていた土地にホテルを建設しようとする「東亜電建」の現場主任は、遺骨の収集に加わろうとはしない。工事の進捗が遅れることを苦々しく思っている「血色のいい童顔」の現場主任は、カメ婆さんの抗議を「こちらの風習」と切り捨てる態度などから、本土出身の比較的若い世代の人物であることが読み取れる。「新聞などには嗅ぎつけられんように願いますよ。騒がれるとまずいですからな」、「ホテルのイメージに傷がつくと困るんです」と係長に言いつのる現場主任の骨に対する向き合い方は、「市役所の五人の男たち」やカメ婆さんとは大きく異なっている。それを端的に示すのは、現場主任の立ち位置である。「市役所の五人の男たち」が泥にまみれ、穴の底で奮闘しているとき、現場主任はきっちりと身なりを整えて穴の上から男たちを見下ろしているのだ。

穴の底で骨と向き合うとき、骨は五感に訴えかけてくる。鎌吉は目の前で割れる頭蓋骨、軍靴の底にはりついた骨が剝がれるときの乾いた音、何気なく拾い上げた水筒の中に残された水がたてる音にさらされる。死者たちの身体性を想起させる骨や遺品に触れるとき、鎌吉の指先はしびれ、吐き気がこみ上げてくる。

だが、現場主任は骨と鎌吉たちを地表から見下ろすのみで、穴の底に降りてくることはない。現場主任の目に映る骨は単なる「モノ」に過ぎず、骨の手触りや音を感じ取ることもないまま、現場主任は死者の痛みやそれに共振する鎌吉たちと異なる位相に身を置きつづける。

また、現場主任は工事の遅れを気にして重機を入れ、ブルドーザーのうなり声と土埃によって「市役所の五人の男たち」の口をつぐませ、雑談を絶やしてしまう。もはや「陽気」な雑談は交わされるべくもなく、作業は陰気な沈黙の中で行われていく。沖縄戦を体験し、戦後を生き延びた「市役所の五人の男たち」の雑談には、戦中や戦後の体験が織りこまれていた。鎌吉はその「陽気」さに違和感を覚えていたが、ヒゲの青年はむしろ「陽気」さに触発されるようにして年長の男たちと言葉を交わしていた。骨をめぐるそれぞれの思いが交錯する語りの場を重機の音が決定的に損なってしまうのである。

「市役所の五人の男たち」と現場主任の関係は次第に悪化していく。それが頂点に達するのは、カメ婆さんの夫が死者を埋めた目印に植えたという「樹齢二八年」のガジュマルの大樹を切り倒すと現場主任が口にしたときである。激しく食い下がるカメ婆さんと、抵抗を示す男たちに対して現場主任はもはや「憎しみ」を隠さない。以下にそのやり取りを引く。

「倒すんですか」と係長のかん高い声がした。

「明日、造園班が測地に来ますしね、これ以上は延せないんですよ」

「でも、これだけの木を、もったいないですね。ここは庭園になる予定ではないですか」

「ですから、かえってじゃまなんですよ、自然木だと。ここは椰子と蘇鉄がモチーフに使われるんです」

係長はそこで言葉が続かなくなった。

「どうせ伐採する木ですからね。明日から向うに休憩用のテントを張らせますよ」

「それはひどい。横暴だ」とヒッピーヒゲがいきなり起きあがった。

青年の声にびっくりしてみんなも起きだした。だが、期待した声はそれ以上続かなかった。主任は落ちつきはらって青年の声を無視した。

「みなさんには決してご迷惑はかけません」

そのとき、男たちをかけのけるようにしてカメ婆さんが前に出てきた。

「おい主任。このガジュマルを切り倒すつもりか。この木を何だと思っているね。うちのお爺が植えた木だよ。こうして、何千という魂がのり移った木だよ。道理も知らん」

婆さんの黄色い目が神がかりのようにつりあがって油をおびていた。

「私にはこちらの風習はよくわかりませんがね、所有権も移っていることだし」

「私は絶対に許さんよ。これはお爺の木だからね。昔の難儀、心労、あんたにわかるか」

「困るんですよ、そんな無理言われても」

男たちは依然無表情で黙って立っていた。主任は今は憎しみをこめて鈍い顔々に視線を流した。

係長がやっと口をひらいた。

「移し植えるわけにはいきませんか」

「そう勝手にいくなら苦労はありませんがね。こちらも人に使われる身ですから」

カメ婆さんが間に分けいってきた。

「あんた、この木に手をかけたらね。沖縄ではすぐバチがふりかかるからね……」


このやり取りでは、現場主任が抗議の文脈を無視し、論点をすり替えていくさまが露わにされている。男たちやカメ婆さんの抗議はおびただしい死者の養分を吸って成長したガジュマルの根にひそむ骨と沖縄戦という出来事の痕跡を取り去り、隠蔽していく行為に向けられている。しかし現場主任は木が切られたら木陰に代わる「休憩用のテント」を立てると言い、骨への思いを「こちらの風習」という言葉で退けた上で所有権の問題にすり替えていく。そこに見て取れるのは骨のざわめきから耳をそむけ、骨をめぐる記憶を沖縄の、すなわち他者の問題として遠ざけようとする傲慢な姿勢以外のなにものでもない。記憶に直面することを避け、ただひたすらに工事を進めていこうとするとき、そこに蓄えられた記憶は根こそぎにされ、死者はふたたび死んでいく。現場主任が体現しているのは、出来事やその記憶に対する徹底的な拒絶である。それゆえに出来事に基づいて訴えるカメ婆さんや男たちの言葉が現場主任に届くことはない。平行線をたどって交錯することのない言葉のやり取りは、「憎しみ」をはらんで両者を蝕んでいく。

5.「骨」と現在との接続に向けて

「骨」に描かれた風景の出現は一九七三年の首里に限定されるものではない。現在に至るまで、沖縄の中南部に点在する激戦地では数多の遺骨、遺品、不発弾が出現しつづけている。それらは遺骨収集ボランティア団体「ガマフヤー」の活動や地元メディアの取材、写真家比嘉豊光の仕事などによって多くの人々の知るところとなった。沖縄戦跡にまつわる記憶について調査を重ねる北村毅は、多数の遺骨が掘り出された那覇市内の大道森《だいどうむい》について次のように記述している。(13)(14)

那覇市内を走るモノレールのおもろまち駅から徒歩五分、こんもりと樹木が生い茂った大道森と呼ばれる小さな丘が、その現場である。近年、ここで二〇〇体以上もの戦死者の遺骨が掘り出された。〔中略〕おもろまち駅は、沖縄戦の激戦地となったことで有名な二つの丘の谷間に位置し、同駅の西側（現在のおもろまち）には、かつて米軍がシュガーローフと呼んだ小高い丘がある。この丘は、那覇新都心の開発とともに山肌を大きく削り取られ、いまや巨大な貯水タンクが設置された頂上部を残すのみである。そして、東側の真嘉比地区には、米軍がハーフムーンと名づけた丘、大道森がある。

いや、もはやあったと過去形でいうべきだろう。この地域一帯で行われてきた那覇市の土地区画整理事業の進展により、丘の全面を覆っていた樹木は伐採され、重機で丘の斜面は切り崩され、地肌は剝き出しになった。やがて、大道森があった場所を首里方面へと向かう幹線道路が横切ることになる。数年もすれば、ここに多数の遺骨や不発弾が埋もれた丘があったことはすっかり忘れ去られてしまうに違いない。戦後六五年の間にこのような開発が無数に繰り返され、県内各地から沖縄戦の痕跡が人知れず失われていったのである。(15)

北村が素描する二〇〇〇年代の「おもろまち」の風景は、「骨」で描かれた一九七三年の首里の風景に重なって見える。「おもろまち」は北村が指摘するように沖縄戦当時の激戦地であった。この地は戦後米軍に接収されて将校とその家族のための住宅街となり、日本「復帰」後の一九七〇年代後半から段階的に返還され、九〇年代後半から本格的に開発が進められた。(16) そのような土地の歴史は、「骨」で描かれた沖縄戦と本土資本による開発の間に、二七年の長きにわたる米軍占領の時代があったことを想起させずにはおかない。

規定枚数わずか二〇枚の「琉球新報創刊八十年懸賞小説」への応募作品として書き上げられた「骨」に、切り詰められ、単純化された部分があることは否めない。この作品は一読すると、戦争体験を持たない世代が戦争体験を継承し、それによって一枚岩となった沖縄が本土資本と対立するという主体の立ち上げの物語として読めなくもないのである。そして沖縄と本土資本の対立に焦点が合わされるとき、米軍という占領者は対立の構図の外側に巧妙に退いていってしまう。だが、土地の歴史に目を向けるとき、そのような単純な読みは挫折せざるをえない。沖縄という土地の開発は日米両政府の意向に基づき、軍事基地と密接にリンクしながら進められてきたのである。なぜいま・ここから骨が出てくるのかという問い、そしてその骨がどのような人々であったかという問いこそが、表面的な対立構図におさまらない読みを開いていくはずである。

「骨」で出現した死者は、どのような人々だったか。カメ婆さんは「お婆さん、その骨というのはジャパニーかね」と問われて「あんた、戦さで死んだ者にジャパニーもアメリカーもあるね。男も女も、乳呑み児までみんな一緒だったさ」と答えていた。性別・年齢・国籍を確定することができず、「何千」という曖昧な数でしか表しようのない無数の戦死者が地中に埋もれている。作品の中では言及されていないが、軍夫や慰安婦として強制連行されてきた朝鮮半島の人々もそこに横たわっているかもしれない。特定不可能な無数の死者の表象は、私たちが知らなかった、あるいは忘却していた存在に立ち返らせ、出会い直すことを求めているかのようだ。「沖縄」に回収しきれない死者は、一体一体の遺品や状態によって、その死の状況を断片的に語りかけてくる。鎌吉が体験したように、自分自身の家族の死や言葉と骨たちがふいに重なり合い、たちあらわれてくる瞬間もそのような出会いの中で生成するはずである。

だが、骨と視線を合わせることのないままに高みから見下ろし、痕跡を残さずに景観を変えていく暴力は、骨との出会いやそこから生まれる新たな体験を奪ってしまうだろう。それは現在の沖縄の、軍事基地建設という開発の場で日々生じている事態である。一九九六年のSACO合意に基づく米軍再編に伴って推進されてきた名護市辺野古への海上基地建設、東村高江へのオスプレイパッド建設は、多くの市民の反対の声を無視して強行され、いまその苛烈さを増している。この二つの軍事基地建設の現場では、長年にわたって多様な世代、ジェンダー・セクシュアリティ、出身地を生きる人々が非暴力直接行動としての座り込みという抵抗運動を形成してきた。運動の現場では、沖縄戦の記憶や歴史、米軍が関わる同時代的な戦争、多様な住民運動の実践に学び、つながろうとする分有の試みが日々実践されている。しかし国はそのような多様な抵抗の声の文脈から目を背け、応答することを徹底して避けて作業を強行しているのである。

このような現在の沖縄の状況を念頭において「骨」を読む時、そこに描かれた状況が沖縄の地における幾多の開発、日米安保同盟の維持強化を推進するための暴力のくりかえしの発露を先取りしていることが明らかになるだろう。

6. 開発の遅延が示す可能性

「骨」において、地中から続々と掘り出される死者は開発を滞らせる。しかしなりふりかまわず工事が進められようとする現場において、鎌吉たちがそれに抵抗する有効な手段を持ちえているとは言えない。彼らはたった五人、カメ婆さんを入れても六人に過ぎず、他言無用を言い含められている。そのような状況において、鎌吉たちの「負け」はもはや揺るがないものであるかのようにすら思えてくる。だが、それでもその「負け」は描かれない。作品を締めくくるのは、ガジュマルを切らせないための有効な論理を持ちえない男たちが黙りこみ、カメ婆さんが「バチがふりかかる」と現場主任に食ってかかる中で、鎌吉が死者の養分を吸って育ったガジュマルの葉を巻いて笛の音を響かせるという場面である。「ひとりでに指先が動き」、鎌吉が作り上げた笛は「ピーッと驚くほどの音」を出す。その音は係長やヒゲの青年、カメ婆さんの言葉をためらいなくはねつける現場主任を振り返らせる。聞き捨てつづけた声に、現場主任がふいに反応してしまう瞬間が切り取られて「骨」は幕を閉じていく。

この先も開発は進められ、新たな景観が出現していくのかもしれない。しかし地中から掘り出されつづける骨たちの収集のために予定は狂っていくはずだ。開発が大幅に遅れ、計画の見直しが迫られるとき、計画を変更したり断念したりすることが余儀なくされる状況も出現するかもしれない。骨のざわめきやガジュマルの木をめぐる鎌吉たちの消極的な抵抗は、開発を遅延させていく。遅延が作り出す時間は、かりそめの工事現場を生活に密着した場に変化させ、人と人の新たな関係を形成し、対話の可能性を増やしていく。いずれ口止めも機能しなくなるだろう。「骨」に開発が達成され、ホテルが予定通り建設される結末が描かれなかったことの意味は大きい。その開かれた結末こそが、一日、また一日と引き延ばされていく遅延という時間と、抵抗の場が生まれる可能性を留め置いているのである。骨たちのざわめきが、より多くの人に受け渡される未来に向けて。

(1) 一九七三年には「琉球新報創刊八十年懸賞小説」として設定されたこの賞は、翌一九七四年に「琉球新報短編小説賞」と名称を変えて二回目とし、現在に至っている(岡本恵徳「受賞作解説」、『沖縄短編小説集——「琉球新報短編小説賞」受賞作品』琉球新報社、一九九三年参照)。
(2) 「琉球新報創刊八〇年懸賞小説決定発表」、『琉球新報』一九七三年一二月五日。
(3) 大城立裕は「亀甲墓——実験方言をもつある風土記」(初出『新沖縄文学』二号、一九六六年七月)などで、「複雑怪奇な政治社会状況のなかで、その困難を政治でなく文化の文脈で捉えよう」(大城立裕「沖縄文学の現在」、前掲『沖縄短編小説集』)とし、方言、骨、老婆などの「土着的」テーマを描くことを試みていた。
(4) 岡本恵徳『沖縄文学の情景』ニライ社、二〇〇〇年、一五—一八頁。

(5) サンフランシスコ講和条約の発効に伴い、米軍用地は契約関係による使用へと移行される必要が生じた。一九五二年六月からUSCAR(琉球列島米国民政府)は軍用地代の支払いを開始したが、安い地代と長期契約のため、契約に応じる地主は少なかった。一九五三年四月三日、USCARは布令一〇九号「土地収用令」を公布し、軍地強制収用の開始を告げた。琉球立法院は一九五四年四月三〇日、軍用地問題に関する「四原則」を決議し、米国との交渉方針を打ち出す。「四原則」の内容は(一)土地の買い上げ・永久使用・地代一括払いに反対、(二)土地を奪われた地主に対する適正な地代・補償の要求、(三)米軍が土地に加えた損害に対する賠償要求、(四)新規接収反対と不用地の開放要求であった。住民代表は一九五五年六月に米国下院軍事委員会で窮状を訴え、一〇月に委員会のプライス調査団が派遣されることになった。しかし同委員会は「最小限度」の新規接収を容認しており、沖縄では強制収用が続行された。七月一九日未明、数十台の米軍車輌と二〇〇名以上の武装兵が伊佐浜で強制収用を実行した。一〇月に沖縄を訪れたプライス調査団の報告書(プライス勧告)は「四原則」要求を完全に否定し、米国議会は報告書の内容を沖縄側に知らせることなく一九五六年五月に沖縄基地建設計画を承認、琉球政府主席には一九五六年六月九日に報告書の概要が伝えられた。これを受けて行政府、立法院、市長村長会、土地連合会で構成された四者協議会は「四原則」の受け入れが認められなければ総辞職することを決定した。六月二〇日、五六市町村で住民大会が開かれ、「四原則貫徹」の決意表明が行われた。ここに大規模な民衆運動としての「島ぐるみ闘争」が姿をあらわした。(鳥山淳「銃剣とブルドーザー」、「島ぐるみ闘争」、「沖縄を知る事典」編集委員会編『沖縄を知る事典』日外アソシエーツ、二〇〇〇年、一二二―一二五頁参照)。
(6) 屋嘉比収『沖縄戦、米軍占領史を学びなおす――記憶をいかに継承するか』世織書房、二〇〇九年、二八一頁。
(7) 新崎盛暉『沖縄現代史 新版』岩波新書、二〇〇五年、五一―五二頁。
(8) 安里英子「経済開発と本土資本」、前掲『沖縄を知る事典』一六九頁参照。
(9) 安里英子「「復帰」後の開発問題」鳥山淳編『沖縄・問いを立てる5 イモとハダシ――占領と現在』社会評論社、二〇〇九年、一一〇頁。
(10) 以下、本文の引用は嶋津与志「骨」(『沖縄文学全集』八巻、国書刊行会、一九九〇年)に拠る。
(11) たとえば『沖縄戦記 鉄の暴風』(沖縄タイムス社、一九五〇年、一四一―一四二頁)には「壕にあぶれたらしい、一人の中年の女が、沖縄新報社の壕に、割り込もうとした。彼女の話によると三歳になる男の子を抱え、今まで真壁の壕にいたが、敵が近くにきたというので、慌てふためく親達の騒ぎに、彼女の子供を初め三、四歳の三人の子供達が、一度に泣き喚いた。その時三人の敗残兵が、子供を泣かすな、敵に知られるぞと怒声を発し、日本刀や、銃剣を突き付けて、壕の近くにあった池に、「子供を抛りこめ」と脅され、親達は、仕方なく、子供達を池にほうり込んだ。はい上ろうとする子供は、頭を押さえつけて溺死させた。怖しい話であるが、壕の人々は、誰も女の話を嘘だとは思わなかった。喜屋武の山城の壕では、子供が泣き叫んだので、兵隊が、親を脅し、三人の子供達に注射をほどこして、息の根を止めた」という記述が見られる。

(12) 座間味島の戦闘および「集団自決」を生き延びた母の遺した記録の精査と多数の証言の収集を通して「集団自決」への軍の関与を立証した宮城晴美は、家族を死なせて生き延びた人々が戦後もその記憶に苦しめられ、家族の中でやり場のない憤りをぶつけ合う事態が生じていたことを証している（宮城晴美『新版 母の遺したもの 沖縄・座間味島「集団自決」の新しい事実』高文研、二〇〇八年、八六―九二頁参照）。

(13) 具志堅隆松『ぼくが遺骨を掘る人「ガマフヤー」になったわけ。――サトウキビの島は戦場だった』合同出版、二〇一二年。

(14) 比嘉豊光、西谷修編『フォト・ドキュメント 骨の戦世《イクサユ》 65年目の沖縄戦』、岩波ブックレット、二〇一〇年。

(15) 北村毅「「戦死」を掘る――沖縄における遺骨収集の現在的展開」、前掲『フォト・ドキュメント 骨の戦世』五六頁（傍点原文）。

(16) 仲里効「珊瑚のカケラをして糺しめよ」、前掲『フォト・ドキュメント 骨の戦世』八頁参照。

第二部

到来する記憶・
再来する出来事

第七章　せめぎ合う語りの場——林京子「祭りの場」

1.　原爆文学における「祭りの場」の位置づけ

原爆の惨禍をいちはやく文学に結晶させたのは、原民喜や大田洋子など、被爆した書き手たちであった。大田洋子が「しかし、なんと広島の、原子爆弾投下に依る死の街こそは、小説に書きにくい素材であろう。それを書くために必要な、新しい描写や表現法は、容易に一人の既成作家の中に見つからない」[1]と述べたように、彼らはまず、原爆を書く言葉をつかみ取ることからはじめなければならなかった。プレスコードを強く意識しながら発表された原民喜の「夏の花」や大田洋子の「屍の街」では、被爆前後の自身の体験が克明に描写されている。原爆がもたらした圧倒的な体験の重みと、参照できる資料や証言がきわめて限られていた敗戦直後の状況を考えれば、書き手の個人体験を基にした作品が原爆文学の嚆矢となったのは必然であったと思われる。その後、数々の記録や証言、資料が積み上げられる中で一個人の視点に留まらないさまざまな原爆文学が書かれ、八月六日九日の惨状だけでなく、生き延びた被爆者たちの戦後も重要な問題として取り上げられるようになっていった。

しかし、原爆をめぐる言説がどれだけ集積されても、当事者にとって出来事を語ること／書くことが、自らの体験に向き合いながら言葉をつかみ取る困難な試みであることに変わりはない。「祭りの場」（一九七五年）で第一八回群像新人文学賞、第七三回芥川賞を受賞した林京子は、そのような困難に挑みつづける作家の一人である。

林は一九三〇年に長崎県に生まれ、一歳を迎える前に一家で上海に移住、一九四五年二月までを上海で過ごした。帰国した林は長崎高等女学校に編入し、同年八月九日、動員先の長崎市大橋町の三菱兵器工場で被爆した。被爆体験と植民地上海での生活体験は林が生涯をかけて向き合う主題となった。

「祭りの場」は少女の自分が体験した八月九日を、戦後三十年の時間を生きた「私」の視点から書いた作品である。「私」は複数の記録を引用して自らの記憶を検証すると同時に原爆の全体像を示し、自分が逃げた道筋に沿って語りを展開していく。作中に引用される記録は出来事を客観的に証し立てる効果を持つだけでなく、出来事に対する複数の視点を呼びこむものとしても機能している。三十年の間に集積された原爆にまつわるさまざまな言説は「私」の八月九日の体験と有機的に結びつき、一つの記憶の想起が別の記憶を呼び起こすという連想が幾重にも折り重ねられていく。そのため、語りの時間軸は一九四五年八月九日前後から語りの現在時までの間で揺らぎつづけている。その揺らぎは整序化することのできない記憶の奔流によって、また、引用によって呼びこまれた他者の視点とのせめぎ合いによってもたらされたものである。「私」の体験を記録と照応し、聞き知った他者の体験を挿入することで重層化されていく「祭りの場」の語りは、語り手の「私」が統御しえない、語り尽くせないものを潜勢させている。

「祭りの場」は当事者が長い時間を経て書き出した作品として、また、自身の体験を特権化せず、記録の引用によって出来事の全体を描くことを試みた作品として、しばしば新しい原爆文学だという評価を受けた。圧倒的な破壊を表現する言葉をつかみ取り、個々の限られた体験を集積して出来事の全貌に近づくという完遂されない試みを積み重ねてきた原爆文学において、戦後の時間の中で価値観を形成し、言葉を獲得していった当事者による優れた作品が一つの結節点となったことは疑いようもない。だが、その新しさが何に起因するのかは、より具体的な分析によって深められていく必要があるだろう。「祭りの場」は発表当初から話題になり、現在に至るまで幾度も読み直されてきたが、「私」と他者の視点がせめぎ合う重層的な語りという側面からはほとんど分析されてこなかった。そこでまず、「祭りの場」がどのように読まれてきたかをたどり直し、その評価の変遷を見ていくこととする。

2. 「祭りの場」の評価の変遷

発表当初、「祭りの場」は必ずしも肯定的に評価されたわけではなかった。芥川賞の選評には、「十四歳の体験と、四十四歳の現在の作者の観察と、しばしば混同された記述もあり、省略された文章のために、判断しがたい個所もあるが、なんとしてもこの主題は、激しくわれわれに迫る」(永井龍男)、「作品としては未熟なところ、整理不足なところ、多少の難点はあるが、このような題材の前には、よく書けているも、書けていないもないと思った」(井上靖)などの評価がみられる。(2) 作品の時間軸の揺らぎや整理不足を小説としての欠点とみなし、それらを実際の体験が補っているとする指摘は、芥川賞、群像新人文学賞の他の選者の選評にも散見される。「祭りの場」は同時代的には「小説」としての完成度に疑問が付されながらも、戦後三十年の節目に登場した長崎原爆の「記録」として評価されたのである。

平山三男と大里恭三郎が林京子やその作品をあらためて取り上げた一九八五年にも、やはり問題となったのは「小説」としての統一性であった。両者はともに、「祭りの場」の「警句的表現」、すなわち語り手の「私」が現在の視点から差し挟む批評的な言葉が「小説」としての統一を損なっていると論じている。平山は「警句的表現」を乱発すべきではないという立場を示しつつも「私小説的手法ではとらえ得ない意味としての原爆」を描いた「祭りの場」に可能性を見出している。[3] しかし大里は「林氏の文体に私がいささか抵抗を覚えるとしたら、それは、氏が地獄を見たという他者には伝達の至難なその特殊な体験を、あえて表現しようと志しながら、一方、心底では、他者の理解は不可能と決めつけて、開き直りのような心境に陥っているような印象を受けるからである」と述べ、林京子の「シニシズム」が原爆を体験していない非当事者の読者に対し、体験の分有を拒むものとして機能していると厳しく批判した。[4] 大里は、当事者のみが出来事を語る資格を持つという当事者の特権性を無意識に措定し、当事者の特権によりかかった立場からなされている「シニシズム」に対する批判を展開しているのだが、このような大里の批判こそが当事者／非当事者の分断を固定化してしまうだろう。ともあれ、「小説」としての統一性や完成度の議論に加え、この時期には当事者／非当事者間、あるいは被爆者間の差異が問題となり、体験を持たない者が当事者の体験をいかに受け止めるかが議論されはじめていた。

しかし二〇〇〇年代以降は、これらの批評自体が問いに付され、「祭りの場」を優れた文学作品として捉え直し、評価する研究があらわれる。内海宏隆は従来の「祭りの場」批評を詳細に検討し、小説以下という断定や統一性の欠如という批判に対して、林京子が志したのは統一性のある小説を構成することではなく、「まるごとの原爆」を書くことであったという立場から反論し、「祭りの場」に「新しい原爆文学」の可能性を見出した。(5) また、黒古一夫は、自らの体験を特権化せず原爆を客観的に描き出す姿勢を「祭りの場」の特色として挙げ、引用された多くの記録を長崎の原爆を多様な視点で捉えるものとして読むことを試みている。(6)

「祭りの場」をめぐる批評状況は、事実を重視しつつも「小説」としての完成度を問題にする批評にはじまり、やがて「小説」という枠内に収まらない、原爆文学の新たな局面を切り開く作品だという評価にシフトしてきたと言える。しかし、それらはいずれも「祭りの場」における統一性の欠如という前提から議論されてきた。本章では、これまで統一性の欠如として扱われてきた問題を複数の視点や複数の声が絡み合い、重層化する構造として捉え直し、「祭りの場」が有する可能性を明らかにしていきたい。

3.〈神の御子〉があらわすもの

長崎に投下された原爆の爆圧を観測するための観測用ゾンデの中には、原子物理学者嵯峨根遼吉に宛てて米国の科学者が書いた降伏勧告書が入っていた。「祭りの場」は「昭和二十年八月九日」という日付と、この降伏勧告書の引用で幕を開ける。「日本国がただちに降伏しなければそのときは原爆の雨が怒りのうちにますます激しくなるであろう」という勧告は、原爆を投下したアメリカという国家の言葉でもあった。『ヒロシマ・ナガサキ原爆展』(7) に掲載されたこの降伏勧告書を読む「私」の思いは次のようなものである。

私は長崎の被爆者だから顔みしりの人たちの、生命の代償による、一層の効力が計算された勧告書を、平静に読むことは出来ない。

特に「そのときは原爆の雨が怒りのうちに」のくだりは過ぎた歴史の証言としては読みすごせない。原爆の雨が怒りのうちにますます激しく私の友を殺した八月九日の浦上が眼に浮かんでくる。当然の行為として書いた三学者を、あるいは書かせた米国を、神のみ子《ママ》だから怒れるのだな、と敬服する。(傍点引用者)(8)

殺される側に位置していた「私」は、「怒りのうちに」原爆を降らせるアメリカを〈神の御子〉と呼ぶ。あまりに唐突な断定によって引き出された〈神の御子〉という言葉は、原爆の製造に貢献した三学者とそれを投下したアメリカを指すものとして、「祭りの場」でくりかえし用いられることになる。

だが、原爆が投下された長崎、特に浦上は多くのカトリック教徒が暮らす土地であった。迫害の記憶や敬虔な信仰心と強く結びつくこの土地で原爆の火に焼かれた人々の中にも、〈神の御子〉と呼ばれうる人々がいたはずである。それでもなお、原爆を投下したアメリカを指すものとして〈神の御子〉という言葉が選ばれなければならなかったのはなぜなのか。その疑問に答えるために、火傷による皮膚の剥離や放射能障害の説明のために「祭りの場」に引用された『週刊朝日臨時増刊　長崎医大原子爆弾救護報告』という記録の背景に着目していきたい。

「長崎医大原子爆弾救護報告」は長崎医科大学第十一救護隊が学長に宛てた報告書であり、昭和二十年八月九日から約二カ月間のメモを元にまとめられた。この第十一救護隊の隊長を務めていたのは、当時長崎医科大学の放射線科部長であり、後に「浦上原子野の聖者」と呼ばれた永井隆であった。「私」が参照している『週刊朝日臨時増刊号』には、報告書の全文とともに永井隆の生涯や人柄に触れた解説・証言が掲載されている。(9) つまり、報告書の記述を引用する「私」は、永井を強く意識していたと考えられる。

永井は自らの原爆体験を描いた『長崎の鐘』を一九四六年八月に脱稿するが、GHQの許可が降りるまでにしばらく時間を要した。結果的に『長崎の鐘』は日本軍の残虐行為の記録「マニラの悲劇」を併録することを条件に一九四九年に刊行され、大きな反響を呼んだ。敬虔なカトリック教徒であり、放射線医師でもあった永井の価値観を強く反映した同書には、彼が浦上天主堂の合同葬で信者代表として読み上げた弔辞が収められている。

> 終戦と浦上潰滅との間に深い関係がありはしないか。世界大戦争という人類の罪悪の償いとして、日本唯一の聖地浦上が犠牲の祭壇に屠られ燃やさるべき潔き羔として選ばれたのではないでしょうか?
>
> 〔中略〕これまで幾度も終戦の機会はあったし、全滅した都市も少なくありませんでしたが、それは犠牲としてふさわしくなかったから、神は未だこれを善しと容れ給わなかったのでありましょう。然るに浦上が屠られた瞬間初めて神はこれを受け納め給い、人類の詫びをきき、忽ち天皇陛下に天啓を垂れ、終戦の聖断を下させ給うたのであります。(10)

永井は原爆で死んだ「カトリック信者八千の霊魂」は「潔き羔」として神に迎えられたとし、生き残った信者は犠牲の祭壇に供えられる資格を満たさなかった罪人として、苦難の戦後を生き抜かなければならないと説く。さらに、同書の結末では原子力が平和利用され、人間社会に貢献する未来が語られている。そこに原爆による信者の死を意味のあるものとして位置づけようとする永井の意志を読み取るのは難しいことではない。だが、永井の言葉は原爆を「神の恵み」として受け入れ、浦上のカトリック信者以外の死者を閑却してしまうという大きな問題をはらんでいる。

救護報告書の後ろに存在する永井の存在が呼び起こされるとき、〈神の御子〉という表象はキリスト教国としてのアメリカを意味するのみならず、原爆投下を神の意志として肯定する立場や、原爆を生み出した科学の力を信頼する態度への批判として用いられたものだと考えることが可能となる。それはたとえば、次のような場面からも読み取ることができるだろう。

> 新じゃがいもの薄皮状の皮を両腕にフリルのように垂れさげている火傷もあった。中学生の学徒が「いたかばい、ああいたかばい」一人ごとを言って金毘羅山に登っていった。
> 神の御子たちは様ざまな火傷を人体実験したようだ。
> 終戦後九州大学や長崎大学の学生（?）が、N高女に調査に来た。原子爆弾前の健康状態、その後の状態調査である。月経の有無、被爆後と前の出血量などなど聞く。一部の学生が「これ以上原子爆弾の資料を提供する必要はありません」と調査を拒否した。（傍点引用者）

ここでの〈神の御子〉が原爆を投下したアメリカを指していることは疑いようもないが、注目すべきは、日本の大学生たちによる調査が〈神の御子〉による人体実験という言葉に触発され、想起されていることだ。被爆者を対象化し、調査し、被害を数値化しようとする態度への批判は、日本の大学生にも向けられている。降伏勧告書と救護報告書の引用を通して呼びこまれた〈神の御子〉という言葉は、アメリカという国家のみに収斂されるのではない複雑さを持ってたちあらわれてくる。

4. 極限状況にありつづける〈私たち〉

降伏勧告書によって導入された〈神の御子〉の視点に対置されるのは、地上にいた〈私たち〉の視点である。九日を〈私たち〉の視点から語るとき、その〈私たち〉は「顔みしりの人たち」や「私の友」だけでなく、アメリカ人捕虜の存在をも含むものとなっている。

殆どの私たちは、なぜ怒られるのか理由さえつかめず、二者選一の伏せ字の下で明日もあさっても生きるつもりでいた。警報のない空から落下傘を開いて降ってくる浮遊物を、連合軍捕虜への食糧投下だろう、と口を開いて見あげていた者もいた。浜口町か松山町だったと記憶するが、大橋への電車の沿線に、アメリカ人の捕虜が金網に囲われていた。ゴルフ練習場式の高い金網にかこまれて、いつも土を掘っていた。畑ではない。壕かもしれないがスコップで土を掘っていた。休憩時にたまたま通りかかると、金網に白い指をからませて、通りすぎる私たちを眺めていた。青い眼や灰色の眼は人なつこく、自由に歩きまわる日本人を追っていた。年は若く、二十歳前後だった。八月九日、彼らはやはり被爆死したのだろうか。作業中なら彼らの爆死は疑う余地はない。名誉の戦死だ。家族にはどんな弔文が届いたのだろう。（傍点原文）

地上から空を見上げていた〈私たち〉の視点をこのように語ることで、アメリカ＝加害者、日本＝被害者という枠組みを立ち上げることは慎重に回避されている。アメリカ人捕虜の中にも、キリスト教徒はいただろう。しかし、彼らは決して〈神の御子〉とは名指されない。ひとくくりにできない多様な〈私たち〉が九日の長崎にいたのである。

〈神の御子〉に対置された〈私たち〉は、「人間の尊厳」を奪われた存在となる。「私」は被爆地で人間がうじ虫につつかれるという「人間の尊厳」を傷つける光景を目にする。その記述の直後、「人間の尊厳」という言葉は、一見原爆とは関わりのないアンデスの飛行機事故に結びつく。雪のアンデスで遭難した十六人のクリスチャンが、遭難した仲間の遺体を食して生き延びた事件の記録の中に、「私」は「遭難死した仲間は生存者に生きるかてとして神がお与え下さったのだ」という言葉を見つける。極限状況を生き延びるための切実な動機に裏づけられ、その状況が神によってもたらされたものだとする永井隆の弔辞と重なる考え方である。それに対して、「「怒りをもって」も「生きるかてとして」も神の御心だから人間の尊厳は損なわれない。しかし忘却という時の流れは事件のエッセンスだけ掬いあげ、極限状況は忘れ去る」と「私」は述べる。

極限状況を意味のあるものとして位置づけ、それを乗り越えようとする〈神の御子〉の視点が覆い隠してしまうのは、被爆した〈私たち〉が極限状況に留め置かれているという事実である。原爆投下の瞬間という極限状況の内部には無数の死者が存在している。そして、生き延びた人々も被爆前とは決定的に異なるものとなった身体を抱え、極限状況を生きている。

「私」は、原爆投下の翌月から焼け跡に芽吹いた雑草の生命と被爆者の生命を重ね、「私も生きられるのだ」と涙する。しかし、被爆地の雑草が変形や縮れをきたして芽生えてきたのと同じように、「私」も被爆前とは異なる存在に変容させられてしまっていた。

象徴的なエピソードとして、「私」と姉の対話がある。脱毛を恐れて洗髪を避けたために「私」の髪にはシラミがわき、手足にできたはん点も化膿して悪臭を放っていた。被爆から一ヵ月経った頃、たまりかねた姉が「私」の髪を縛っていたゴム紐を切る。「この子は死ぬかも知れんとよ」とたしなめる母に対して「いつかなら私も死ぬわ。この人の我がままにつき合うのはもう沢山」と姉は言う。「私」は、「死ぬのならさっさと死んでくれ」という気持ちを姉の中に見つけ、「義理にでも死んでみせたくなる」。

姉妹ゆえの遠慮のないやり取りの中で姉が発した「いつかなら私も死ぬわ」という言葉は、妹と自分を同じ存在として捉えようとする発言である。しかし「私」は姉の言葉によって、自らの死がすでに予定されたものであることを突きつけられてしまう。姉の言葉は、被爆した「私」と姉との違いを浮き立たせ、「私」の被爆前の生が取り戻しようのないかたちで損なわれたことを露呈させる。これ以後、「私」は自らの行く末に死が待ち受けていることを強く意識し、動員先から支払われた月謝や被爆者の死に対して国から支払われる葬祭料を通して自分の命の値段をはかっていく。

〈私たち〉は、被爆前の「明日もあさってても生きるつもりでいた」未来への信頼を断ち切られ、病や傷、恐怖や痛みによって極限状況につなぎとめられている。〈私たち〉は、逃げる途中に聞いた重傷者のうめ声にとらわれ、癌の再発を怖れ、体内に残ったガラス片に肉を刺されるという痛みを感じて生きている。「私」の語りに挟まれる無数の痛みは、ひとりひとりが極限状況を生きつづけていることの証左にほかならない。戦後を極限状況として生きている複数の〈私たち〉の声が、「私」の語りを重層化するのである。

5. 不在を語る言葉

八月九日、「私」は三菱兵器大橋工場を逃れて爆心地の松山町を歩く。二時間ほど経った頃から吐き気を感じはじめ、夕暮れにN高女にたどりつくと下痢を発症、被害をまぬがれた十人町の下宿に戻ってからはそれがいっそう激しくなった。母に連れられて諫早に帰った後、脱毛やはん点の症状が出るが、一命をとりとめる。爆心地を歩いて生き延びた「私」は、その後結婚や出産を経験し、病の不安と闘い、原爆の記録を読み、語り手として生成されていく。長い時間の中で「私」に依り来たったさまざまな他者の言葉は、自らの体験を語ることのできない死者の不在を「私」の語りに刻みこんでいった。

爆心地で「私」が目にしたのは曠野であった。それは、たしかにあったはずのものが失われた光景である。「私」は「兵器や製鋼所の下請仕事や鍋かまを修繕する家が多い町」、「陽がささない通りに鰯を焼く匂いがただよう町」だった松山町を思い起こし、「それらの家が残らず無い。住んでいた人もいない」ことに立ちすくむ。そして「私」は段々畑にころがる重傷者を認める。その数は「町内の一割にもみたない」。かろうじてつかみ取られた断片の映像が、描かれていない九割以上の住人の、遺体も残さぬ死を呼び起こす。語り手の「私」によって被爆前の様子と曠野が照応されるとき、不在が現前するのである。

爆心地は、個人として特定されることはおろか、正確な数を把握することすらできない無数の死者に満ちていた。そのような空間において、名前の断片しか伝えられなかったただ一人の死者に、複数の死者が重ね合わされるという状況が生まれてくる。「私」は、救援のために派遣された青年団の一員として長崎に入った稲富から、自分と同じN高女の生徒の死を聞かされる。

稲富が収容した遺体にN高女生が一人、いた。兵器工場から浦上まで逃げてきて動けなくなり倒れた。日でりの道路の真ん中に、仰むけに倒れていた。三つ編の一方がほどけて衣類は焼けて全裸である。手も足も肉がはがれ、時おりヒックと指がつる。まだ呼吸はしていた。顔に傷はなかった。肌がろう人形のように透いて半びらきした眼が哀れだった。

稲富は上着をぬいで少女の体にかけた。片足に運動靴をはいていた。内側にN高女名と姓が書いてある。

稲富は手拭いを裂き焼跡の炭を水にしめして、少女の姓を書いた。しっかり少女の手首に結んだ。死は時間の問題だった。トラックの水を持って行くと、もう死んでいた。

少女は荒木という。私の学年にも数名いる。私が知っている荒木は学年で一、二の美人だった。髪がウエーブしていて肌が磁器のように透明だった。焼け跡の少女と該当するが、被爆後、私たちの肌は一様にろう細工のように透明になった。

荒木は地方の医師の一人娘と聞いた。その人かどうか。

死んだ少女の靴に書かれた「荒木」という姓のみが、稲富を介して「私」に伝えられる。そのとき、「私」は学年に数名いた複数の「荒木」、そして「学年で一、二の美人だった」自分が知っている「荒木」を連想する。死んだ少女の身元は、語りの現在時においても明らかになっていない。その事実は、「私」が思い浮かべる「荒木」たちも戦後を生き延びられなかったことを示唆している。「記録」であれば、このような曖昧さは事後的な調査を経て埋められていくべきなのかもしれない。しかし「祭りの場」では、死者は特定されないままに留め置かれている。特定されないことで、稲富が出会った一人の「荒木」は、複数の「荒木」となる。不在は、どれほど言葉をつぎこんでも埋められることのないままに語りの中にありつづけ、さらに別の人間の体験を引き寄せる。

人手が足りず重傷者は日でりのホームにねかされて待つ。その中にN高女の田山がいた。田山は背中に火傷を負い、火傷にガラスがささっていた。コンクリートの焼けたホームに腹ばいにねて順番を待った。田山は「太陽の光りの痛かっさ」と話した。直射する光りの痛さは拷問だと言う。

火傷を二重に光りが焦がす。血が乾き肉がひきつる。傷口を刺す光りの足がはっきりわかった。誰か背中に水をかけてくれないか、それればかり願った、と言う。

荒木も同じ苦しみだったろう。

田山は結果的に生き延び、自分の体験を「私」に語ることができた。火傷を負わなかった「私」にとって、太陽の光に焼かれる拷問のような痛みは未知のものである。「私」は、田山の痛みを自分の体験の中に見出すことができない。そのため「私」が語りうるのは、田山の体験を自分がいかに聞き取ったかに限られる。田山は太陽の光に焼かれた自分の痛みを語り、その痛みを語る言葉を受け取った「私」が田山の痛みに「荒木」の痛みを重ね、聞き取ることのできなかった声を思い描いていく。この時、田山の語りはもはやそこにはいない複数の死者の痛みを想起させるものとして開かれていくのである。

稲富や田山から聞いた情報を語る「私」は、語り手であると同時に聞き手でもある。自らの体験と他者から聞き取った体験、断片的な情報と断片的であるがゆえに広がっていく連想、それらのもので紡がれる「私」の語りは、不在となった人やものをさまざまな角度から照らし出す。それが誰の、何の不在であるかは特定することができず、「私」の言葉もまた、それらの不在を埋めていくものではない。自らの体験を語り、聞くことができた存在は、不在の中に場を占めているのではないからである。だが、極限状況の内部の死者たちが依り来たり、語られなかった声を響かせはじめる場としての不在を「私」の語りの中に見出すことができる。

6. 持続する破壊

「祭りの場」は、冒頭の降伏勧告書と同様に〈神の御子〉の視点から発せられた言葉の引用によって結ばれる。

アメリカ側が取材編集した原爆記録映画のしめくくりに、美事なセリフがある。

――かくて破壊は終わりました――[11]

結末に至るまでに積み重ねられてきた、極限状況にありつづける〈私たち〉と、すでに不在となった死者たちは、この破壊の収束の宣言を厳しく否認している。冒頭から結末まで、「祭りの場」にはさまざまな記録の引用があり、新聞記事や友人たちの体験も挿入されてきた。それらは作品の統一性を損なわせるものとしてではなく、「私」の語りと有機的に結びつき、語りを重層化させるものとして捉え直されるべきだ。ここまで見てきたとおり、冒頭の降伏勧告書と永井隆の手による救護報告書は〈神の御子〉の視点を呼びこみ、極限状況にある〈私たち〉と激しくせめぎ合っている。被爆した〈私たち〉という存在がいかなるものかは、体験を持たない人間との対話によって浮き彫りになる。そして、「私」が聞き取ることができた他者の体験は、「私」が知らない痛みや出会わなかった存在を語りの中に生起させ、不在を現前させる。

記録や他者の声が「私」に依り来たることによって「祭りの場」の語りは構成されている。その語りは「私」という一人の語り手に収斂されることなく、さまざまな認識や体験へと拡散し、複数の声が輻輳する場を形成していく。モザイクのような語りに潜勢する複数の声は、整序化され、統一されることに抗っている。「祭りの場」という作品は持続する破壊を語る多声的な言葉が響く場なのである。

(1) 大田洋子「『屍の街』序」、『大田洋子集』二巻、三一書房、一九八二年。

(2)「芥川賞選評」、『文藝春秋』、一九七五年九月。
(3)平山三男「林京子論――意味としての原爆文学」、『関東学院大学文学部紀要』第四三号、一九八五年三月。
(4)大里恭三郎「『祭りの場』(林京子)――記録と批評の文体」、『国文学　解釈と鑑賞』一九八五年八月。
(5)内海宏隆「林京子『祭りの場』論――序説」、『芸術至上主義文芸26』二〇〇〇年一一月。
(6)黒古一夫『林京子論　「ナガサキ」・上海・アメリカ』日本図書センター、二〇〇七年、一六一―二二二頁。
(7)朝日新聞東京本社企画部編『ヒロシマ・ナガサキ原爆展』一九七〇年七月。一九七〇年七月から一〇月にかけて高崎、浜松、長野、東京、札幌、仙台、北九州、久留米、郡山を巡回した「ヒロシマ・ナガサキ原爆展」のパンフレット。
(8)以下、本文の引用は林京子「祭りの場」(『林京子全集』一巻、日本図書センター、二〇〇五年)に拠る。
(9)西森一正「原子力時代を予見した永井隆博士」、久松シソノ「私は第11医療隊の婦長だった」、『週刊朝日臨時増刊 長崎医大原子爆弾救護報告』一九七〇年七月。
(10)永井隆『長崎の鐘』アルバ文庫、一九九五年、一四五―一四六頁。
(11)ここで取り上げられている「アメリカ側が取材編集した原爆記録映画」は、被爆直後の広島・長崎の惨状を記録した〝EFECTS OF THE ATOMIC BOMB ON HIROSHIMA AND NAGASAKI〟(一九四六年)を指すと思われる。佐藤武「「広島・長崎における原子爆弾の影響」について」(DVD『広島・長崎における原子爆弾の影響〔完全版〕』付属資料、日映映像、二〇一〇年)によれば、この映画は当初日本側によって制作を企画されたものであったという。原爆記録映画の撮影を決めた日本映画社が原子物理学者仁科芳雄に協力を依頼し、文部省の学術研究会議に原子爆弾災害調査研究特別委員会を設置、編成された調査団に日本映画社の撮影スタッフが同行して取材が行われた。しかし長崎での撮影中にスタッフがMPに拘束され、GHQから撮影中止とフィルムの提出を命じられる。日本映画社側は未編集のままではフィルムが意味をなさないと訴え、米国戦略爆撃調査団の委嘱というかたちで制作を進めた。映画は主に科学的な視点から広島・長崎での建物の破壊や植物の状態、被爆者の症状などを分析し、「破壊は終わった」というパートで締めくくられる構成となっている。佐藤は一九六七年に日本にフィルムが返還された後、所管する文部省が被爆者が写っている部分をカットして公開する方針をとり、一九六八年四月に短縮版がテレビ放映されたことにも触れている。映画制作の背景を踏まえると、必ずしも「アメリカ側が取材編集した原爆記録映画」とは言えないが、ここではそのような事実よりも、「私」がこの言葉をアメリカ側から発せられたものとして受け取り、皮肉をこめて作品の末尾に配していることに着目しておきたい。

第八章

体験を分有する試み——林京子『ギヤマン　ビードロ』

1.『ギヤマン　ビードロ』はどう読まれてきたか

林京子の短篇連作『ギヤマン　ビードロ』（一九七八年）は「空罐」、「金毘羅山」、「ギヤマン　ビードロ」、「青年たち」、「黄砂」、「響」、「帰る」、「記録」、「友よ」、「影」、「無明」、「野に」の十二の短篇で構成されており、林自身とほとんど同じ生い立ちを持つ「私」を語り手として、「私」や友人たちの被爆体験を中心に展開される作品である。

平山三男は「原爆投下は被爆者と「非」被爆者、被爆以前とそれ以後、また、被爆者を死者と生者、重傷者と軽傷者と分けるように様々に、しかし截然と括り分け、さらに以前から存在していた様々な差異を拡大する」と指摘し、被爆者個々人の生に着目する時、当事者間に存在する越えがたい差異があらわになることを示した。(1) また、青木陽子は、被爆による「負い目の少ないものから多いものへと」連ねられていく構図をこの作品に見出し、「長崎にも広島にもいあわせなくて被爆していない人間はどれほどの負い目を持てばいいのだろう(2)」と述べている。青木の指摘のとおり『ギヤマン　ビードロ』が非当事者の読者に「負い目」をもたらすとすれば、この作品の強度はまさにその点にある。出来事を分有することの困難に読者を直面させる力が、その「負い目」や居心地の悪さに潜んでいるはずなのだ。当事者／非当事者の問題については、木下順二、高橋英夫、三木卓による『ギヤマン　ビードロ』をめぐる鼎談でも議論されている。(3) この鼎談では被爆体験を持たない西田という登場人物が注目された。高橋は「一歩わきへそれようとする気持ち」を持つ人物として西田が描かれていることが、体験の程度によって発言力の序列を決定することにつながるのではないかという危惧を示した。それに対して三木は、西田には「私」を相対化する「鏡的な役割」が付与されており、「逆転して被爆者に対して強い意味を持つ」人間であると評価した。木下は両氏の発言を受けて、体験の当事者同士の間に存在する差異と、体験の当事者と非当事者の根本的な違いの両方を視野に入れた作品だとまとめている。このとき三木が評価した西田という非当事者の重要性は佐佐木幸綱(4)や金井景子(5)らにも取り上げられ、肯定的に評価されている。

しかし、中上健次は、『ギヤマン　ビードロ』を次のように痛烈に批判した。

皮肉だけど、日本の小説にとって、被爆小説ほど害毒を流すものはないと思うほど、戦争を後悔している日本人にぴったりの小説はないね。こんなにわたしはやられたと。ところがやったことは小説にないじゃない。〔中略〕林京子の「ギヤマン　ビードロ」で、人は被害者の小説だから身につまされ、甘い涙を流すよ。「ギヤマン　ビードロ」は手品で成り立っている小説だね。戦争や悪をやった親が口をぬぐったまま甘い後悔にひたるには丁度いい小説だね。(6)

中上は「日本人」が被害者に同一化することを可能にする作品として『ギヤマン　ビードロ』を捉えている。この中上の批判については後に取り上げ、検討していくことにする。

黒古一夫やジョン・W・トリートは中上の批判を踏まえた上で論を展開している。黒古は「総動員体制に、小学生を含めた誰もが唯々諾々と従った結果が「ヒロシマ・ナガサキ」に他ならなかった」という意識をこの作品に読み取り、上海での体験に根差した「日本人」の加害者性への視点が『ギヤマン　ビードロ』に含まれていることを指摘した。(7) また、トリートは、「長崎の歴史は、ちょうど林自身の人生のように、日本と中国や、それに続く日本と西洋列強との騒然とした関係と緊密に結びついた歴史であり、現在から未来に続く一つの暴力をすでに証明している」と述べ、『ギヤマン　ビードロ』を含む林の諸作品が帝国日本のたどってきた歴史から人類の未来までをつなぐ強いメッセージ性を持ちえていることを評価している。(8)

また、「私」と西田の関係を被爆という出来事の当事者／非当事者のいずれかに振り分けることの困難を指摘する論もすでに登場している。深津謙一郎は〈亡霊〉という概念を用いて『ギヤマン　ビードロ』を論じ、体験の核心部に言葉を発することのできない「死者の領域」が存在しており、「死者の領域」との隔たりを埋めきれない不安が〈亡霊〉として回帰してくると述べている。〈亡霊〉に憑依され、主体を壊乱する不条理な負債を引き受ける可能性が被爆体験の有無を越えて存在することを指摘した点で重要な論考である。(9) 本章ではこの指摘を踏まえ、『ギヤマン　ビードロ』という作品において被爆者／非被爆者を被爆体験の当事者／非当事者に安易に振り分けることが困難であること、それでもなお当事者の体験を分有しようとする試みが模索されていることを明らかにしていく。

2. 体験の分有の契機

出来事は、厳密に言えば共有不可能なものである。非当事者が当事者と同じように出来事を体験することはできない。また、たとえ「同じ被爆者」であったとしても同様の体験をしているわけではない。個人の記憶や身体感覚に密接に結びつく個々の体験は、それぞれ異なるものである。では、共有不可能な体験はいかにして分有されうるのだろうか。屋嘉比収は沖縄戦の体験者の高齢化が進む現状にあって、非当事者が戦争体験を分有する可能性を思考していた。

沖縄戦や「集団自決」に向き合うことは、「集団自決」を客観的実証的な視点から対象化するあり方だけでなく、論じる主体が「わたし自身が起こすかも知れぬ」という自らの問題として考えることの重要性への認識である。それは、非体験者である私たちが、「集団自決」の出来事に自らの問題として向かい合うことで、「当事者性」をとらえ返し拡張していく行為主体につながる視点（阿部・二〇〇五）[10]でもあるように思う。その「わたし自身が起こすかも知れぬ」という自らへの問いかけは、矛盾を抱えながら「集団自決」で亡くなった個々の住民に対する、戦後世代による自らの発話の位置をも組み込んだ「応答するエイジェンシー」として位置付けられるものではなかろうか。[11]

屋嘉比は体験者の語りをくりかえし聞く作業を積み重ねることで当事者性を獲得することが可能であ

るという立場から、戦後世代による想像／創造的な沖縄戦体験の分有の可能性を追求しようとしている。出来事の非当事者は、出来事を語る言葉すべてを同じ強度で受け止めることができるわけではない。出来事を語る言葉を解釈し、細部をつなぎ止め、再構成していくのである。そのような分有のあり方においては、非当事者が出来事を想像し、当事者の語りを元に自らがそれを語る言葉を創造していくこと、そして自分自身がその出来事に応答していくことが常に求められている。

しかし当事者もまた出来事の再審を経て出来事を語る言葉を紡いでいくはずである。特に被爆という前例のない出来事は、当事者が事後的に知りえた事実と照らし合わせることによってはじめて理解されていったのだ。また、原爆の威力や性質、放射能に対する知識、戦時中の帝国日本のあり方など、体験当時には知りえなかった事実を知った後に芽生える心情と、体験した当時の心情との間には当然差異が生まれる。そのような差異は体験した当時の心情が失われ、変化していくのではないかという危惧を当事者にもたらすものでもあった。

「無明」では、三十三回忌にあたる年に長崎の原爆追悼式典に参加した「私」が、十年前にやはり同じ式典に参加したことを思い起こす場面がある。当時不満だらけの生活を送っていた「私」は、命が助かっただけで満足していた八月九日から出直す必要があると感じ、「粉飾のない九日」を求めて式典に参加した。しかし実際に式場に立ってみると、そこには花輪と生花で整えられた「華やいだ八月九日」があった。幻滅した「私」は、一人の若者の「もっと暑かったんだよなあ」という呟きを耳にする。そのとき「私」は若者に理解されたと感じ、涙をこぼした。しかし、さらに十年が経つとそれすらも感傷のように思える。「私」は「もやもやとした、自分でも処理できないでいる八月九日は、感傷の底で曇ってしまっているのかもしれない。感傷を一段ずつはい登って抜け出したときに、私の八月九日は、昭和二十年に立ち戻れる」と考える。

「昭和二十年の八月九日」にはなかったものを徹底して削ぎ落とし、「粉飾のない九日」に立ち戻ろうとする「私」の態度はきわめて峻厳である。そこには、時の流れとともに体験の生々しさが失われていくのをやむをえないこととして受け止めながらも、自分自身が感傷によって体験を変化させることに抗う当事者の格闘がある。だが「粉飾のない九日」に立ち戻ろうとすれば、それは「私」が体験していない痛みを削ぎ落とすものになってしまう。友人の中田が「あの苦しさが忘れられないから、せめて半日だけでも水を断つのだ」と語る言葉を聞いて、「私」はそれに気づいている。

火傷をしなかった私は、中田たちのようなのどの渇きは知らない。反面、閃光の熱さと、太陽と炎の熱さが印象に強い。それも厳密にいうならば、私は火傷を負っていないから、瞬時の閃光の熱さを知らないことになる。その後で吹いてきた熱風は、力まかせの平手打ちをくったような、ぴりぴりした熱さだった。熱さは肌の奥深くに吹き込んで、残っている。私が、テントの外で光を全身に受けて、あの日と同じ状態に自分を置きたかったのは、熱さ以外に九日はないからである。中田は水を断って、のどの渇きを知ろうとしている。

私たちは、それぞれが経験した苦しみにこだわって、中田は光に疎い、私は水に疎い八月九日を送ろうとしていた。(「無明」)[12]

「私」が光に身をさらし、中田が水を断つのは、自身の身体を当時と似た状況にさらすことによって「粉飾のない九日」に近づこうとする試みだと言えるだろう。火傷を負った人々が狂おしく水を求めたことを知りながら、「私」の「粉飾のない九日」は光に収斂していこうとしていた。その収斂が完全なものとならないのは、中田の体験と「私」の体験の間に差異が存在するためである。「私」が「粉飾のない九日」に立ち戻ろうとするとき、そこには体験を当事者に固有のものとして自閉させていきかねない危うさがある。その危うさを押しとどめるのは、九日の出来事を別のかたちで体験した中田の語りであり、その語りの中に存在する死者の声なき声である。

「友よ」では、語りの中から唐突に生起してくる死者の存在がより明瞭にあらわれている。長崎に帰省中の「私」は、中田の母校である城山小学校の追悼式に中田とともに参加した。式の終了後、「私」とともに被爆直後の浦上を撮った写真を見ていた中田は、一枚の写真の中に一筋の煙を見出す。その煙は、同じ写真を二、三回見ていた「私」には、決して見出すことのできない痕跡であった。写真には爆心地に向いた二面の壁と屋根が吹き飛び、両側の二面の壁だけが残った様子が写っていた。

中田は黙って、白い壁と、説明文を指した。そして、「うちが燃えてる」と震える声で言った。見ると、白い壁の後方に、白い煙が昇っている。中田がいう、「家」はみあたらないが、確かに、何かが燃えている。それを中田は、あたしのうち、と指をさして言った。

中田は両手で口を押さえると、声をころして泣いた。肩をしぼめて、しっかり唇を押さえている指の間から、嗚咽がもれた。それは悲鳴だった。(「友よ」)

被爆した瞬間に意識を失い、助け出されて汽車で運ばれた中田は、自分の家の焼け跡を目にしたことがなかった。白壁の研究所の真裏にあった中田の家の焼け跡から立ち上る煙は「あたしのうち」とそこに住む六人の家族を燃やし尽くした痕跡だった。それは中田の言葉によってはじめて「私」に認識される。「私」は中田に言うべき言葉を持たず、泣いている彼女の横にたたずむしかない。この短篇はそこで幕を閉じている。

中田は、その写真の煙から語り手のいない体験の痕跡を読み取ることができるただ一人の人物である。写真が撮られたまさにその瞬間に自分の家が燃え、煙を上げていたという生々しい時間が生起し、中田が生きる現在の時間に出来事が侵入してくる。そのような場に立ち会っている「私」は中田の切れ切れの語りを聞き取ることしかできない。

しかし、個々の当事者の身に到来した出来事や、それを語る言葉を聞き取ってしまった時、非当事者には語られた体験を解釈する可能性が開かれる。中田の慟哭を見つめて横にたたずむ「私」の前には、中田の指差した煙のみではなく、それまで平静に見ることができていた他の写真の中にくすぶる煙もが、無数の家や人間を焼き尽くした痕跡として迫ってくるのではないか。非当事者は、語られた体験を別の体験に接続させる想像力を有している。体験を聞き取る非当事者が体験を解釈し、想像することは、「粉飾のない九日」を変貌させることになるのかもしれない。しかし、体験を粉飾のない、純粋なものに留め置くことと引き換えに、焼け跡の灰にくすぶる多くの、個別の死者への想像力が喚起されるのである。写真の中に煙を見出し、自分自身の記憶と体験、家族の喪失という出来事に取り憑かれた中田は、まだ顔を上げることができない。写真の内部に存在する無数の死者と無言の証言を感得するのは、中田の語りから断片的な言葉を受け取った者の役目である。

光に身をさらすことによって「粉飾のない九日」に向かおうとする「私」の行為は、自分とは異なる体験を有する者の語りを聞き取ることによって頓挫する。それでもなお、「粉飾のない九日」に到達すること自体があきらめられているわけではない。「私」にとっての「粉飾のない九日」は、「私」が感傷を取り払い、無心になった先にあるとされている。しかし「抜け出した先に何があるのか、私にはわからない。もっと、曇って重い八月九日が現れるかもしれない」と語られるそれに近接していく過程において、「私」の体験の中に存在する多くの無言の死者たちは生々しいかたちで捉え直されるのではないか。出来事そのものに純粋に立ち返ることが困難であるのは、被爆という体験が当事者個人にのみ帰せられるものではないことを幾度も突きつけられるためである。そのような困難に直面しながら、出来事を想像／創造的に捉え直そうとする再審と分有の試みの中に、当事者と非当事者がともに体験を押し開いていく契機が生み出される可能性が潜勢している。

3. 被爆という出来事の当事者性をめぐって

『ギヤマン　ビードロ』では、自分自身が体験していない出来事をどのように受け止め、分有することができるのかということがくりかえし問われている。すでに指摘した通り、当事者であってもその問いから逃れることはできない。しかし、体験を持たない者にとってその問いがより重くのしかかってくることは言うまでもない。では、被爆という出来事を体験していない者はどのように体験に向き合おうとしているのだろうか。西田と、「青年たち」に登場するYという青年に着目してそれを考えていきたい。

『ギヤマン　ビードロ』には「私」の同期生が多く登場するが、中でもくりかえし登場する二人の人物がいる。一人は入学試験で選抜されたはえぬきのN高女生としての誇りを持ち、長崎で教師をしている大木である。大木は独身の寂しさや原爆症の再発への不安を抱えながらも、明朗さを失わない女性として描かれている。また、大木は同期生の消息に詳しく、「私」に友人たちの被爆体験や近況を伝える存在でもある。いま一人は、終戦後にN高女に転入してきた西田である。西田は東京でデザイナーとして働き、「私」とは長崎、東京の両方の土地で顔を合わせている。被爆体験を持たない西田は、被爆した友人たちとの関係性において、自らの非当事者性を強く意識している。

昭和二十年三月にN高女に転入し、動員中に被爆した「私」は、大木と西田の中間に位置している。転入生であり、長く長崎を離れて暮らしている「私」は、大木に比べて友人たちとの関わりが淡い。健康に対する心許なさや八月九日を原点とする生き方、結婚や出産をめぐる不安など、「私」と友人たちに共通する悩みは多い。しかし、「私」が長崎を訪れ、大木から友人たちの体験や消息を聞く時、「同じ被爆者」として心を寄せてきた友人たちの個々の体験が浮かび上がり、ひとくくりにすることができない八月九日が姿をあらわす。友人たちの体験には、家族の死、傷や火傷など、「同じ被爆者」である「私」が体験していない痛みがある。

「空罐」は、大木と西田、「私」を含む五人の同期生がかつてのN高女の校舎を訪れる短篇である。講堂の前で「私」たちが被爆死した生徒の追悼会を想起していると、被爆を体験していない西田は「原爆の話になると、弱いのよ」と言う。

西田が、弱い、というのは結びつき方で、弱さの原因は被爆したかしないかにある、と西田は言った。大木が、そんげん事のあるもんね、被爆は、せん方がよかに決まっとるやかね、と笑って言った。西田は、そうじゃないのよ、いい、わるいじゃなくって、心情的にそうありたい、と思うのよ、と言った。更に、

「例えばね、あなたもわたしも転校生だから長崎弁をうまく使えない、無理に使えばギクシャクとぎこちない、そのぎこちなさよ」わかるでしょう、と私に言った。（「空罐」）

西田は被爆直後の長崎に暮らし、被爆した生徒たちと机を並べて学んだ体験を持ちながら、現在に至るまで「ぎこちなさ」を感じつづけている。ここではその「ぎこちなさ」が「長崎弁」という比喩を用いて語られている。方言は、削ぎ落とすことも習得することも困難な言葉である。その土地で暮らしていれば日常的に耳にする言葉。しかしよそから入ってきた者がそれを真似て口にすれば途端に「ぎこちなさ」がにじんでしまう言葉。そのような言葉として西田は「長崎弁」を捉え、非当事者として被爆体験に接することの「ぎこちなさ」になぞらえている。その喩えは、上海で育った「私」にもよく理解できるものであっただろう。

西田は、原爆病の発症を気にして離島への赴任をためらう大木に対して「同じ場所に踏みとどまっている訳にはいかないのだ、立っている現在が、常に出発点なのだ」と語る。そのような西田の考え方は、現在に立っているつもりでも常に八月九日に舞い戻ってしまい、そこを原点として生きざるをえない大

木や「私」との大きな違いである。西田の言葉は、大木から「うちたちは原爆にこだわりすぎるとやろうか」というつぶやきを引き出す。西田は、友人たちが被爆以後の生を生きること、八月九日から踏み出すことの重要性を訴えつづけている。

「野に」は、同期生たちの三十三回忌に出席した「私」が東京に戻り、「部外者がいるようで」と出席を断った西田に会の様子や友人たちの近況報告をする短篇であるが、そこでは被爆という出来事の当事者性と、未来に向けて生きることとの意味がより深く追求されている。被爆死した妹の遺族として会に参加していた一人の男性が、出席者に向けて妹の死の様子を話した。妹は死の間際にサイダーをねだり、母親が水に砂糖と重層を混ぜて飲ませたという。その話を聞き、「私」たちは涙を流しながらサイダーを飲んだ。それを聞いて、西田は次のように言う。

あなたたちと付き合っていると、あたしたちも心情的には被爆者になってしまっている、でも体験はない、だから体験を犯してはいけないと思う、そこにいるのは死者だから、だから余計にあなたたちの行動を辛辣にみてしまう、と西田が言った。泣きながらサイダーが飲める神経の太さは、自分たちにはとてもない、と言った。(「野に」)

西田は友人たちの体験に寄り添いながらも、踏みこむことのできない領域を明確に感じ取っている。サイダーを飲めずに死んだ友人の体験は、被爆者として生きてきた友人たちにとっても自らの当事者性に回収できるものではない。生き延びてサイダーを飲んでいる被爆者もまた、この体験の非当事者なのである。非当事者であることを常に自覚してきた西田には、涙を流しつつサイダーを飲む友人たちの姿が無神経なものに見える。

西田は体験に立ち入らないという節度を保ち、当事者の体験を領有することがないよう努めている。大木は友人たちの体験を「私」に語って聞かせるが、西田は自分が聞き取った体験を語ることはない。体験に立ち入らないという態度を貫く西田が当事者と関わろうとするとき、未来という時間に目を向けることが必要になる。

八月六日、九日に限らず、核への恐怖は現代人の誰もが抱いている。考えると不安になる。だが、誰もそのために自殺はしない。何かに希望をみつけて、信じているからだ。安易かもしれないけれど、と西田が言った。わざわざ同期会にまで出席して、妹の死を話す山本の兄の心の底にも、話して救われたい気持ちがある。話しているうちに、人間の力量からはみだした部分を見つけて、抗しがたい何かに救われていくのではないか、と言った。(「野に」)

西田は、不確実な未来への時間を生きることに、被爆体験を持つ友人たちと自分との共通点を見出そうとしているのである。友人たちがこだわりつづける被爆という出来事は、西田にとって立ち入ることのできない領域である。しかし現在を出発点と考えれば、「核への恐怖」を抱きながら未来へ向かう者として、西田は友人たちと並び立つことができる。被爆以後の時空間には、体験の有無を越えて西田が友人たちとともに生きる可能性が残されている。それゆえに西田は友人たちに未来へ向けて歩むよう促すのである。

しかし「私」は、当事者が神や仏や自然の摂理といった「人間の力量からはみ出した部分」を見つけ出し、過去から救われるべきだという西田の主張に強く反発する。原爆は「人間が緻密に計算してつけた必然的な傷」であり、「自然の摂理からはみだした行為」であるというのが「私」の立場である。ただし、「私」が反発しているのは西田が人間を超えたものに救いを求めようとする点であり、未来に向けて生きようとする点ではない。被爆という出来事をどのように捉え直し、問い返し、未来につなげていくのかが問われているのである。ともに生きる未来を志向しようとするならば、過去の出来事の克服は体験にとらわれつづけている当事者のみに求められるべきではない。人間という存在に留まり、語ることのできない死者の声のかすかな残響を聞き取りながら、被爆という出来事に幾度も立ち返ることが、当事者と非当事者の双方に求められている。未来を過去との断絶によって開かれうるものとしてではなく、一連の時間の先に存在するものとして捉え直すとき、はじめて西田が考えている未来への可能性が開けてくるのだと言える。

西田とは異なる方法で被爆体験と向き合おうとした人物が「青年たち」に登場する青年、Yである。Yは「私」の著作を読んで「私」に電話をかけ、その後、二通の手紙を書き送る。一通目には、日々自分が目にしているものが虚偽の平和の上に築かれたように思えてアウシュビッツ、南京虐殺、長崎、広島などの記録を読んでいると記されていた。二通目にはアウシュビッツの資料展を見て感じた不快感を記し、知ることで超えたい、という思いと、悲惨な出来事を知らされたことで知った者が不幸になる、その責任を知らせた者は取るべきではないか、という思いを綴り、「私」に返事を求めた。返事を書けずにいる「私」に、Yは輸血の際に役立ててほしいと自分の献血手帳を送ってくる。

西田が未来を目指そうとするのとは対照的に、Yの目は過去に向いている。戦争体験を持たないYにとって、それらはすでに起こってしまった出来事であり、遡って知ることしかできないものである。記録に書かれた出来事、そして死者が残した資料の展示を見ることは、死者の体験に思いをはせ、失われた言葉を聞こうとする試みである。原爆やアウシュビッツで死に至った人々の声は、残された物や、生存者によって語り出される証言、伝聞の集積によって、断片的に非当事者のもとへ到来する。しかしYは、それらから受け取った衝撃について語る自分自身の言葉の宛先を探しあぐねている。そのため、出来事の当事者であり、言葉を交わすことができる生存者である「私」から性急に応答を求めようとしている。それは短絡的で自己中心的な行為であるが、Yが「私」に献血手帳を送ってきたことには留意しておく必要がある。「私」との対話を成立させることができなかったYは、「私」が白血病を患っていると思いこみ、優先的に輸血が受けられるように自分の献血手帳を送りつける。それを一方的な行為だと切り捨てることはたやすい。だが、Yはすでに起こってしまった過去の出来事を現在の自分の身に引き受けようとして行動を起こしている。それは、出来事を書く行為、出来事について書かれたものを読む行為から、過去の出来事を現在に接続させる可能性が生まれうることを感じさせるものである。

当事者の体験を領有することを恐れて過去に立ち入らず、未来への時間に当事者と非当事者が共生する希望を見出そうとする西田のあり方、記録や資料から受け取る出来事の悲惨さに打ちのめされながら自らにできることを探ろうとするYのあり方、それはどちらも非当事者が出来事といかに向き合うかという問いに根差している。この二人の非当事者は、出来事を語る言葉を聞き取ってしまったことによって、自らの被傷性を強く感じ取っている。ここでは、語られる出来事をすでに完結したものとして対象化し、体験を理解可能なものとして客観的に捉えようとするあり方こそが拒まれている。出来事を語る言葉を自らに向けられたものとして受け取る時、非当事者もまた出来事がもたらす苦痛から逃れることはできず、傷つくことを免れない。出来事を語る言葉の聞き手となるとは、そのような傷を当事者とともに生きることにほかならない。出来事を語る言葉を聞き取った非当事者は、語り尽くせぬ領域があること、語られた言葉を理解しきれないことを絶えず突きつけられながら、出来事を語る言葉に幾度も出会い直し、現在の自分が置かれた位置から出来事を再審する必要があるのだと思われる。そのような試みから、出来事を語る言葉の中に証言すら残らなかった幾多の死者の体験が埋もれている気配を感じ取る回路が開かれるのではないだろうか。

4. 語りの中に生起する他者

当事者が体験を語ろうと試み、体験を掘り下げていくとき、一人の人間の体験の中にすでに語り手のいない別の出来事の体験が生起してくる瞬間がある。つまり語る行為は、不可避的に他者の存在を抱えこんでいるのだ。そのような他者の声は、体験を語る際にどのように浮かび上がってくるのだろうか。

まず、中上健次が『ギヤマン　ビードロ』について「被爆小説ほど害毒を流すものはないと思うほど、戦争を後悔している日本人にぴったりの小説はない」と批判をしたことをここで思い出しておこう。それは原爆によって傷ついた少女たちの語りに共感し、被害者としての体験のみを内面化しようとする日本社会への批判であった。中上は特に、戦争に荷担した世代が自らの戦争責任を棚上げにしたまま、戦争の被害者としての面にのみ目を向けることを厳しく戒めていた。たしかに占領者の一員であっても無垢な子どもとして上海に暮らし、日本に帰国した直後に被爆した「私」の語りに身を委ねるとき、読者は帝国日本の加害の責任を引き受けずにすみ、被害者としての「私」に同一化して涙を流すことも可能かもしれない。しかし、「私」の語りの中にそのような文脈に回収できない他者の声の残響を聞き取る時、「私」の語りに共感する「日本人」という主体は攪乱されはじめるのではないだろうか。

「響」では、上海で少女時代を過ごした「私」の体験と、被爆の体験が結びつけられている。上海で生活していた頃、幼い「私」は、戦禍が上海に及びそうになると鍋や釜を背負って避難する中国人の姿を「戦争という季節のはじまりに起こる、風景」として眺めていた。戦勝国の国民である日本人は逃げる必要がなかった。しかし、「私」が被爆から四日目に母に連れられて諫早に帰る際に目にしたのは、血膿の匂いが漂う中、家財道具を背負って逃げていく被爆者たちの姿であった。

> 中国人とおんなじ、避難民のようね、と母が言った。つい二、三分前に吐いた、鍋や釜を背負って——と言う母の言葉も、中国人たちを連想した言葉だった。母は、逃げて行く同胞を眺めて、かつて上海の街を、戦禍に追われて逃げて行った中国人の姿を、想い出していたのである。避難民のようね、ではなく、私たち自身が避難民だった。（「響」）

「私」が中国人避難民という存在を想起する時、被爆という出来事に日本の植民地支配の歴史が接続される。このとき、もはや「私」は避難民＝中国人という図式を保つことはできない。「中国人とおんなじ」

避難民の位置にあって、避難していく中国人を眺めてさえいればよかった戦勝国民としてのかつての自分自身の姿を捉え直すことを余儀なくされている。

他者の声は「黄砂」と「帰る」の二篇の間にも見出すことができる。「黄砂」は『ギヤマン　ビードロ』を構成する十二篇の中で長崎への原爆投下に触れていない唯一の作品である。日中戦争開戦を前にした昭和十二年の上海で、「私」はお清さんという、中国人を相手に身を売る日本人女性と交流を持つ。やがて抗日分子の活動が活発になり、「私」の一家は内地に一時帰国することを決める。帰国の二日前に、お清さんは「私」に遊びに来るよう声をかけるが、その二時間後に首吊り自殺を遂げてしまう。

「黄砂」については「原爆とは直接関係のない作品が、どうしてここにポンと一つ入ってきたのかということがよくわからない」（三木卓）[13]という指摘もある。しかし、一見原爆とはなんのつながりもないように見えるお清さんは、「帰る」に登場する島という女性の姿と重なってくるのである。

浦上の旧家出身の島は、「私」と同じように動員中に被爆している。原爆は島の家族と家を焼き尽くし、生き残ったのは狂気の父親と島だけだった。島は卒業と同時に長崎から姿を消し、米兵相手に身を売って父親に仕送りをつづけた。十年後、「私」は横浜の伊勢佐木町でＧＩと歩く島に出会う。島は結婚してＧＩの故郷であるコロラドに帰り、ともに炭坑で働くのだと語ったが、それ以来、島の消息は不明なままである。

島は、長崎の原爆によって生み出されたもう一人のお清さんであった。『ギヤマン　ビードロ』の主要な登場人物の多くは、Ｎ高女の卒業生やその家族である。当時娘を女学校に通わせることができたのは比較的ゆとりのある家庭であり、中には「お金持ちの一人娘」や「旧家」の者もいた。彼女らやその家族は、戦中から戦後にかけても一定の生活水準を保つことができていた階層だと思われる。[14]そのような階層に属する女性たちにとって、娼婦という存在は遠いものであり、他者的な位相を帯びていた。だが、原爆によって生活の基盤を根こそぎ奪い取られた島は、「私」と同等の階層に留まることができない。

戦後の島の生活を支えたのがＧＩであることは、事情を知らない友人を反発させた。家族が原爆で死んだにもかかわらずＧＩに身を売る島を、友人は「あんなんはもう駄目さ」と切り捨てる。自らの身体を商品として外国人男性から支払われる金銭と交換する島の生き方は、かつて上海で中国人を相手に売春をしていたお清さんの生と死を想起させる。お清さんも「日本人のくせに国辱もの」だと言われ、「日本人」の誇りを汚す者として共同体から弾き出され、孤立していた。お清さんや島の痛みは、性をひさぐ生き方を選ばずにすむ階層にある女性たちには届かない。彼女たちにとってお清さんや島は、自分自身の身体が異国人の男性に対する商品、あるいは強姦の対象となりうるという被傷性を露呈させるものであり、それゆえに遠ざけられるべき存在だった。お清さんや島の身体は娼婦性を刻印され、「日本人」の共同体から排除されたが、同時に「日本人」女性の身体の商品化への忌避感によって「日本人」に回収されてきた。「日本人」の性と生殖を脅かす存在として位置づけられる二人の女性は、彼女たちが置かれていた占領者／被占領者という異なる境遇を越えて強く結びつく。島は長崎に戻らないまま消息を断ち、お清さんは上海で死を選ぶ。彼女らの存在をかき消す暴力は「日本人」という共同体の内部において発動されたのである。

「私」の語りの中に生起してくる中国人避難民、そしてお清さんと島という二人の女性は、「日本人」という主体が占領者／被占領者の双方に引き裂かれていること、そのどちらの位置にあっても女性身体が過剰に性的な記号として構築され、女性たち自身がそれを深く内在化していたことを露呈させている。言うまでもなく、そのような異性愛的なセクシュアリティの規範化が徹底されるとき、占領者／被占領者の男性たちはともに自らの身体が性的なまなざしにさらされることを免れている。

中上が指摘したような「甘い涙を流す」共感の共同体としての「日本人」は、他者を見過ごすことによって立ち上げられる。だが他者の存在に気づく時、「日本人」という主体の同一性には亀裂が生じるだろう。「私」の語りの中にはかつての彼女が見過ごしてきてしまった無数の中国人避難民の姿や、島やお清さんの痛みが沈殿している。体験を語る言葉の中に砂のように沈む他者の存在と不在に出会い直し、それらのざらつく手触りを感じ取ることが求められている。

5. 語り―聞く回路の創出に向けて

出来事の体験は当事者にのみ帰せられるものではなく、出来事を想像／創造的に捉え直そうとする再審と分有の試みは、当事者と非当事者の双方に求められている。出来事がもたらす傷はその試みを通して分有されるだろう。傷は出来事の未了性を痛みとして生起させ、出来事を安易な共感を投影するための物語として領有することを拒んでいる。

出来事を語る言葉が、出来事に先立って紡がれることは決してない。出来事を語る言葉を聞く時、すでに私たちは出来事に対して決定的に遅れをとっている。しかし、出来事を語る言葉は、聞き取られること、応答されることに向けて語り出されているのだ。痛みをもたらす傷とともに生きる道は、語り―聞くことの絶えざる実践によって拓かれるのである。

(1)平山三男「林京子論――意味としての原爆文学」、『関東学院大学文学部紀要』第四三号、一九八五年三月。
(2)青木陽子「八月九日に収斂される思い　林京子『ギヤマン　ビードロ』」、『民主文学』一九九五年六月。
(3)木下順二、高橋英夫、三木卓「創作合評　〃未清算の過去〃について」、『群像』一九七八年三月。
(4)佐佐木幸綱「鎮めきれない〈過去〉」、『文學界』一九七八年八月。
(5)金井景子「作家案内――林京子」、林京子『祭りの場・ギヤマン　ビードロ』講談社文芸文庫、一九八八年、三九一頁。
(6)中上健次、津島佑子、三田誠広、高橋三千綱、高城修三「われらの文学的立場――世代論を超えて」、『文學界』一九七八年十月。
(7)黒古一夫『林京子論――「ナガサキ」・上海・アメリカ』日本図書センター、二〇〇七年、三一―三三頁。
(8)ジョン・W・トリート『グラウンド・ゼロを書く――日本文学と原爆』水島裕雅、成定薫、野坂昭雄監訳、法政大学出版局、二〇一〇年、四四八頁。
(9)深津謙一郎「「八月九日」の〈亡霊〉――林京子『ギヤマン　ビードロ』論」、『共立女子大文芸学部紀要』五七集、二〇一一年一月。
(10)阿部小涼「大学図書館のデジタル情報をハーレムで考える」、『けーし風』四六号、二〇〇五年三月。
(11)屋嘉比収『沖縄戦、米軍占領史を学びなおす――記憶をいかに継承するか』世織書房、二〇〇九年、三九頁。
(12)以下、本文の引用は林京子『ギヤマン　ビードロ』(『林京子全集』一巻、日本図書センター、二〇〇五年)に拠り、引用の末尾に短篇題名を付す。
(13)前掲「創作合評　〃未清算の過去〃について」。
(14)林京子は「長い時間をかけた人間の経験」(一九九九年)で、社会的な階層について次のように言及している。「同級生たちのその後は、私も知っている。そして、その生活と心と体の病いを、一般的な被爆者の戦後として、みてきた。九日を機に、友人たちが遭遇した人生の転変だけでも、十分に悲惨だった。が、私が知っているのは、同列にいる娘たちの浮き沈みである。浮沈の幅も、一定の生活水準の枠内でのことである。階級の差が当然とされていた戦前の、その落差から脱出できないで、戦後の半世紀を生きてきた人たちが、現在もいるのではないか。経済成長にもバブルの流れにも手が届かなかった、人びとが――」(『林京子全集』六巻、日本図書センター、二〇〇五年、二七頁)。

第九章

原発小説を読み直す――井上光晴「西海原子力発電所」

1. 原発を小説に書くこと

二〇一一年三月一一日に起きた東日本大震災と、それに起因する東京電力福島第一原発事故によって、日本社会に生きる人々は被曝という終わりの見えない問題に直面することになった。文学の領域においても原爆や核、原発に関する表現をたどり、それらに向き合うことで被爆／被曝の問題に出会い直すことが試みられはじめられた。代表的なものとして、川村湊『原発と原爆――「核」の戦後精神史』（河出ブックス、二〇一一年）や『震災・原発文学論』（インパクト出版会、二〇一三年）、陣野俊史『世界史の中のフクシマ――ナガサキから世界へ』（河出ブックス、二〇一一年）、木村朗子『震災後文学論――あたらしい日本文学のために』（青土社、二〇一三年）などを挙げることができる。川村や陣野の仕事は三・一一を契機として従来の文学を見直し、あらためて被爆／被曝の問題に光を当てるものであった。それに対して木村は三・一一以後に生み出された文学や映画に重点を置き、それらを「震災後文学」として位置づけ、思考しようとしている。ここではこれらの研究を詳細に紹介することはできないが、三・一一という出来事が文学や言葉、思想の再編成を迫り、さらに新たな言葉を要請していることを確認した上で、原発がどのように小説に描かれはじめたかに触れておきたい。

原発は一九七〇年代後半から小説の主題として選ばれるようになった。その初期の作品は野坂昭如「山師の死」（一九七七年）や「乱離骨灰鬼胎草」（一九八〇年）、井上光晴「プルトニウムの秋」（一九七八年）、水上勉「金槌の話」（一九八二年）などである。これらはいずれも原発労働者の被曝や、原発がもたらす漠然とした不安に着目した作品であった。そして一九八六年四月、チェルノブイリ原発事故によって原発をめぐる不安は現実のものとなる。しかしこの事故がもたらした多数の死傷者と広範囲の被害は、作家たちが想像力を駆使して小説に書いてきたそれをはるかに超えていたのである。

本章ではチェルノブイリ原発事故と時を同じくして書かれた井上光晴「西海原子力発電所」（一九八六年）を扱う。一九二六年に福岡県久留米市に生まれ、少年時代を長崎で過ごした井上は被差別部落出身者と被爆者が差別し合う構造を描いた「地の群れ」（一九六三年）をはじめ、「手の家」（一九六〇年）、「夏の客」（一九六五年）、「母・一九六七年夏」（一九六七年）、「明日――一九四五年八月八日・長崎」（一九八二年）など原爆を主題とする作品を多く発表してきた。原爆やそれに伴う差別、被爆者の戦後の生に着目してきた井上が、原発を作品の主題として選んだのは必然であったと言えるだろう。

井上は「小説『西海原子力発電所』（文藝春秋）の執筆中、チェルノブイリ原発の爆発に直面して、私は急遽テーマを改変したが、今になって思えば、構想した通り、西海原子力発電所の原子炉事故によってこの上もなく汚染されて行く町や港の状況を克明に描写すればよかったのである」[1]と述べている。だがチェルノブイリ原発事故を受けて当初の構成は変更され、「西海原子力発電所」は「原発の町」で原爆の記憶や原発の潜在的な危険性を訴えることの困難さを描くと同時に、原発や原爆について語りうる資格を備えている人間は誰なのかという出来事の当事者性をめぐる問題に踏みこんだ作品となった。

「原発の町」波戸町で、原発の危険を言い立てていた水木品子の家が火事になり、品子と一人の男性が焼死体で見つかるという事件が起こる。品子が精神病院での治療中に「西海原発で大きな事故が発生する。それで波戸の者はみんな犬か猫みたいな顔になってしまう」としゃべったという噂は、町の人々に強い不快感をもたらしていた。波戸町の人々は品子の死を「自業自得」だと言い、冷たい反応を示す。品子の夫は原発に勤めていたが事故で被曝し、その後自殺した。夫を失った品子は、被爆者の劇団有明座の役者である浦上耕太郎と恋愛関係になる。当初、品子とともに焼死したのは耕太郎だと思われていたが、実は原発で働いていた名郷という男であることが判明し、事態は混迷する。有明座の座長の浦上新五は事件の真相を探る過程で、名郷が原発のスパイであり、耕太郎と情報をやり取りしていたことを知る。新五に問いただされた耕太郎は、原発のスパイから新五が八月九日に長崎にいなかったことを知らされたと言い、新五の偽りを逆に糾弾した。その後、耕太郎は姿をくらませる。新五は耕太郎とのいきさつと自分の偽りを座員たちに告白するが、座員の中にも贋被爆者がいたことがわかり、被爆者の劇団として反核の芝居を上演してきた有明座に動揺が広がる。

そのとき鳥居美津という女性から耕太郎に宛てた手紙が有明座に届き、座員たちはそれを開いて読みはじめる。手紙には美津の告白が綴られていた。胎内被爆者の美津は高校生のときに耕太郎に出会い、一歳で被爆したという耕太郎の「僕も生きているのだから君も生きられる」という言葉に励まされた。その後、美津は有明座の役者になった耕太郎に再会して関係を結ぶが、耕太郎は水木品子に心を移す。美津は耕太郎を思い切るために訪ねた島原で耕太郎が被爆者ではないことを知り、その偽りと心変わりに絶望して品子の家に放火したのだと言う。

以上が「西海原子力発電所」の梗概である。原発への漠然とした不安と、放火事件によって幕を開けた「西海原子力発電所」は、現実の原発事故の衝撃を受けて書き直され、贋被爆者という存在を暴露し、それを糾弾する声によって閉じられていくことになった。

「西海原子力発電所」の従来の文学的評価は決して高いとは言えず、黒古一夫によってチェルノブイリ原発事故という現実が「小説世界を越えてしまった結果」書かれたこの作品が「〈核＝原発〉という得体の知れない存在によって支配された不気味な世界」を描き出していると指摘されるに留まっていた。(2) しかし東京電力福島第一原発事故によって小説を越える事態が再来したとき、「西海原子力発電所」は原発を描いた先駆的な文学としてあらためて掘り起こされることになった。川村湊は原発が地域を疲弊させ、狂わせるという性格を持った装置であることを示した点にこの作品の重要性を見出した。(3) 一方、陣野俊史は「ないものねだり」かもしれないという留保をつけながらも「西海原子力発電所」において「原発の安全性と危険性を主張する言説を超えたところにある「怪物」を、井上は書くことができていない」と批判している。(4)

川村と陣野の批評は、「西海原子力発電所」が原発をめぐって先駆的に表現したもの、表現しきれなかったものを明らかにしている。しかし、複雑な構造を有するこの作品から原発に関する部分を中心的に取り上げたことで取り残されてきた問題もある。作品の終盤では長崎原爆の被爆者の当事者性が焦点となっていた。この問題については、中野和典が重要な指摘を行っている。中野は「西海原子力発電所」

が「原発をめぐる物語と原爆をめぐる物語を綯り合わせたものになっている。そして、原発を否定する言説も、原爆を否定する言説も、ともに信頼性が損なわれていることをその特徴としている」と指摘し、原発を否定する言説、原爆を否定する言説が空洞化されるプロセスを明示する。その上で、「非被爆者による原爆表象が原爆の「実相」を歪めてしまう危険性や被爆者への共感を喚起できない限界性を持っていることを見据えつつ、それでもなおそのような表象を否定しない立ち位置を肯定している」ところにこの作品の可能性を見出している。(5)

だが、被爆者の劇団として上演を重ねてきた有明座に複数存在していた贋被爆者という存在は、おそらく「非被爆者による原爆表象」の「限界性」を示す以上の意味を持っていると考えられる。贋被爆者という存在が暴き出されるとき、原爆の当事者とはいったい誰を指すのかという問いが逆説的に浮かび上がってくるためだ。(6) 本章では「西海原子力発電所」における死者と、自分自身を体験の当事者として位置づけた贋被爆者という存在の考察を通して、贋被爆者が有する可能性と体験の分有の契機について考えていく。

2. 死者という空所

「西海原子力発電所」は水木品子という女性の死の真相を追求していく中で、原発の不気味さや「原発の町」に暮らす人々の潜在的な不安を浮かび上がらせる作品である。品子の死をめぐってはさまざまな推測が飛び交うが、死体となった品子は自らの身に降りかかった出来事について何も語ることができない。品子がどのような存在であったか、何をしてきたかは常に他の登場人物によって語られ、断片的に読者に情報が提示される。

死者でありながら物語を駆動していく品子は、他の登場人物からの評価や噂によって意味を充填される空所となって作品の中心に座を占めている。夫の死をきっかけとして原発の危険性を言い立てるようになった品子の言動を波戸町の人々は疎んじていた。品子が精神病院に通院していたことが噂になり、やがて彼女は「まともに相手のできる人間じゃなかった」というレッテルを貼られる。有明座の面々や彼女をよく知る人物が新たに登場し、町の噂とは別の面から彼女が語られ、悼まれることで、品子の印象は幾分是正されていくことになるが、彼女の死が謎に包まれたままであることも加わり、品子の人物像は非常に捉えにくいものとなっている。

出来事の当事者でありながら、すでに喪われた、語ることのできない死者。それゆえに品子はさまざまな言葉によってその印象を上書きされつづける、つかみどころのない存在となっている。品子という空所は出来事の外側から出来事を語り、意味づけることの限界を浮かび上がらせるものとして機能していると言えるだろう。例えば美津が品子を殺害した動機を手紙で告白した後も、なぜ品子の部屋に名郷がいたのか、二人が逃げ遅れたのはなぜか、という謎は解決されないまま投げ出されている。これらは当事者以外に知りようのない謎であり、その謎を解くためには断片的な情報を拾い集めて原因を推測していくしかない。空所としての品子は、彼女を表象する人物の立場によってまったく異なる印象を伴ってあらわれる。それゆえに彼女はテクストの中を揺れ動き、出来事の中に残存しつづける語り尽くすことのできない空所を指し示す存在となっているのである。

原爆の爆心地にもまた、そのような夥しい数の死者が存在していた。爆心地に広がっていたのは当事者の生存を許さない、圧倒的な沈黙が支配する空所であったはずだ。だが、「西海原子力発電所」には自らが体験したものとして原爆を語り、日常生活でも舞台の上でも当事者を演じてきた贋被爆者が複数登場する。原爆や原発を批判的に捉えた演劇を上演してきた贋被爆者たちがその当事者性を疑われ、糾弾されていくとき、当事者とはいったい誰のことなのかという問いが浮かび上がってくる。

3. 贋被爆者の語りと本当の当事者の語り

贋被爆者として登場するのは有明座の座長の浦上新五、座員の白坂三千代、浦上耕太郎の三人である。いずれも「被爆者の劇団」として活動している有明座に所属している役者だが、彼らが被爆者を名乗った動機は被爆体験を役者としての売りにするためというような単純なものではなかった。彼らはより複雑で曖昧な感情に突き動かされ、贋被爆者として自らを形成していったのである。

浦上新五と白坂三千代は自らの言葉で贋被爆者であったことを座員に弁明しているが、耕太郎自身の告白はなく、美津の手紙から耕太郎の心理を推し量ることしかできない。ここでは、三人が贋被爆者であることを暴かれたり告白したりする場面をたどっていくことで、その複雑で曖昧な感情を紐解いていくことを試みたい。

原発側の人間とたびたび会って情報を仕入れていた浦上耕太郎は、座長の浦上新五が原爆投下の当日には長崎にいなかったことを知り、新五を問い詰める。その時の会話は以下のように展開している。

「昭和二十年の八月九日、座長は長崎にはいなかった。あんたはその日はまだ佐世保の空廠にいた。救援隊の一員として長崎に派遣されたのは八月十二日。大橋の兵器工場で負傷したなんて真赤な嘘だ。……出鱈目だといい切れますか、これでも。……」

「原発の情報部にしては、調査が杜撰だね。……あたしが兵器工場にいたのを証明する人間は何人もおるとぞ」

「そりゃおるでしょうね。昭和二十年の五月十六日から六月三十日まで、兵器工場に出張しとったんだから。しかし、七月一日にはもう佐世保に帰っていたので、ピカドンの日に長崎におるわけがない。空廠派遣の救援隊名簿には、ちゃんとあんたの本名が載っていますよ。木須敏行でしたよね、確か。……」

「救援活動にはあとで参加したんだ。八月九日は浦上川に沿って逃げたから……そうそう、諫早からきた医者に手当して貰ったので、証人には事欠かんとよ」

「証人、証人か。諫早からきた医者に八月九日浦上川にいたという証明書でも貰ってきますか[7]」

ここで幾度もくりかえされる「証人」や「証明」という言葉は、被爆者にとって重要な意味を持っている。米山リサは発話の主体が発話の行為者という面と発話を促す言説のパラダイムに従属するという二元性によって構成されていることを指摘した上で、医学的・法的言説が被爆者の語りを点検する外的な権威として機能している例として、被爆者健康手帳の申請手続きを挙げている。

こういった二元的なプロセスが被爆者にどのように作用したかについての主要な例は、被爆者健康手帳の申請手続きに見出すことができる。生存者は、証明書を得るために八月六日から二〇日のあいだに市内のどこか特定の場所にいたことを証明できる文書を提出しなくてはならない。もしそういった文書を入手できない場合は、直接の体験談か原爆が投下されたときに申請者が市内にいたことを証明してくれる誰かの証言が必要となる。被爆者健康手帳は、「その人が原子爆弾による被爆者であることを示す一種の証明書である」と定義され、個人の原子爆弾の経験を法的に認知するのである。(8)

被爆者という枠組みは、爆心地から同心円状に広がる地域のどこにいたのか、いつ入市したのかによって規定されてきた。証人の不在やわずかな時間や距離のずれによって被爆者として認定されず、手帳を受け取ることのできない人々も多く存在する。しかし、はるかな時間にわたって影響を及ぼす核の被害に明確な境界を設けることが困難なのはいまさら指摘するまでもない。

だが、法的に被爆者として認定されるためには客観的な証明が必要とされてきた。大橋の兵器工場で負傷したという嘘を暴かれた新五が証人の存在を強調するのは、証人こそ彼が長崎の被爆者であることを支える存在であるからにほかならない。原爆投下から三日後に爆心地に入った新五は被爆者健康手帳を受け取る資格を有しており、その意味ではまぎれもない被爆者である。実際、「原爆手帳を貰う資格のあるとだけん」、新五は「被爆者とおなじ」だと主張する座員もいる。だが、ここで問題になっているのは「昭和二十年の八月九日、座長は長崎にはいなかった」ということだ。新五が八月九日に長崎にいなかったとすれば、彼がそれまで「自分の目で見たごと」語ってきた八月九日の長崎の様子そのものが偽りと化してしまう。

　新五がこれまで被爆体験をどのように語ってきたのかは「西海原子力発電所」の中ではほとんど明らかにされていない。八月九日の長崎の様子は、新五や語り手によって語られるのではなく、岩永悌二という実在の人物の手記によって示される。「長崎・原子爆弾記——私の長崎原爆体験記」と題された岩永の手記は、『原爆前後』二九巻（思い出集世話人、一九七四年）から引用されている。「西海原子力発電所」では兵器工場からの脱出を詳細にしたためた岩永が新五の上司にあたる人物として設定されており、出典を明記した上で岩永の手記が長く引用された後、新五が「それ〔岩永の手記〕とまったく変らぬ裸の人間やトマトに似た赤いカボチャを見た」ことがつけくわえられる。贋被爆者であると暴かれた以上、新五が「自分で見たごと」語ってきたことを事実だと訴えるためには本当の当事者である岩永の手記と違うところがあってはならない。それゆえに、新五が岩永の語りを追認するという方法が取られる必要があったのである。

　新五は「二十二年間もあんたと有明座は世間を欺いてきた」と耕太郎に糾弾されている。「西海原子力発電所」の時代設定は明確ではないが、岩永の手記の刊行が一九七四年であることを考えると、表現としては岩永の手記の方が新五の嘘よりも遅れて登場しているという可能性も否定できない。岩永の手記は、「私はいちど自分の体験を発表したいと思っていた。これから書こうとする事は、あれから廿八年近い今日まで、少しも変らずに私の頭の中にしまいこまれているものだ[9]」と書き起こされている。しかし、いかに岩永が「少しも変らず」書こうとしたとしても、長い戦後の時間に蓄えられた他者の証言やさまざまな情報が彼の語りに影響を及ぼしていることだろう。

そのように考えていくと、たとえば演劇というかたちで八月九日の浦上を伝えようとしてきた贋被爆者の語りが、本当の当事者の語りに影響を及ぼすという可能性も皆無ではない。八月九日の出来事についての語りは複雑な言説の網の目の中で構成されている。本当の当事者のみが出来事を語る特権的な場を占めているわけではないのだ。しかし新五が贋被爆者であることを暴いた耕太郎は、新五のこれまでの語りは「嘘」であり「罪」だと言い募る。耕太郎に糾弾された新五は「確かに原子爆弾の白い熱線を直接身に受けてはいない。だが、被爆者だと称しながら生きてきた年月に、ごまかしの思想もからくりもないはずだ」と自分に言い聞かせるのである。

新五は救援隊員として三日後の爆心地に見た「浦上の地獄」を、八月九日にその場にいた者として語ってきた。それは無論体験の捏造であるが、爆心地により近い場所に自らを位置づけようとする行為でもあっただろう。では、「被爆者だと称しながら生きてきた」とはどのようなことなのか。次節では贋被爆者の白坂三千代と本当の当事者の有家澄子の会話を見ながら、その問題を掘り下げていきたい。

4. 贋被爆者になるという体験

新五が有明座の面々に自分の偽りを告白したとき、もっとも激しい憤りを示したのは、城山町で被爆した有家澄子であった。澄子は「なぎ倒された孟宗の竹林とか、浦上川の死体でも、座長は自分で見たごと、何時でん喋っとった」と言い、新五が「被爆者の劇団」である有明座の座長であるにもかかわらず「ごまかしとった」ことを厳しく批判する。

それを留めるようにして、広島の被爆者だと自称してきた白坂三千代が自分も贋被爆者だと名乗り出る。三千代は被爆者のふりをした理由を語るが、澄子は三千代に対しても苛立ちと憤りを隠さない。そのやり取りを以下に引く。

「終戦の年の八月六日は、あたし可部というところにいました。広島の太田川を上がった支流の傍にある町です。呉の空襲で焼けだされて、そこに疎開していたの。

でも、被爆者のふりをしたのは、有明座に入るためにそうしたのじゃないのよ。うちの人にも嘘吐いた位だから、ずっと以前なの。どういっていいのか、電車も木も緑もない広島の町に立つと、ほかのことはもう考えられなくなっちゃったのよ。……

何時の間にか、被爆者だと自分でも思い込んでしまって。……思い込むっていうより、そんなふうになってしまったのね。座長と同じなのよ。何もない、零みたいな運命を自分も引受けて行こうと思ったの。……うまく説明できないんだけども、ほかのことを考えられなくなって、だったら自分もそんなふうに生きようと決心しました。……うちの人と結婚する際も、そのままにしたのは、ずっとそんな生き方でくらしてきたので、ほかの言葉がみつからなかったのよ。……」

「いい加減ね。……」

「何といったの、今」

「いい加減なものだっていうたとよ」有家澄子はいった。「贋被爆者の、甘っちょろい動機なんか、ききとうもないけんね。……」

三千代は爆心地に立ったとき「ほかのことはもう考えられなく」なり、ただ自分が被爆者に「なってしまった」という自覚のみを受け取る。三千代は出来事との距離を取りかね、自らを指す言葉を探しあぐねて贋被爆者としての自分を形成していった。

だが三千代の決意は「原子爆弾の白い熱線」を直接身に受けた澄子からは「甘っちょろい」と一蹴されてしまう。澄子の言葉は、八月六日、九日に広島、長崎にいた人間と、「原爆のあとで、浦上や広島の町を歩いた人間」とは違うという認識に支えられている。あの日、あの空間にいた人間には、「零みたいな運命」を引き受けるか否かという選択肢など用意されてはいなかったという思いがそこにはある。

そして、三千代と澄子の食い違いは以下の会話により強くあらわれる。

「原爆のあとで、浦上や広島の町を歩いた人間は何千人もおるとよ。その人たちはみんな被爆者になろうとしたとね。……零みたいな運命を引受けたと、三千代さんは今そういうたでしょう。そういう言葉をいうたとよ。零みたいな運命を引受けたから、それでどうなったとね。ほかの被爆者がひとりでも助かったのか、うちはそれをききたか。……」

「澄子さん」白坂三千代はいった。「言葉の足りないことは謝るわ。……贋者になったのはほんとにあなたのいう通り、いい加減で甘っちょろいのかもしれない。……でもね、あたしとあなたのこと戦争に対しては、少くともおなじだと思うのよ。あなたは長崎で親姉妹をひとり残らず失くした。あたしもそうなの。呉の空襲でみんなやられて、残ったのはあたしとばあちゃんだけ。普通の空襲と原爆は違うといわれれば、そうかもしれないけど、残された者からいえばおなじだわ。……」

「真似なんかする必要はなかとよ」澄子はいった。「浦上でどんげんひどか人間を見たからというて、真似なんかしよったら、何時かわけのわからんごとなってくる。そうは思わんね」

空襲の体験を抱えて原爆の爆心地に立った三千代は、「戦争」というくくりで出来事を捉え、自分の体験と広島の原爆をひとつながりのものとして位置づけようとする。それに対して澄子はあくまでも当事者としての体験にこだわる。「被爆者だと称しながら生きてきた年月に、ごまかしの思想もからくりもないはずだ」という新五の言葉、広島の焼け跡を歩いて「被爆者だと自分でも思い込んで」しまったという三千代の言葉は本当の当事者である澄子には受け入れがたいものである。このようにして、贋被爆者と本当の当事者の間に断絶が生まれてしまう。

すでに述べたように、爆心地は死者と瀕死の重傷者の領域であった。そこには出来事を語ることのできる生存者がいない。新五と三千代は出来事が生起した爆心地から時間的、空間的に隔たった場所にいたために生き残ることができた。しかし彼らは出来事にごく近い場所でそれを体験し、その時間的、空間的隔たりを埋めるようにして出来事以後の時間を生きることで贋被爆者となっていった。そうであるとすれば贋被爆者は出来事の当事者であることを積極的に引き受けようとしながら、同時に爆心地と自分自身との距離を非常に鋭敏に意識した人々であったと言える。だが、澄子の批判は贋被爆者の偽り、すなわち他者の体験を領有することで本当の当事者と贋被爆者が混ざり合い、「わけのわからん」事態が生じることへの警鐘を鳴らしている。

そして、その澄子の批判を体現するような存在として、新五や三千代とはやや位相の異なる耕太郎という「わけのわからん」贋被爆者が登場する。耕太郎は「一歳の被爆者」を名乗って胎内被爆者であることを悲観していた美津を励まし、有明座で活躍していた。しかし一方で彼は原発のスパイであった名郷と通じ、品子と名郷の焼死にさして動じた様子も見せずに新五を糾弾して有明座を去っていくのである。何が耕太郎を変えていったのか、耕太郎の目的はどこにあるのかはまったく不明のまま、彼は姿を消していく。耕太郎の存在によって贋被爆者という存在が抱えこんでしまう負の側面——出来事の事実の攪乱——が示されていると言える。

複数の贋被爆者の登場によって贋被爆者もまた一枚岩ではないことが示される。このような贋被爆者の描かれ方についていては、現在の問題を含めて考察していく必要があるだろう。

5. 三・一一以降の贋被爆者

「西海原子力発電所」は二〇一一年三月一一日以降、先駆的な原発文学として積極的に読み直されてきた。原発事故後を生きる私たち読者が、三・一一という出来事とどのように向き合い、悼み、生き直していけばよいのか。そのような切実な問題意識の下でこの作品が読み直されるとき、両義的に位置づけられる贋被爆者という存在は、まさにそれゆえに今後の私たちにとっての重要な指針としてたちあらわれてくることになる。

贋被爆者は可能性と危険性を合わせ持つ存在である。自分のものではない痛みを自分自身の痛みとして受け取った者が、出来事を語ることを通して事後的に当事者として形成されていく可能性が一方にある。それは、当事者を認定することが極めて困難な出来事において、体験の差異や被害の軽重によって知らず知らずのうちに形成されてしまう被爆者の言葉の階層化——被害の重い者の声ほど重要な言葉として聞き取られる——という事態に風穴を開け、体験を他者へと押し開いていく分有の試みにもつながるものだ。

他方、贋被爆者が当事者として行うさまざまなパフォーマンスによって、圧倒的な沈黙に満ちていた領域が恣意的な言葉で埋められてしまうという危険性も指摘できる。すべてを語り尽くすことができるはずのない出来事について正当に表象しうる者として振る舞うとき、贋被爆者の「語り」は、「騙り」に変容してしまうのではないだろうか。だが、本当の当事者であればその危険を免れることができるかと言えば、そうではない。出来事をめぐる語りは自分自身の体験だけに基づいて形成されるのではなく、他者の体験や言葉、客観的な情報などの影響を受けながら紡ぎ出されるのである。出来事を語るとき、語り手は常にすでに、他者の存在を抱えこんでいる。その意味で、語りを実践することは、死者の声を領有する危険と隣り合わせの試みなのだ。いかに語りを積み重ねていっても、語り尽くすことのできない沈黙の領域が残される。そのような沈黙に向き合いながら出来事の語りと聞き取りを実践していくとき、贋被爆者と本当の当事者の間に体験の分有の契機が見出されるのかもしれない。

再び三・一一という出来事を考えてみたい。地震と津波、原発事故という質の異なる災害の傷を、私たちは等しく自分の傷として受け取ったわけではない。癒えることのない自分自身の傷があり、いまだに出会うことができていない他者の痛みが数え切れないほどある。そして、原発事故がもたらした放射能汚染は日本列島に広く、静かに広がりつづけている。そのような状況にあっても、私たちは呼吸をし、水を飲み、食物を口にすることをやめるわけにはいかない。直接の被災や避難を免れた人間ももはや自分自身を三・一一に起因する出来事の当事者／非当事者のどちらか一方に振り分けることが困難な状況を生きている。「被災者」にも「避難民」にも振り分けられなかったにもかかわらず傷を受け取ってしまった存在は、贋被爆者に限りなく近接していくのである。

終わりなき出来事のただなかで原爆や原発を描いた文学を読み直すことは、三・一一がもたらした生々しい傷とともにいかに生きるかを模索することにつながっている。核の時代に紡ぎ出された言葉が今後の指標となることを願ってやまない。

（1）井上光晴「『輸送』あとがき」、『西海原子力発電所／輸送』講談社文芸文庫、二〇一四年、三四二頁。
（2）黒古一夫『原爆文学論――核時代と想像力』彩流社、一九九三年、三五頁。
（3）川村は「原発で働く人間も、それに反対して反原発の芝居を上演する人間も、長崎での被曝《ママ》を特権的にふりかざす人間も、新興宗教に入り込む人間も、それぞれ少しずつ正常心を失い、正気の外側へはみ出ていってしまう」と述べ、人の精神を狂わせていく装置としての原発の周辺で展開される「人間喜劇」として「西海原子力発電所」を位置づけた（川村湊『原発と原爆――「核」の戦後精神史』河出ブックス、二〇一一年、一六四頁）。
（4）陣野俊史『世界史の中のフクシマ――ナガサキから世界へ』河出ブックス、二〇一一年、八一―八二頁。
（5）中野和典「空洞化する言説――井上光晴『西海原子力発電所』論」、『原爆文学研究10』二〇一一年一二月。
（6）成田龍一は「いったい誰が、被爆者として当事者であるのか。その日に、広島、長崎にいたものでも爆心地からの距離の差異がある。他方、核状況に覆い尽くされた現代世界では、総ての人びとが被爆者となる危険性から離れられない。このことは、東日本大震災による原発事故の当事者とは誰を指すのか、ということにもつらなる」と指摘している（成田龍一「解説　「被爆」と「被曝」をつなぐもの」、前掲『西海原子力発電所／輸送』）。

（7）以下、本文の引用は井上光晴『西海原子力発電所／輸送』（講談社文芸文庫、二〇一四年）に拠る。

（8）米山リサ『広島　記憶のポリティクス』小沢弘明、小澤祥子、小田島勝浩訳、岩波書店、二〇〇五年、一四三頁。

（9）岩永悌二「長崎・原子爆弾記――私の長崎原爆体験記」、『原爆前後』XXIX、思い出集世話人、一九七四年、三二頁。

第四部

いま・
ここにある死者たちとともに

第十章

亡霊は誰にたたるか——又吉栄喜「ギンネム屋敷」

I. 「ギンネム屋敷」の亡霊たち

一九四七年、沖縄県浦添市に生まれた又吉栄喜は、沖縄戦の傷が生々しく残る時代を生きてきた世代である。後に「豚の報い」（一九九五年）で第一一四回芥川賞を受賞することになる又吉は、「ジョージが射殺した猪」（一九七八年）などのごく初期の作品において、米軍占領下沖縄の植民地的状況を積極的に描いていた。

第四回すばる文学賞を受賞し、又吉の中央文壇へのデビューを飾った「ギンネム屋敷」（一九八〇年）は、沖縄の戦後において忘却されてきた「朝鮮人」という存在に着目し、戦争や占領、そしてそれに伴う性暴力の問題を扱った作品である。又吉はこの作品について「恐喝、婦女暴行、殺人、売春、自殺など、どの一つをとっても短編では重すぎるテーマがはめ込まれ」、「危なかしい均衡のまま揺れている」(1)と語っている。その言葉のとおり、「ギンネム屋敷」ではさまざまな問題が何一つ解決されないままに投げ出され、不可解さをまとって拡散されていく。

舞台は一九五三年の沖縄である。主人公の「私」は、沖縄戦で一人息子を亡くしたことが原因で妻のツルと別居し、飲み屋で働く若い愛人春子に養われている。沖縄戦で片足を失ったおじいは、孫娘である「知恵遅れ」のヨシコーに売春をさせて暮らし、スクラップ拾いで食いつなぐ勇吉はヨシコーに思いを寄せている。ある日おじいと勇吉、「私」の三人は、ギンネム屋敷に住む米軍エンジニアの「朝鮮人」にヨシコーが犯されたのを目撃したという勇吉の言に従って「朝鮮人」に慰謝料を請求した。罪を認めて慰謝料を支払った「朝鮮人」は、「私」一人をあらためて呼び出し、自分の身の上を語りはじめる。かつて軍夫として動員された「朝鮮人」は、沖縄戦の戦場で自分の恋人〈江小莉《コーシャーリー》〉が日本軍の隊長の傍らにいるのを目撃する。本隊とともに移動した〈小莉〉を追おうとして負傷した「朝鮮人」は米軍の捕虜となり、後に米軍のエンジニアとなった。「朝鮮人」は戦後も〈小莉〉を探しつづけ、三カ月前に売春宿で彼女を見つけて引き取ったものの、殺して遺体を庭に埋めたのだという。「私」はその話を聞いて沖縄戦での一人息子の死を思い出し、妻のツルが出てくる悪夢に悩まされる。しかしツルは他の男と同棲をはじめ、「私」に別れを告げる。やがて「朝鮮人」は死に、彼の遺産は「私」に贈与される。勇吉とおじいはそれを妬む。勇吉は「私」に、「朝鮮人」はヨシコーに朝鮮語で話しかけ、首に抱きついて地面に押し倒したものの、ヨシコーの悲鳴で我にかえって立ち去ったのだと告げる。そして実際にヨシコーを犯したのは自分だと勇吉が明かす場面で作品は幕を閉じる。

沖縄の女性に対するレイプの疑惑と慰謝料の請求にはじまったこの物語は、やがて沖縄戦、民族差別、性暴力、歴史の闇の中に沈む声なき死者たちの問題を引きずり出す展開を見せる。「ギンネム屋敷」がわかりにくい作品であることは、発表当初から指摘されていた。たとえば、秋山駿は「沖縄の皺々を描こうとして、沢山の細部が持ち込まれる。しかし、要素があまりに盛り沢山に過ぎて、描き切れなかったのではないかと思う。分らないところが多い」と批判している。[2] このわかりにくさについて、岡本恵徳は「作中の位置づけや表現の問題もあるが、むしろ朝鮮人差別の問題が影響している」と述べ、「朝鮮人」をめぐる差別や忘却を見据えた作品として「ギンネム屋敷」を捉えた。[3]

このほかに「朝鮮人」という存在に言及した読みとして、花田俊典の「一人の「朝鮮人」の視点をかりることによって、沖縄内外に根づよい被害者意識に、あざやかな逆転をもたらした」[4]という評価を挙げることができる。無論、「朝鮮人」という存在によって沖縄の加害者性が照射され、戦後も根強く残った差別意識が問題化されていることに疑いの余地はない。しかし、「ギンネム屋敷」では朝鮮人と沖縄人の関係のみならず、男性と女性、知的障害や狂気を有する者とそうではない者など、さまざまな差異の中での差別が渦巻いている。そのため、「ギンネム屋敷」に沖縄の被害者意識の「あざやかな逆転」を見出そうとするとき、差別の複数性や重層性はむしろ見えにくくなってしまう。

それを踏まえれば、沖縄戦から朝鮮戦争期にまたがる時間の中で沖縄における植民地支配や差別の構図が複雑に重層化していったこと、あるいは作品が執筆された一九七〇年代の末から八〇年にかけての沖縄の歴史認識を踏まえた考察を積み重ねていくことが重要だと思われる。[5] 丸川哲史は「ギンネム屋敷」の「朝鮮人」が「当時米軍基地のエンジニアとなっているのであれば、当然その男は韓国籍であるはずだと指摘し、それにもかかわらず彼が「朝鮮人」と呼ばれつづけることに注目している。「戦後生まれ」の又吉栄喜が韓国籍の米軍エンジニアに「朝鮮人」という呼称を与えるとき、「朝鮮人」という呼称自体が「戦前との連続性のなかに潜在する沖縄人の差別を顕在化させる」と丸川は言う。[6]

また、新城郁夫は日本「復帰」後、沖縄においても出入国管理や外国人登録に関する法的規制が強化され、一九七五年に沖縄本島南部で暮らしていた元「従軍慰安婦」の女性が強制送還を免れるために自らの体験を「申告」せざるをえなかった事実に触れ、一九七〇年代に、「その存在を忘却していることさえ忘却されていた「慰安婦」」が語りや文学の領域で問いかえされはじめたことを明らかにした。[7] そして新城は、男性たちが女性たちの身体に暴力を行使することで帝国主義的暴力を反復させ、女性が声を奪われていく「ギンネム屋敷」に「文学のレイプ」の構図を見出し、「朝鮮人」から「私」への財産の贈与に「沖縄をいわば日米安保条約下における例外状態的領土と化すことによって、朝鮮半島そのものを戦禍のもとに曝してきた」日米軍事同盟を背景とする戦争の痕跡の贈与を重ねている。[8]

「ギンネム屋敷」に帝国主義や植民地主義、冷戦体制の構図を見出して批判的に検証していく試みは非常に重要であり、それを抜きにしてこの作品を読むことは不可能だとすら思える。だが、それらの構図を浮かび上がらせるときに注目されてきたのはやはり民族性を強く帯びた男性たちが形成する関係であった。「ギンネム屋敷」をめぐる批評や研究が男性たちの関係に焦点化していく時、作品に書きこまれていた女性たちの言葉や身振りは十分に読み取られることのないままに据え置かれ、彼女たちは言葉を奪われつづける無力な存在として閑却されてしまったのではないだろうか。

本章では、「ギンネム屋敷」に登場する女性たちが男性の言葉や欲望による意味づけを越えて回帰してくる瞬間があることに着目する。言葉を奪われ、空所化された存在は、恣意的な意味に回収することができない亡霊となって物語を構築する主体に取り憑き、物語空間を跋扈しているように思われる。亡霊たちの失われた声や叫びは物語を語る主体の内に鳴り響き、「ギンネム屋敷」の通奏低音として機能しているのである。物語を構築する主体に痛みや歴史を生き直すことを要請している亡霊の存在に迫るため、「ギンネム屋敷」に登場する女性たちの位置づけと、「朝鮮人」やその遺産についての分析を進めていきたい。

2. 空所に充塡される欲望

「ギンネム屋敷」には四人の女性が登場する。「知恵遅れ」の「売春婦」ヨシコーと、「朝鮮人」の恋人であった〈小莉〉、「私」の妻のツルと愛人の春子である。このうち、ヨシコーと〈小莉〉は意味をなす言葉を発することがなく、ともに性暴力の被害者としてあらわれる。〈小莉〉に至っては、犯され、殺され、埋められていく彼女が果たして「朝鮮人」の語る〈小莉〉その人であるか否かすら明らかではない。そのため、ここでは〈小莉〉の名は括弧つきのものとして用いることにしたい。

言葉を持たない存在として扱われ、身振りや心情を常に男性たちによって解釈され、意味づけられていくことで〈小莉〉やヨシコーは空所化されるが、その空所にはすぐさま男性たちの言葉と欲望が充塡される。「ギンネム屋敷」の冒頭では、ヨシコーが「朝鮮人」にレイプされるのを目撃したという勇吉の証言が提示される。勇吉の証言は疑わしいものとされながらも、結末で勇吉本人によって否定されるまで「朝鮮人」から金をしぼり取る根拠として物語を駆動する力を発揮してしまう。ヨシコーが自らの体験を語る言葉を持たない「知恵遅れ」の女性として表象されることが、勇吉の証言にそのような力を与えていることは疑いようがない。さらに、ヨシコーに執着し、結婚を望む勇吉は、「おじいはヨシコーと抱き合って寝てる」という噂を暴露する。それを聞いた「私」は、おじいとヨシコーの関係を疑いはじめる。「私」は「ヨシコーは片足の醜いおじいに少しも反撥しないのだろうか？……ヨシコーは売春婦になってしまったんだ、昔とは変わったんだ……」と述懐し、「おじいが死んだらヨシコーを引き取ってもいい」とさえ思う。勇吉の言葉と「私」のまなざしを介して、「肉づきのいい」身体と「赤ん坊のもののよう」な「柔和な目」を合わせ持つヨシコーは、男性に反撥することなく身をまかせる存在として規定されていく。同時に、ヨシコーに向けられる勇吉やおじいの欲望を「私」が共有し、増幅させていくプロセスをここに見ることができるだろう。

結末で、勇吉は「朝鮮人」がヨシコーを襲った事件について、「朝鮮人」が悲鳴を上げたヨシコーを助け起こして立ち去った後、「実際にやったのは俺だが、だが、ヨシコーが俺に抱きついてきたんだ、ほんとだよ、ウチナーンチュどうし好きになって悪くないだろ？」と言い募る。理解できない言語で「朝鮮人」に話しかけられ、地面に倒されたヨシコーが勇吉に「抱きつい」たことを、勇吉は自分に向けられた好意だと解釈し、暴行を正当化しようとする。ヨシコーの行為は男性たちの言葉によって誘惑的なものに変換され、彼女の身体に対する暴力が誘発されるのである。

では、〈小莉〉の場合はどうだろうか。すでに述べたように、いま一人の言葉を奪われた存在である〈小莉〉は、そもそも「朝鮮人」が追憶する〈小莉〉その人であるのかどうかも定かではない。「朝鮮人」は、「売春宿」で〈小莉〉と同じしぐさをする女性をみつけ、〈小莉〉だと思いこんで身請けする。しかし、「たどたどしい沖縄方言」を話す彼女は「朝鮮人」を覚えている様子もない。重要なのは、彼女を〈小莉〉だと同定できるか否かではない。むしろ、ここで〈小莉〉と名指される存在が、意味づけることの不可能な存在であることを胸に留めておきたい。本名も国籍も明らかではない彼女は、「たどたどしい沖縄方言」を用いながら、悲惨で虐げられた状況を生きている。そのような存在が〈小莉〉と名指されるとき、〈小莉〉とは傷つけられ、犯され、殺されていった数多の「慰安婦」を、あるいは「慰安婦」的な生を生きざるをえなかった複数の存在を示す名となるのである。

〈小莉〉の沈黙には、「朝鮮人」の言葉が絶えず充填されていく。「朝鮮人」がまず口にするのは、〈小莉〉が戦後の沖縄で「娼婦」として生きたことへの疑念であった。「小莉は国にいる時は貧乏に慣れていましたから、耐えようと思えば耐えられたはずです」と「朝鮮人」は言う。そのような「朝鮮人」の認識は、戦後、沖縄に残った朝鮮半島出身の元「慰安婦」の女性たちが沖縄の共同体に受け入れられず、「ほとんどが水商売をする以外に生きる道がなかった(9)」という状況を踏まえたものとは言いがたい。沖縄戦で米軍の捕虜となり、日本兵にマイクで降伏を呼びかける役目を果たしたことを機に米軍に「金と地位」を与えられた「朝鮮人」の戦後と、〈小莉〉が生きた戦後はかけはなれたものであった。〈小莉〉の「娼婦」生活のなれの果てを見れば、それが「貧乏」からの脱出を意味しないことは明らかである。それにもかかわらず、「朝鮮人」はこのような疑問を口にせずにはいられない。

さらに、「朝鮮人」にとってもっとも耐えがたかったのは、〈小莉〉に忘れられ、拒絶されたことである。〈小莉〉の殺害に至るまでの「朝鮮人」の語りをたどってみよう。

　私を憶えていてくれたら、私はもはや米軍に媚びなくてもいいのに、とその時、思いました。私は米軍のパーティにはよく出ましたが、アメリカ人の女は好きになれませんでした。私がそっと肩に手をおくと、小莉は突然、立ち、逃げました。私は裸足でかけおり、竹林の土手を這いあがろうとしていた小莉の上着の端をつかみました。すると、小莉は濡れた土に足をすべらし、つかんでいた竹が大きくはね、私の目をしたたか打ちました。私は痛みをこらえましたが、涙があふれて、視界がぼやけ、肩をつかんだつもりが長い髪をひっぱっていました。私はそれをゆり動かし、一言いってくれ！　と哀願しました。小莉はつぶれたような悲鳴をあげ、振り返りざま、私の顔につばを吐きかけました。私は小莉をひきずりおろしました。両手に異常な力が出ました。小莉は全身の力を抜いて、私にもたれかかっていましたが、私は長い間、首を絞め続けていました。小莉は激しく暴れましたが、あれは逃げるためではなく、私の狂気の力にびっくりしただけかもしれません。私が手をゆるめても、小莉は逃げなかったのかもしれない。（傍点引用者[10]）

「金と地位」を得られても、沖縄で米軍属として生きている「朝鮮人」にとって、アメリカ人は決して対等な存在ではなかった。また、この時期に米軍のエンジニアを務めることは、朝鮮戦争への直接的な荷担を意味している。占領軍の一員としての支配者にもなりきれず、もはや戦争の被害者の側に位置を占めることもできない引き裂かれた位置にあって、「朝鮮人」が強く求めたのが〈小莉〉であった。「つぶれたような悲鳴をあげ」、「つばを吐きかけ」る〈小莉〉に「朝鮮人」は「殺意」を向け、彼女の喉を締めあげる。悲鳴をあげることもできない〈小莉〉の抵抗を感じながら、「朝鮮人」は〈小莉〉が「びっくりしただけ」で、「手をゆるめても、小莉は逃げなかったのかもしれない」という希望的な推測によって、〈小莉〉の言葉の空白を埋めていく。〈小莉〉に拒否されれば、「朝鮮人」は自分を無条件に受け入れ、慰撫してくれる存在を回復不可能なかたちで失うことになってしまう。それゆえに、〈小莉〉の口は塞がれ、殺され、「朝鮮人」の言葉によって上書きされなければならなかった。

そして、朝鮮人の語りは、亡霊として回帰してくる〈小莉〉に及んでいくことになる。

3. 亡霊の回路

「朝鮮人」が住んでいる屋敷の床下には「沖縄人に鍬や鎌で切りきざまれ」て殺された「二人の日本兵」が埋められているという噂があり、村の人々はこの屋敷を敬遠している。だが「朝鮮人」は、「沖縄人」に殺された日本兵が自分に化けて出ることはないと考えている。

「沖縄人」に殺された日本兵の亡霊が出るという話がリアリティを持って沖縄の村落共同体に受け入れられる背景には、沖縄戦において日本軍が、時として米軍以上の敵として住民の生命を脅かしたという記憶がある。「二人の日本兵」の亡霊は、日本と沖縄の間に生じた差別意識やそれに伴う恨みの感覚を共有する共同体の中で語られ、呼び起こされ、恐れられている。だが、「あなた方は骨といえば、沖縄住民のか、米兵のか、日本兵のか、としか考えませんね、じゃあ、何百何千という朝鮮人は骨まで腐ってしまったのでしょうかね」と問いかける「朝鮮人」の言葉は、化けて出ることもできないほど深い忘却の淵に沈められている死者の存在を暴き出す。亡霊が呼び起こされるためには、その存在を記憶し、想起し、語る回路が必要になるのである。

亡霊が自らを虐げた強者にたたるのならば、〈小莉〉を殺した「朝鮮人」が彼女の亡霊を見てしまうことになんら不思議はない。しかし、自分が〈小莉〉の亡霊にたたられることに「朝鮮人」は疑問を抱く。

ただ、私は、あの穴の骨がほんとに小莉なのかと疑いだしてきたんですよ、近頃からですが……。今更掘り返してみたってどうしようもありません。月の明るい晩にはあの盛り土の上に女の姿が見える気もしますが、錯覚でしょうか、小莉とは違うようなんですよ。私はこの屋敷の亡霊達にたたられてしまったのでしょうかね、でも亡霊は弱いのが強いのにたたるというじゃありませんか。どうして、私のような弱虫に……。小莉は、ほんとにあの骨ですよね、ね。

ここで「朝鮮人」は自らを「弱虫」だと言い、弱者の側に位置づける。〈小莉〉を犯したのは植民地体制における強者であった「日本兵、米兵、沖縄人」であり、彼らに虐げられた弱者である自分がなぜたたられなければならないのか、という問いが立てられるとき、「沖縄人」として「朝鮮人」に差別意識、優越意識を持ちつづけている「私」は、その論理に異を唱えることができず、弱者の語りとして「朝鮮人」の言葉を受け取ってしまう。「朝鮮人」という語り手と「私」という聞き手の関係の中で、「朝鮮人」が〈小莉〉に向けてしまった殺意とそれに対する〈小莉〉の抵抗は後景に退いていくのである。

だが、語りの主体である「朝鮮人」が亡霊にたたられることの理不尽さをかきくどいているとき、「朝鮮人」はすでに亡霊にたたられていることを自覚している。さらに、「朝鮮人」が亡霊について語り、それを「私」が聞き取るときに出現する伝達の細い回路をたどって、亡霊は聞き手である「私」に取り憑き、「私」が忘れようと努めてきた戦争の記憶を呼び覚ます。そのとき、「私」を脅かす記憶に強く結びつく妻のツルが亡霊としてたちあらわれてくる。

ツルはヨシコーや〈小莉〉とは違い、言葉を奪われているわけではない。しかし、酔って「私」の家に押しかけ、「私」と若い愛人を罵倒するツルの言葉は、理性を欠いた恨み言として聞き捨てられてしまう。また、ツルが別の男と同棲をはじめて「私」に別れを告げる際にも、ツルと「私」の間には対話は存在しない。一方的に話すツルに対して「私」は地の文の語りで反論し、彼女の言葉を受け流す。「私」はツルを非理性的でヒステリカルな存在として表象し、自らの理性や冷静さを強調することで優位を占めていくのだ。

だが、「私」の夢に登場するツルは、もはや「私」が自らの言葉によって表象することが困難な存在である。「私」は「朝鮮人の話を聞きながら、息子を思いおこしてしまい、顔中の血の気がひいた」という。それにつづいて語られるのは、六歳の息子が岩山ごと崩された防空壕の下敷きになって死んだ後、ツルが「夢遊病者のように徘徊」し、「私」は「何もかも忘れるために」ツルを捨てて春子と生活を共にしたという経緯である。「私」を真に脅かしているのは、息子の死というよりも、狂気にとらわれたツル、夢に出てくるツルなのである。

ツルの親兄弟が戦争で全滅してしまったのは私も気にはなったが、そのつど、身内がいないのは春子も同じだ、と自分を慰めた。ところが夢にはツルが出た。鮮烈な夢だった。いつまでも忘れられない。ふっとんだ息子の首は父ちゃん、痛いようと叫びながら、どこまでもころがり、私も何か叫びながら懸命にその首を追うのだが、足が動かない。後ろをふり向くとツルの顔が私の肩ごしにニュッと出て、ニヤッと笑った。私におぶさっていたのだ。もう一つの夢。土に埋まってもがいている息子を私は必死にスコップで掘り出そうとするが、掘れば掘る程、土は盛られていくのだ。よく見ると、すぐ向かいでツルが大声で笑いながら（声は聞こえなかったが）手で土をすくって、かぶせているではないか。

現実の世界で息子の遺体を求めて焦土を彷徨したのはツルの方であり、「私」は息子の死を忘却するためにツルの身体を必要とし、それにしがみつこうとしていた。だが、夢の中では二人の立場は逆転し、息子に手を伸ばそうとする「私」をツルが妨害する。息子の死を受け入れ、悼むための喪の作業を「私」が夢の中で遂げようとするとき、ツルはそれを妨げ、「私」を苦しみのただなかに引き戻す亡霊的な存在として到来している。

現実のツルが「私」に別れを告げた後、「私」は次のような夢を見る。

戸をたたく音が聞こえた。夢だ、とぼんやり思った。寝返りをうった。今しがたの夢が切れ切れによみがえった。ツルは勇吉に背後から犯されていた。ツルは私をにらみ、売春婦になったから、あんたの世話にはならないよ、と言った。ツルは笑ったが、歯は一本もなかった。御免下さいという大声を聞いた。汗が不快だ。こめかみが重い。この不意の訪問客の頭をまきでたたき割りたい。

「私」はツルを遠ざけることに腐心し、おじいや勇吉に金を渡してツルと結婚させようとまで考えていたが、同時に「〈女〉には似つかわしくない、もはや女じゃない」存在としてツルを捉えていた。しかし、現実のツルが別の男性と同棲しはじめると、ツルのセクシュアリティは「私」の意識の中で再び消費され、老いた「売春婦」の夢としてあらわれる。そこにはもはや息子の姿はなく、ツルに渡すはずの金をかすめ取っていた勇吉が彼女を犯す者の位置を占めている。そのようなツルの姿は、沖縄の売春宿で性をひさいでいた〈小莉〉といっそう強く結びついていく。現実のツルが遠ざかっても、夢にあらわれる亡霊としてのツルは「私」に憑依しつづけているのである。

亡霊として回帰し、痛みを突きつけてくる女性のイメージは、「朝鮮人」の語りを通して「私」に伝染し、悪夢の中のツルという新たな亡霊を呼び起こす。語り—聞き取られるという回路の中で、亡霊はその都度たちあらわれ、加害の自覚を持つ者に痛みを送り返している。

4. 「変わらない」ことの暴力性

ツルに居所を突き止められることを恐れ、定職に就かない「私」は、飲み屋に勤める春子に養われている。「春子とのセックスの時だけはツルを忘れる事ができた」という「私」にとって、経済的な安定と過去の忘却をもたらしてくれる春子は欠くことのできない存在である。一方、春子は、飲み屋の仕事をはじめた頃から「私にしがみついて寝る癖」がつき、二人の住まいに乗りこんできたツルに責められると「この人がいなければ生きていけないのは私も同じよ、あなたは長い間一緒にいたんだから、私に比べればはるかに満足なはずよ」と泣きわめく。春子が「私」に精神的に依存していることで、「私」は春子の庇護者としての位置を獲得する。

過去を忘却させ、金と癒しを与える春子と、息子の死を想起させ、裏切りを責めるツルは正反対の存在として位置づけられている。実は、この二人の位置づけには、沖縄戦が深く関係している。「昔は無口だった。今の春子のようだった」ツルは、息子の死と「私」の裏切りによって、それを責める言葉を口にせずにはいられなくなっている。それに対して、「戦争末期、与那原の原野の小さい壕から黒く汚れた顔を出していた時、すでに春子は悟りきったようにもの静かだった」。つまり、戦争によってツルは「しゃべりすぎる」女性に変貌し、春子は「もの静か」な女性として成長したのである。

戦争を境とする変化について、「朝鮮人」は、「私」に対して、次のように語っていた。

でも、おかしなものですね、私はいつでも死ぬ機会のあった戦争の最中は小莉を思い浮かべて、苦しくなればなるほど、より鮮やかに思い浮かべて、それを糧にして生き続けた。ところが、戦争が終わって死ぬ心配がなくなると私は小莉を簡単に殺してしまった。ほんとに、おかしいほど簡単に……。小莉はどうして変わってしまったのだろう。……今も信じられません。……いや、私の気が狂ったんでしょう。私は戦争で何一つ変わらないのですよ、変わらないのはおかしいでしょう? 生きていけないんじゃないですか?

戦争を経て、「変わらない」ことこそが異常であると語る「朝鮮人」は、自分の記憶の中に生きつづける〈小莉〉を「変わらない」姿のままで取り戻すことを夢想して戦争を生き延びるが、その期待が裏切られたとき、〈小莉〉に対して暴力を行使してしまう。引用箇所に先立って、「朝鮮人」が「小莉は看護婦として徴用されたのだから、ただの看護婦なんだ、と何十回も呟きました」と語っていることは、彼が以前と「変わらない」〈小莉〉との邂逅を切望していたことを示している。

戦争を境に「変わってしまった」ツルを受け入れられずに離れていった「私」もまた、「朝鮮人」と同じ「変わらない」という異常さを抱えていると言える。そのような「私」を全面的に受け入れる春子という存在は、「朝鮮人」が求めた以前と「変わらない」〈小莉〉の役割、あるいは戦争前の無口なツルが果たしていた役割を担わされている。すでに喪われた〈小莉〉を求めつづける「朝鮮人」は「変わらない」自分と「変わってしまった」〈小莉〉とのずれに苦しんで狂気を帯びていくのだが、「私」はツルの代替として春子を獲得し、「変わらない」ままの自分を保ちつづけることが可能となった。

だが、身を寄せ合い、過去の傷を忘却しようとする「私」と春子がお互いの戦争の記憶を語り合うことはない。「私」の語りから春子の戦争体験が完全に欠落しているのはそのためである。また、春子にとっても「私」の戦争体験は未知のものだと言える。次に引用するのは、「朝鮮人」に一人で来るよう言われた「私」が逡巡する場面である。

私は朝鮮人の意図を未だに図りかねる。春子にはうち明けたかった。あの朝鮮人に殺されるのではないだろうか……と思うと、春子がむしょうになつかしくなる。

戦争の時に見た光景はまだ生々しい。中年の朝鮮人は泣きわめきながら、両手と両足を後ろからつかまえている四人の沖縄人の手をふりほどこうと暴れていた。朝鮮人の痩せた裸の胸を銃剣でゆっくりとさすっていた日本兵は急に薄笑いを消し、スパイ、と歯ぎしりをした。その直後に朝鮮人の胸深く銃剣は刺し込まれ、心臓がえぐられた。私は固く目をつぶったが、あの機械の軋むような朝鮮人の声は今でも耳の底によみがえる。

「朝鮮人」に対する自分の恐れを春子に打ち明けようとすれば、戦争中の自らの加害者性に目を向けることを避けられない。それが「私」にとって耐えがたい苦痛であるために、虐殺された朝鮮人軍夫をめぐる記憶は春子に「言えない」ことの一つとして「私」の内部に留め置かれる。

「私」と春子の関係における過去を語る言葉の不在は、実は亡霊の出現をせき止めるものでもある。「ギンネム屋敷」において亡霊が呼び起こされる際には、常に語り―聞くという回路が成立していたことを思い起こしておきたい。語り―聞く回路が成立しなければ、亡霊は伝染していくことなく、当事者の記憶と身体に留まりつづけなければならない。

亡霊の回路が遮断されているために、「私」と春子の関係はかろうじて平穏を保つことができており、春子がツルのように亡霊に変貌することもない。しかし、その平穏の中で「私」は春子の戦争体験や苦しみには徹底して背を向けている。「私」が「変わらない」でいるために春子は沈黙と苦痛をひとりで抱えたまま、従順で「もの静か」な女性としてふるまうことを要請されつづけているのだ。春子が「私」の望むあり方から逸脱し、「変わってしまった」とき、「朝鮮人」が〈小莉〉に対して行使したような暴力が「私」と春子の関係において反復されないという保証はない。語る主体が自らを「変わらない」まま保ちつづけるために欲望される存在は、自らを語る言葉を持つ可能性を奪われているのだと言える。

5. 亡霊の隠蔽とアメリカの存在

やがて「朝鮮人」は毒を飲んで自殺し、「私」に彼の全財産が遺贈される。「私」は戦時中、〈小莉〉を見つけて駆け寄ろうとし、日本兵に殴られた「朝鮮人」の手当をしたことを思い出す。だが、それを「朝鮮人」が覚えていたかどうかを知る術は「私」にはない。「朝鮮人」が自分に財産を残したことを知ったとき、「私」は「彼は、朝鮮人は私を、戦時中の私の恩を忘れてはいなかった」という思いと、「まさか私をみくだすための最後の一撃じゃあるまい……復讐じゃあるまい」という思いの間で激しく揺れ動く。

「朝鮮人」の遺書には、死の理由も、「私」に遺産を残す理由も書かれていない。「私」は当惑しながら、一生働かずに暮らしていけるだけの遺産を受け取る。「朝鮮人」の死によって、彼の言葉や思惑はもはや取り返しのつかないかたちで失われ、意味づけられない空所が出現する。「私」という生者は、死者にまつわる記憶を整序し、補填し、空所を埋めることを試みる。

庭の、あの盛り土に生えていたカンナがあの時よりも少なくなっている感じだ。そのかわり、隣りにもう一つ土が新しく盛られているような気がする。……あのシェパードが埋まっているかもしれない。……あの土に恋人が埋められていないとすると、朝鮮人を狂わした三ヵ月前の事件というのは何だったのだろう？　……朝鮮人はあの飛行場の炎天下で狂ったのかもしれない。地から熱が湧いた。監視の童顔の日本兵も日射病で倒れた……恋人の幻があの白日にゆらめいていたのかもしれない。まさか、私まで幻を見たわけではあるまい。私が朝鮮人を助けたのは事実なんだ。で、なければ、なんで私に財産を残すか説明がつかないじゃないか。（傍点引用者）

「朝鮮人」が〈小莉〉という声なき死者の沈黙を恣意的に意味づけていったように、「朝鮮人」の語りを聞き取った唯一の生者である「私」は、「朝鮮人」の言葉と自分の記憶をすり合わせ、つじつまの合う仮説を再編成しようとする。「朝鮮人」の語りの中ですでに同定できない存在として曖昧に揺らいでいた〈小莉〉とその死は、「私」の仮説に至っては「幻」とされ、存在を根底からかき消そうとする語りの暴力にさらされる。「私」が〈小莉〉の存在を不確かなものとして読みかえていくことは、すなわち亡霊の回路を塞ぐことである。しかし〈小莉〉が「幻」だとすれば、彼女に駆け寄ろうとした「朝鮮人」が日本兵に殴り倒される事態は起こりようがなく、「私」は「朝鮮人」から遺産を贈られる唯一の理由となる記憶も手放さなければならなくなる。「私」は自分が相続した屋敷に埋められた〈小莉〉の存在を「幻」だと位置づけて彼女の亡霊から解放されたいという思いと、自分が信じたい「事実」が決して折り合わないことに直面させられる。このとき、「私」を戦時中の記憶に引き戻し、絶えず不安をかきたてる「朝鮮人」は、すでに「私」に取り憑くもう一人の亡霊となっている。

新城郁夫は、「朝鮮人」の遺産相続をめぐって「私」と「ナイチャー〔内地人〕二世」の米兵の間で交わされる会話を「軍事＝経済にわたる日米同盟下における、沖縄そして朝鮮半島の恒常的戦争化の力学」を示唆するものとして捉え、「沖縄人」の「私」のみを宛先とする「朝鮮人」の遺産贈与に「朝鮮人軍夫そして「朝鮮人慰安婦」の生きられた時間の贈与」が刻印されていると論じている。[11] その言葉のとおり、軍事と経済は分かちがたく絡み合っている。「ギンネム屋敷」が、朝鮮戦争が休戦を迎えた一九五三年の夏の物語であることを思い起こそう。「朝鮮人」が米軍エンジニアとして稼いだ金は、朝鮮戦争で流された多くの血と不可分の富である。そして、「私」は遺産の使い道を次のように考える。

この幽霊屋敷を売ろう。買い手は勇吉に探させてもよい。競売にしてもよい。新聞に広告を出そう。坊さんを呼んで焼き払おうとも、ついさっき考えたが、やはりもったいない。……働こう、騒がしい音楽の中で、酒の中で、女達や米兵達の中で……春子と一緒に、春子をマダムにして……。この部落を出よう、基地の近くの街に行こう。居場所は誰にも教えない。ツルにも金はやらない。どうせ、あの男が巻きあげるにちがいないのだ。米兵相手の店が成功してからやっても遅くはない。米兵はバーではありったけの金を使うと聞いている。英語を覚えよう。

土を掘り返さずに屋敷を売りに出すことは、亡霊にまつわる記憶の隠蔽にほかならない。そして、「朝鮮人」の遺産を用いて「私」が着手しようとする仕事は、持続する植民地主義体制の中でくりかえされるレイプの構造の一部を担ってしまう。遺産は女性たちの手に入ることはないままに分配され、消費され、流通していく。この遺産は、またしても女性たちの身体を商品とし、激戦地に赴くことを余儀なくされている米兵に差し出すために用いられようとしている。そのような痛みを生む経済の構造を再生産させるものこそ、米軍という軍事組織である。「ギンネム屋敷」において「朝鮮人」の遺産は、沖縄に生きる人々に対する米軍のプレゼンスを顕在化させる機能を果たしていると言えるだろう。「朝鮮人」の遺産が使い果たされていく過程において、その遺産に刻印されていた「朝鮮人」や〈小莉〉たちの「生きられた記憶」もまた、断片化され、消費されていくことになるのかもしれない。しかしおそらく、贈与の理由の不可解さは「私」に取り憑きつづけるだろう。そして、資本として流通する屋敷が、思いもかけないかたちでまた別の亡霊を呼び覚ます場となる可能性も失われてはいない。恒常的な戦争／占領／植民地状態において、言葉を奪われて忘却の淵に沈められた亡霊は地中深くに潜勢している。生き残り、忘れたい記憶と折り合いをつけるために言葉を駆使する者たちは、記憶や言葉、金を回路として回帰する亡霊に脅え、亡霊に取り憑かれて生きていく。語られる言葉の中に見え隠れする亡霊の面影を探っていくことは、言葉を奪われた者たちの痛みをつなぎとめ、新たな回路に開いていく試みにほかならない。

6. 空所を埋めるギンネム

又吉栄喜によれば、ギンネムは「薪にも、建材にも、家畜の食用にも、防風林にも役立たない植物」(12)である。「ギンネム屋敷」のエピグラフにはギンネムの説明が掲げられており、そこには「終戦後、破壊のあとをカムフラージュするため、米軍は沖縄全土にこの木の種を撒いた」と明記されている。沖縄戦によって地肌が剝き出しになった沖縄の土地に、まさに破壊によって生じた空所を埋めるために呼びこまれた植物こそがギンネムであり、それは過去の傷や痛みを隠蔽しつつ繁茂していく。〈小莉〉が埋められ、「朝鮮人」が死に、「私」が受け継ぐことになった屋敷がそのギンネムに囲まれていることは象徴的である。「ギンネム屋敷」は米軍によって張りめぐらされた、空所を埋め、忘却を促すベールの中で駆動される物語なのだ。そのベールから透かし見える「沖縄人」に殺された日本兵の亡霊や「朝鮮人」の潤沢な生活は、「私」たち「沖縄人」の欲望や差別を増幅させ、分断を生み出していく。このような構図の中では、亡霊ですら民族や国籍、人種の対立の中で都合よく呼び起こされ、利用されるものになりかねない。

本章で試みてきたのは、民族やジェンダーによって被害者／加害者どちらか一方の側に振り分けられ、たたりによって復讐を遂げようとする存在として位置づけられるのとは異なる亡霊の姿をつかみ取ることであった。亡霊として到来する彼女／彼らは、常にすでに、語る主体に取り憑いており、痛みの記憶を生き直すことを要請しつづけている。

亡霊を語り——聞く回路は常に開かれているわけではない。亡霊に取り憑かれた語る主体にとって、亡霊について語ることは自らの加害者性や罪の意識に関わるものである。そのため、亡霊の存在は深く秘匿され、分かち合われることなく閉じていく。しかし、それでもなお、亡霊の回路が開かれる瞬間に向けて、「ギンネム屋敷」の亡霊たちは跳梁しているのである。

（1）又吉栄喜「受賞のことば」、『すばる』一九八〇年一二月。
（2）「第四回すばる文学賞発表　選評」、『すばる』一九八〇年一二月。
（3）岡本恵徳『現代文学にみる沖縄の自画像』高文研、一九九六年、七五頁。
（4）花田俊典『沖縄はゴジラか——〈反〉・オリエンタリズム／南島／ヤポネシア』花書院、二〇〇六年、四六頁。

（5）一九七九年五月に記録映画『沖縄のハルモニ――証言・従軍慰安婦』（第四回無明舎自主作品）を完成させ、同年一二月に証言と記録写真を中心にまとめた『沖縄のハルモニ〈大日本売春史〉』（晩聲社）を刊行した山谷哲夫の仕事は、『ギンネム屋敷』の発表に先立つものであり、同時代の沖縄における朝鮮人「慰安婦」をめぐる状況に着目した記録として重要である。

（6）丸川哲史『冷戦文化論　忘れられた曖昧な戦争の現在性』双風舎、二〇〇五年、一七二―一七四頁。

（7）新城郁夫「奪われた声の行方――「従軍慰安婦」から七〇年代沖縄文学を読み返す」（『到来する沖縄――沖縄表象批判論』インパクト出版会、二〇〇七年）。なお、この元「従軍慰安婦」の女性ペ・ポンギさんへの綿密な取材に基づいたルポルタージュとして、川田文子『赤瓦の家――朝鮮から来た従軍慰安婦』（筑摩書房、一九八七年）がある。また、沖縄における慰安所の実態を示す資料としては、日韓共同「日本軍慰安所」宮古島調査団著、洪玧伸編『戦場の宮古島と慰安所――12のことばが刻む「女たちへ」』（なんよう文庫、二〇〇九年）、アクティブ・ミュージアム「女たちの戦争と平和資料館」編『軍隊は女性を守らない――沖縄の日本軍慰安所と米軍の性暴力』（アクティブ・ミュージアム「女たちの戦争と平和資料館」、二〇一二年）などがある。

（8）新城郁夫「文学のレイプ――戦後沖縄文学における「従軍慰安婦」表象」、前掲『到来する沖縄』。

（9）山田盟子『慰安婦たちの太平洋戦争　沖縄編　闇に葬られた女たちの戦記』光人社、一九九二年、二六四頁。

（10）以下、本文の引用は又吉栄喜「ギンネム屋敷」（『コレクション　戦争と文学20　オキナワ　終わらぬ戦争』集英社、二〇一二年）に拠る。

（11）前掲『到来する沖縄』一七二―一七六頁。

（12）前掲、又吉栄喜「受賞のことば」。

第十一章

音の回帰――目取真俊「風音」

1. 戦争の記憶を生きる試み

一九六〇年に沖縄県北部の今帰仁村《なきじんそん》に生まれた目取真俊は、デビュー作となった「魚群記」（一九八三年、第一一回琉球新報短編小説賞受賞）以降、現代沖縄文学を代表する書き手の一人として圧倒的な存在感を放っている。目取真の作品の重要な主題の一つに沖縄戦がある。両親や祖父母の戦争体験を聞きながら育った目取真は、沖縄戦を小説に書くとは「肉親の生きた歴史を共有し、生々しい記憶として生かし続けること」[1]だと述べている。その言葉のとおり、目取真の作品において沖縄戦は「生々しい記憶」としてあらわれる。絶えず呼び起こされる痛みとしての戦争を描いた初期の作品の一つに「風音」がある。

「風音」は一九八五年一二月二六日から一九八六年一二月五日にかけて『沖縄タイムス』紙上に連載された作品だが、単行本『水滴』（文藝春秋、一九九七年）に収録される際に大幅な加筆修正が行われた。また、二〇〇四年には映画化[2]に伴い、長篇小説『風音 The Crying Wind』（リトル・モア、二〇〇四年）が刊行されている。拙稿「喪失、空白、記憶――目取真俊「風音」をめぐって」（『琉球アジア社会文化研究』一〇号、二〇〇七年一一月）では、初出、短篇、長篇の三つのテクストの異同を検討し、短篇小説「風音」において意味を成さない死者の声＝音が体験者を領有していると論じた(3)。本章ではその問題意識の一部を引き継ぎ、死者の声の残響としての音に恣意的な意味づけを行う手前で踏み留まり、出来事を未了の状態に留め置く音といかに向き合うことができるかを模索していきたい。

なお、一九九七年版の短篇小説「風音」は、『水滴』（文春文庫、二〇〇〇年）および『魚群記　目取真俊短篇小説選集1』（影書房、二〇一三年）にも採録されている。いずれの版にも若干の修正が加えられているが、短篇小説「風音」は一九九七年版でほぼ完成したと考えてよい。「風音」において音が媒介する生者と死者の関係を明らかにしていくことは、記憶がいかに他者に受け渡されうるかを探る試みとなるはずだ。まずは、短篇小説「風音」の梗概をたどっていきたい。

古い風葬場を崖の上にいただく沖縄のある村に、泣き御頭《うんかみ》と呼ばれる特攻隊員の遺骨が安置されていた。村の少年アキラは仲間たちと賭けをして、泣き御頭の傍らにテラピアを入れたビンを置く。時を同じくして泣き御頭の取材のために村を訪れた本土のテレビ局員の藤井は取材のためにアキラの父の清吉を訪ねるが、すげなく追い返されてしまう。

清吉の父は沖縄戦の最中に特攻隊員の遺体を見つけ、清吉に手伝わせて遺体を風葬場へ運び、弔った。清吉は特攻隊員の遺体とその傍らにあった万年筆に強く惹かれ、後にふたたび風葬場を訪れる。その時、黒い残骸と化した若者の遺体が動くのを見、喉から「かすれた音」が漏れたのを聞いてしまった清吉は、戦後もその記憶にとらわれていた。

一方、泣き御頭の取材に訪れた藤井は戦争中特攻隊に所属していた。藤井は出撃の前夜、同じ隊の加納に誘われて兵舎の裏手の崖に登り、加納に突き落とされた。そのとき加納は藤井の耳に「何か」をささやいたが、藤井はそれを聞き取れなかった。大怪我を負ったために特攻を免れた藤井は戦後にテレビ局に入社し、ドキュメンタリーの制作を通して戦友の面影を追いつづけていた。村の有力者は取材に積極的に協力するが、泣き御頭は風音を響かせず、藤井の取材は失敗に終わった。

泣き御頭が泣かなくなった夜、風葬場にはアキラと清吉、藤井が集うことになった。このときアキラは風葬場で指を蟹に挟まれ、泣き御頭を振り落としてしまう。藤井は泣き御頭を受け止めようとするが失敗し、泣き御頭は砕け散る。藤井は村を去り、清吉は砕けた泣き御頭の破片を拾い集めてアキラとともに家に帰った。翌朝、清吉は万年筆と泣き御頭の破片を海に流す。立ち去ろうとする清吉の耳に、海からの風にのって風音が届くという場面で作品は幕を閉じる。

「風音」は目取真俊の初期の佳作としてしばしば言及されはするものの、単独で論じられることの少ない作品である。しかし髙口智史は「風音」と「水滴」に通底するテーマを抽出し、沖縄の現在を照射することを試みている。髙口は「風音」の初出（一九八六年）と、加筆修正された一九九七年版の短篇小説「風音」の異同を検証し、加筆された結末部に「しかし、風音は消えることがなかった」という一文があることに注目している。この風音を「戦後の時空を彷徨う特攻隊員の怨嗟の声――死者の声」と髙口は捉え、「水滴」に登場する死者たちとも関連させながら、両作品から死者を悼みつつ死者への思考停止をもたらす「儀礼としての追悼」への批判を読み取っている。(4)

髙口は泣き御頭の奏でる風音を死者の「怨嗟の声」だとやや性急に意味づけ、死者に対して罪の意識を持つ生者が構成する沖縄の村落共同体、そして「儀礼としての追悼」に呪縛されてきた戦後日本を糾弾する存在として目取真作品の死者たちを捉える。だが、「風音」において重要なのは、清吉や藤井が死者に何事かを呼びかけられていることを自覚しながらその言葉の内容を聞き取れなかったという点、すなわち死者の言葉の意味が失われているという点ではなかっただろうか。風音に「怨嗟の声」という意味が充填される時、死者の言葉の埋めきれない空白が切り捨てられ、それによって戦後日本の礎となった戦死者がその国家のあり方や戦死者を利用する「儀礼としての追悼」を批判するという物語を立ち上げることが可能となっている。

また、スーザン・ブーテレイはその著書『目取真俊の世界《オキナワ》——歴史・記憶・物語』（影書房、二〇一一年）の第三章「風音」論で短篇小説「風音」を扱い、この作品に散在する「空白の謎」の解明を通して新たな読みを提示することを試みている。[5] ブーテレイは特攻隊員の死体の状況からその死因を拳銃自殺と推定し、それを察知した清吉の父親が風葬場に運んだとしている。その帰途に清吉の父は怪我を負い、それをきっかけに清吉は家族を担う存在となっていく。ブーテレイはそのような清吉の姿に父の否認＝沖縄文化の否認というオイディプス的な構造を見ている。そして、帝国日本の同化教育や皇民化政策の影響によって理想的男性像として受け入れた特攻隊員の遺体が、蟹に覆われた、恐怖そのものを象徴する姿として回帰してくることから、特攻隊員を肯定する方向と否定する方向に清吉がたえず引き裂かれていると論じる。藤井は日本本土の記憶の忘却と戦争神話の構築に積極的に取り組んできたジャーナリズムを体現する存在とされ、加納とのやり取りにおいても「偽り」の記憶の構築があった可能性が指摘されている。風音を止め、泣き御頭を壊してしまい、清吉を食い入るように見つめるアキラには、日本本土で構築された戦争神話の解体と沖縄文化の肯定が読みこまれる。

「風音」というテクストにおける「空白の謎」を積極的に解釈していくブーテレイの読みは非常に刺激的なものだが、ほかならぬこの読みを通して沖縄的なるものが土俗性や民族的記憶に回収されていき、本土的なるものが植民地主義や国家全体の集合的記憶として立ち上げられていくという印象は否めない。戦争の記憶を受け取る者が沖縄／本土のどちらに帰属するかを選択する物語として「風音」を捉える時、意味づけられない残余は切り捨てられることになる。だが、それは「空白の謎」に意味を充填し、死者の声を領有していくというもう一つの暴力につながりかねない。また、沖縄／本土という図式に回収することのできない欲望や関係性も見過ごされてしまうだろう。

ブーテレイ自身が指摘するように、「風音」は身体的な感覚に訴えることで体験を持たない者に記憶の分有を迫る作品だと言える。そうであるとすれば、記憶の到来に身をさらし、この物語空間に立ちすくむ存在を沖縄／本土という二項対立的な図式のどちらかに振り分けるのではなく、むしろその二項対立を攪乱していく可能性を持つものとして読むことも可能なのではないだろうか。そのように捉える時、「風音」という作品は狭義の当事者性を超えた体験の受け渡しの可能性を示すように思われる。

ここまで見てきたように、先行研究では「風音」の意味づけられない空白をいかに解釈するかが重視される傾向があった。しかし、清吉や藤井が戦後数十年を経てなお戦争の記憶に引き戻されるのは、死者の声が何を意味するのかわからないという不可解さのゆえであったはずである。それゆえに、死者の声が断定的な意味づけを拒み、音として響いているという点に立ち止まって考察を進めていくことが重要となる。そのような問題を踏まえて、本章では「風音」における生き残った者と死者との関係を改めて考えていきたい。それが、出来事を体験していない者によって出来事が生き直されるというかすかな希望に向けて、「風音」を捉え直す試みにつながるはずである。

2. 語られない記憶、語られる物語

岡本恵徳は、集団が共有する「共同の物語」が成立する過程で個人の記憶が切り捨てられていくという問題について次のように言及している。

多様で複雑な体験にもとづく「個人の記憶」が「集団の記憶」として統合され、「共同の物語」として成立するには、それぞれの「個人の記憶」に存在する共通な要素が抽出されることになる。そこでは、それぞれの「記憶」の間に存在する齟齬や矛盾は取り除かれなければならない。すなわち、それぞれの記憶された事実の間に、論理的な「整合性」が求められることになるのである。また、「記憶」がともないがちな曖昧さや、「個人の記憶」に纏わりがちな感情や肉体性は排除され、「事実性」のみが重視されることになる。そうしないかぎり、個々の「記憶」はそれぞれが相互に排除しあって「共同の物語」の成立する契機を失うからである。(6)

岡本は「個人の記憶」から感情や身体性が脱色されなければ「共同の物語」が成立しないと指摘する。それは裏を返せば、事実性や整合性を持たない「個人の記憶」は「共同の物語」の成立を阻み、整合性を突き崩すものとして機能することを意味する。

「風音」には語ることのできない「個人の記憶」を生きつづける清吉と藤井が登場する。この二人は、

それぞれが体験した別個の出来事において死者の言葉を聞き取りそこねており、その空白を埋めることができずにいる。彼らの体験に整合性を与えようとするとき、不明な部分や非現実的な光景は他者に語られることのないままに抑圧されていく。それを口に出すとき、長い時間をかけて形成されてきた「共同の物語」が成立しなくなることを感じていればこそ、二人は口をつぐむのである。それゆえに清吉と藤井は、それぞれが生きる社会で受容されている「共同の物語」に違和を抱きつづける存在としてあらわれる。

清吉とその父が特攻隊員の遺体を風葬場に運んだことは、酒に酔った清吉の父の言葉で村に広まった。清吉の父は遺体を置いた位置と骨の位置が違うと言って訝しんでいたが、村の中ではいつしかそれは、「石を持ち去った米兵がいたずらしたのだろう」という整合性が与えられ、泣き御頭についての「共同の物語」が成立していった。しかし、清吉は自身の体験から「若者は背中に群がる蟹をのせたまま這って、顎を縁石に乗せたところで事切れた」のではないかと考えずにはいられない。万年筆を取るために風葬場に舞い戻った清吉が見た光景は次のようなものであった。

若者の体を余す所なく覆いつくした蟹は、幾重にも重なり合い、足をからませながら休む間もなく太いハサミを振り立てている。

ひとつの波が群れの底から起こり、低いうねりになって爪先から頭部の方へ伝わった。蟹の動きがせわしくなった。と思う間もなく、群れは清吉の方に崩れ落ちてきて、眼の前にもたげられた若者の顔があった。それは目も鼻も見分けることのできない黒い残骸だった。深い闇をつくっている口腔が誰かを呼ぶように動いている。石段の足場に腰を落としたまま、清吉は若者の喉から漏れたかすれた音を聞いた。這うように石段を降り、米兵のことも忘れて喚き声を上げながら川沿いの径を走りつづけた。(7)

戦後、清吉が実際に風音を耳にしたのは数回に過ぎなかったが、「一度体内に深く染み込んだ音は思いもかけない時によみがえり、清吉をこのまま狂うのではないかと思う恐怖に陥れた」。音を媒介として生起する恐怖にくりかえし引き戻される清吉が、特攻隊員の若者の「喉から漏れたかすれた音」を泣き御頭の風音に重ねていることは明らかである。死者からの盗みと、死者の無残な姿を見てしまったことに起因する恥や恐れが清吉の口をつぐませる。また、死んでいたはずの若者が動いたという自分の記憶を、清吉は理屈では説明できない不可解な体験として自分一人の中に抱えつづけている。

それとは対照的に、藤井は「戦争の残した傷」をドキュメンタリーにすることで「共同の物語」の構築に貢献していく人物である。しかし「一時は社会派ドキュメンタリーとして高い評価を受けた番組も、今ではスポンサー捜しに四苦八苦の状態で、放送枠も深夜にまわされ、予算も微々たるもの」という状況に陥っており、藤井が構築する物語はもはや求心力を低下させつつあることが示される。定年を間近に控え、藤井は自分の記憶と向き合うために特攻隊員の遺骨である泣き御頭を取材対象に選んだ。藤井は自分も出撃するはずだった特攻の前夜の出来事と、その時に聞き逃してしまった加納のささやきの意味を探りつづけていたのである。

「火を貸してくれないか」

藤井はポケットをまさぐりマッチを捜した。一本擦って差し出したが、それはすぐに風にかき消された。加納は煙草をくわえて顔を近づけた。火の中に浮かんだ顔は驚くほど幼かった。藤井は痛々しい思いに駆られておもわず目をそらした。火照った耳にやわらかな息がかかり、かすれた低い声が何かをささやいた。

「えっ、何？」

振り向いた唇にやわらかいものが触れた。と思った瞬間、襟首をわしづかみにされた藤井は、闇の底へ放り出された。


藤井が意識を取り戻したとき、加納も他の戦友もすでに出撃していた。特攻を忌避するための投身を疑われたまま敗戦を迎えた藤井は、戦後テレビ局に職をえる。藤井は実は自分は加納に突き落とされたのではなく、自分から飛びこんだのかもしれないという自問をくりかえし、自分を「加納によって生かされた者」と「同僚を裏切って生き延びることに賭けた自ら」のどちらにも位置づけることができずに揺れ動いている。そのような中で、藤井を支えたのは「死んでいった者らの生と死の姿とその意味を明らかにしていくことが自分の責務」だという思いであった。

藤井は「共同の物語」の作り手となることで聞きそこねた加納の声という空白を埋めることを目指し、生き延びてきたと言えるだろう。しかしどのような言葉もその空白に埋めこまれると「恣意的な匂い」を放ち、整合性のある「共同の物語」の成立を否認する。崖の下に立ち、泣き御頭の風音を耳にしたとき「加納が最後につぶやいた声はこの音であったような気がした」という藤井は、加納の声を音として受け止め直そうとしている。それは藤井が加納の言葉の空白を埋めることをあきらめていくことを意味していると言えるだろう。

清吉と藤井は自分に何事かを呼びかけたはずの死者の声を聞き取ることができなかったために、死者の声を言葉ではなく音として認識している。死者の声がただ音として受け止め直されるとき、死者の声は恣意的な意味に回収されることを免れる。音は「共同の物語」に回収されない声が存在することを示し、テクストの中で死者が遺した言葉の残響として鳴り響き、「共同の物語」の構築を挫折させていくのである。

3. 音が生成する関係

音は聞き取りそこねてしまった死者からの呼びかけとして生き残った者たちを領有し、出来事の内部に引き戻す。しかし、音は生き残った者を孤独な記憶に封じこめるだけのものではない。音は死者を介して生き残った者同士が交錯する瞬間を生み出してもいるのだ。ここでは、清吉と藤井が死者に対して抱いていた感情をたどり直すことで、音によって生起される新たな記憶や関係を見ていきたい。

清吉は父とともに特攻隊員の若者を風葬場に運んだとき、若者の「異様なまでに白く若々しい肉体」と「肉体の中央に茂った陰毛」、「なめらかな光沢をもつ黒い突起物」（万年筆）に強く惹かれる。

加納は厠で藤井をはがいじめにし、喉にカミソリを押しあてて「二度と俺をあいう目で見るな」と脅す。しかし出撃前夜、加納は藤井を起こして兵営の裏の崖上へ誘う。そこで加納は「かすれた低い声」

で何事かをささやき、藤井の唇に「やわらかいもの」の感触を残して藤井を崖から突き落とす。特攻隊員の若者の遺体に惹きつけられる清吉や、藤井と加納の関係に同性愛的な欲望が存在することは疑うべくもない。だが、清吉は盗みと死者の無残な姿を暴いた行為を「死者を汚したことへの恐れ」と位置づけていき、藤井は「死んでいった者らの生と死の姿とその意味を明らかにしていくことが自分の責務」だと捉えることで自らの欲望から目をそらしていく。彼らは喪失した対象に強く惹きつけられながら、その対象について何を失ったのかを知りえず、それにとらわれつづけている(8)。

清吉と藤井は、お互いが泣き御頭に強い思い入れを持っていることを感じ取りながらも出会いの最初からすれ違ってしまう。清吉にとって藤井は「流暢な標準語」を操る「内地人《ないちゃー》」であり、さらに自分の秘密を暴こうとする存在であった。そのため、清吉は終始藤井に敵対的に接している。一方藤井は、清吉の頑なな態度の理由を解しかねて戸惑うばかりである。しかしこの二人は風葬場でくりかえし出会うことになる。

一度目は、取材を容認しようとする村の有力者に反発して風葬場に足を向けた清吉が、泣き御頭を自分の目で見ようとしてやってきた藤井に出会い、立ち去るように促す場面である。突然「あのものがなしい音」が聞こえ、同時に崖を見上げた清吉と藤井は、泣き御頭の眼窩から「風音の軌跡をたどるように」飛び立った蛍に脅え、藤井を急かしてその場を離れた(9)。

とび跳ねるように走っていた清吉は、いつの間にか履いていたゴム草履をなくしていた。足の裏が裂け、傷口に入り込む石灰岩の粉が血を吸って固まり痛みが走る。だが、足を止めることはできなかった。懸命に後を追っていた藤井は、吊り橋の上で清吉が勢いあまって歩調を乱し、大きく前にのめるのを目にした。

「危ない」

藤井は飛びついて作業着の襟首をつかみ、橋板から上半身をはみ出してもがいている清吉を助け起こした。振り向いた清吉の目に、特攻隊の若者の顔が青白くぼんやりと映る。清吉は相手を突き殺しそうな恐怖とともに、内臓の感触が指先に感じられるまで強く抱きしめたいという喘ぐような衝動に襲われた。肩をつかんでいる細い指を強く握りしめ胸に引き寄せた。だが、すぐにやせた体を突きとばすと、清吉は集落の方に走りつづけた。

清吉は藤井の顔に特攻隊員の若者を二重写しに見、若者に対して感じた欲望と恐怖に襲われ、衝動的に藤井を引き寄せて直後に突き放す。藤井の顔の上に「青白く」映った若者の顔は、蟹に食い荒らされる前のそれであったはずだ。実際には手を触れることのなかった若者の顔が藤井に重ねられるとき、「相手を突き殺しそうな恐怖」と「強く抱きしめたい」という清吉の相反する感情は目の前の藤井の身体に向けられる。音は恐怖とともに抑圧されてきた欲望も呼び覚まし、清吉が自分とは相容れない存在として拒絶してきた藤井を引き寄せてしまうのである。

しかし藤井は胸を突き飛ばされた痛みを感じるのみであり、音が繋いだ清吉と藤井の関係は瞬間的かつ一方的なものに留まる。藤井は加納の影のみを追っていて、それ以外の人々に対する関心がひどく稀薄なのだ。藤井が清吉に接近するのは清吉が泣き御頭についての情報を持っているからに過ぎず、それ以外の村人たちの戦争体験、たとえば区長の徳一が得意げに喋りはじめた沖縄戦体験などは、藤井は苛立ちに満ちた声で遮ってしまう。

二度目に藤井が清吉と出会うのは、泣き御頭の風音が止み、藤井が取材を断念した日の夜である。この夜、テラピアのビンを取りに来たアキラ、万年筆を返すために崖を登った清吉、村を離れる前に風葬場の遺骨と遺品を自分の目で確かめようとした藤井の三人が風葬場に集うことになる。風葬場に向かう藤井の耳に不意に加納の声が聞こえ、顔が浮かぶ。藤井の記憶の中では、出撃前夜の加納は藤井に「つまらなくはないか」と問いかけ、マッチの火に驚くほど幼い顔をさらしていた。しかしこのとき藤井が見聞きしたものはその記憶とは異なっていた。

「やりきれなくはないか」

ふいに耳元で加納の声がした。マッチの明かりに苦し気に歪んだ顔が浮かぶ。風が吹き、明かりが消える。青白い残像がゆっくりと遠去かっていく。

「加納」

藤井は落下する頭蓋骨を受けとめようと走った。ものがなしい音が藤井の胸を貫く。揺らめく明かりの中で加納が最後につぶやいた声はこの音であったような気がした。腕を伸ばした指先をかすめて、泣き御頭は藤井の目の前で白く砕け散った。

両膝をついて頭蓋骨の破片を見つめた。

「藤井」

頭上から喘ぐような声で誰かが呼んだ。榕樹《ガジマル》の枝から垂れた昼顔のつるにしがみついている男の顔が、月明かりに浮かぶ。その傍らに胸の前に手を組んで深い祈りの姿勢をとっている少年の姿があった。(傍点引用者)

ここにあらわれる加納は、藤井の記憶にあるようなふてぶてしい態度を示さず、意味のない死を死なねばならないことに対する抑えきれない感情を吐露している。崖からの落下という出来事は時空を越えて藤井の記憶と泣き御頭を結びつけ、藤井が数十年反芻してきた加納の記憶は泣き御頭の風音を介することで異なるかたちで生起しているのである。そしてこの時、崖上には清吉が位置している。清吉が陣取っているのは、かつて藤井を突き落とした加納がいた位置/特攻隊員の若者が何事かを呼びかけようとして音を発した位置だ。今はその位置を清吉が占め、藤井の名を呼び、藤井はその声を聞き逃すことなく受け取っている。

清吉と藤井は、戦争体験も、戦後の生活環境も、習得してきた言語も、記憶への向き合い方も異なっている。藤井はその違いにすら気づくことができず、「流暢な標準語」とメディアの発信力をふりかざして村に踏みこみ、清吉は反発と沈黙によって藤井を拒絶する。この二人の関係に、自らの権力性に無自覚な日本と、その権力性を敏感に感じ取る沖縄の関係を重ね合わせるのは難しいことではない。だが、日本/沖縄の関係をここに投影するとき、清吉と藤井が死者を介してはからずも結びつき、お互いの身体や声を巻きこんで変容を伴いながら記憶を反復させていく過程は見過ごされてしまうだろう。ずれを伴って反復される出来事において、清吉と藤井は互いの記憶の中に存在する死者の位置を担っていく。清吉と藤井は過去の出来事にくりかえし立ち戻るという閉じた円環を生きているのではない。音に喚起され、その都度変容しつつ生起する出来事を体験しながら交錯しているのだ。それは出来事の記憶が別の者によって生きられていく可能性を示しているように思える。

4 語られない記憶の残響

「風音」は、「共同の物語」からこぼれ落ちる戦争の記憶を回帰させ、生き直させる作品である。泣き御頭が奏でる風音は、清吉や藤井の記憶に留まる音に結びついて出来事を再来させる。個々の記憶に向き合い、風葬場に引き寄せられていく清吉と藤井は、自分たちも気づかぬうちにお互いの記憶に影響を及ぼし合っていく。

それは清吉の息子アキラにもあてはまることである。戦争を生き延びた村人は「戦死者のことをむやみに口にすることに、負い目のような感情」を抱き、泣き御頭に「犯すことのできない畏れ」を抱いてきた。しかしそれだけではなく、村人は昔を懐かしむように風葬場の美しい白い骨について語ってもいる。戦争を知らないアキラたち少年は、村人の泣き御頭に対する畏怖を感じ取り、風葬場に遺体を運んだ昔を語る言葉を通して泣き御頭への関心を高めていく。アキラは風葬場に登って「まばゆい白骨」を自分の目で見たいという欲望を叶えるが、岩の奥からあらわれた蟹に驚かされ、落下する。死者に惹かれ、蟹に脅かされ、落下するアキラは、少年時代の清吉の体験をなぞり、崖から落ちて砕ける泣き御頭の最期を先取りしているかのようである。また、泣き御頭が泣かなくなったという噂が広がり、テラピアのビンを取りのぞくために風葬場に向かうアキラは、その途上でかつて少年時代の清吉を驚かせた「子供の頭蓋骨ほどもある大きな白い巻貝を背負ったヤドカリ」を目にし、「はるか以前にもこのヤドカリを見た記憶があった」と感じる。

風葬場のある村に生きるアキラは、自分のものではない体験をいつのまにか受け渡されており、無自覚のうちにそれをひとつひとつ生き直していると言えるのではないだろうか。泣き御頭が村の人々から畏怖されていたこと、それが特攻隊員の遺骨であったことはアキラも知るところであり、大人たちがそれぞれの語りえない記憶をそれに託していればこそ、泣き御頭の存在やそれが奏でる風音はアキラたち少年にとっても特別なものとなっていたのだ。語られない記憶の場を感じ取る彼らは、すでに体験を受け渡される地点に向かって動きはじめていたのかもしれない。そのひとつのあらわれがテラピアのビンを置くという行為だったのではないだろうか。

ただし、出来事の記憶の分有が円満に行われることの困難をもアキラは示してくれている。蟹に指を挟まれて泣き御頭を落としてしまうアキラは、指の傷の痛みとともに、恐怖と憧れの対象であった泣き御頭を自らの手で破壊してしまったという新たな喪失の痛みを抱えて生きていくことになるだろう。それはアキラにとっての語ることのできない痛みの記憶にほかならないのであり、清吉や藤井の体験の分有ではない。清吉や藤井の記憶は語られないままであり、アキラが清吉や藤井の痛みを自分のものとして引き受けようとしているわけではないのだ。しかしだからこそ、泣き御頭を破壊してしまった夜になぜ清吉や藤井が風葬場を訪れていたのかを、アキラは不可解なこととして記憶するはずである。アキラは清吉や藤井とは別のかたちで、泣き御頭の記憶にとらわれ、その記憶の中に自分とは異なる痛みを抱えていた二人を内包していく。

清吉は特攻隊員の若者の、藤井は加納の、アキラは泣き御頭の面影を抱きつづけている。憧れと恐怖を突きつけるこれらの対象は音のみを残して失われていってしまう。むしろ対象が失われることによって音は決してぬぐい去れない痕跡として彼らの身体に刻印されていくのだ。そのため、清吉と藤井、アキラは、泣き御頭が泣くのを止めても、泣き御頭が砕け散っても、ほかの者の耳には届かない音を聞き取ってしまう。(10)

もはや現実には響いていない音は、三人の身体に残響を残している。泣き御頭が破壊されるとき、死者の声の残響としての音は、テクストの中でふたたび喪失されるかに思われる。だが、喪失の体験は当事者の中でくりかえし生き直され、体験を呼び覚ましていくだろう。この作品の印象的な結末において、泣き御頭の破片と万年筆を海に流した清吉は海からの風が運ぶ音を聞き、その音は清吉の「胸の奥の穴」に流れこんでいく。穴の空いた身体として清吉は海辺に立ち尽くす。音にとらわれつづけた清吉自身の身体が、音を響かせる穴を持つものとなって、逃れようのないかたちで音と共生していくのであろうことが暗示されている。そして音はアキラや藤井という新たな器にも宿り、語りえない複数の記憶を呼び覚まし、別々の出来事を生起させていくことになるだろう。死者の声を代弁することの不可能性を手放さず、しかし忘却することも許さないものとして、音は響いている。

（1）目取真俊『沖縄「戦後」ゼロ年』生活人新書、二〇〇五年、七〇頁。
（2）『風音 The Crying Wind』監督／東陽一、脚本／目取真俊、出演／上間宗男、加藤治子ほか、二〇〇四年。

（3）初出と一九九七年版の最も大きな違いは作品の結末である。初出では藤井が村を去り、飛行機の中で戦友の憎しみと対峙することを決意する部分が結末となるが、一九九七年版では泣き御頭の破片を清吉が拾い、万年筆とともに海に投げる場面が加筆された。

一方、長篇小説『風音 The Crying Wind』は同じく泣き御頭を風葬場にいただく村を舞台にした作品であるが、登場する少年たちの家族の問題やそこから派生する事件などが書き加えられている。また、本土から泣き御頭を訪ねて村にやってくる人物は藤井ではなく、特攻隊員の従姉妹にあたる女性として設定されている。それらの点を踏まえ、『風音 The Crying Wind』は短篇小説「風音」とは別作品として捉えることが妥当である。

（4）髙口智史「目取真俊・沖縄戦から照射される〈現在〉――「風音」から「水滴」へ」、『社会文学』三一号、二〇一〇年二月。

（5）スーザン・ブーテレイ『目取真俊の世界《オキナワ》――歴史・記憶・物語』（影書房、二〇一一年）は「序文」、「第一章　目取真俊の世界」、「第二章　「水滴」論」、「第三章　「風音」論」、「第四章　「魂込め」論」、「結論」という構成になっている。

（6）岡本恵徳「記録すること　記憶すること――沖縄戦の記憶をめぐって」新崎盛暉、比嘉政夫、家中茂編『地域の自立シマの力（下）沖縄から何を見るか、沖縄に何を見るか』コモンズ、二〇〇六年、三三四頁。

（7）以下、本文の引用は目取真俊「風音」（『魚群記　目取真俊短篇小説選集1』影書房、二〇一三年）に拠る。

（8）「風音」における清吉や藤井はメランコリーを抱えて戦後の時間を生きてきたと考えられる。フロイトは愛の対象を失ったことによって引き起こされる喪とメランコリーを区別し、比較している。メランコリーには対象が愛情対象であるかぎりにおいて失われてしまったというより観念的な性質の喪失が含まれる。「誰を失ったのかということは知っていても、その人物における何を失ったのかということは知らない」という点において、メランコリーは喪失に関わることが無意識的ではない喪と区別される。また、喪の場合には世界が貧しく空虚になるのに対し、メランコリーの場合には自我自身が空虚になり、患者はみずからを非難し、自己批判の矛先を過去にまで延ばしていくという（「喪とメランコリー」伊藤正博訳、『フロイト全集14』新宮一成、本間直樹、伊藤正博、須藤訓任、田村公江訳、岩波書店、二〇一〇年参照）。

（9）アキラが泣き御頭の傍らにテラピアの入ったビンを置いたあと、泣き御頭は泣かなくなったとされる。清吉と藤井の一度目の邂逅に先立ってアキラがビンを置いているはずであるが、この場面で、清吉と藤井は風音に反応して「同時に崖の上を見上げ」ており、ともに泣き御頭の風音を耳にしていることになる。

(10) 泣き御頭が泣かなくなったという噂を聞きつけた少年たちが自分たちのしたことに怯え、対応を相談する場面で、アキラは他の少年が立ち去った後もキビ畑に立ち尽くす。「砂糖キビ畑を吹き過ぎる風の中に、あのものがなしい音が聞こえていた」という描写から、アキラも泣き御頭の風音を聞きつづけていることがわかる。

第十二章

循環する水——目取真俊「水滴」

1. 記憶が呼び起こす痛み

沖縄戦という未曾有の出来事を体験し、戦後もその記憶とともに生きるとはどのようなことなのか。体験の当事者はしばしば、自らが統御することのできない記憶の生起によって出来事の内部に引き戻される。いま・ここの身体に記憶が現前する瞬間、出来事の最中において聞き捨ててしまった声、応えることができなかった呼びかけが響いてくる。

目取真俊の作品を読むことは、その作品世界に生きる者たちの記憶や身体感覚に共振し、登場人物とともに到来する出来事の内部に投げこまれる試みであるように思われる。第二七回九州芸術祭文学賞と第一一七回芥川賞を受賞した「水滴」（一九九七年）は、沖縄戦の記憶を完結した過去の物語としてではなく、現在に生起する痛みとして捉えた作品である。

戦後五十数年を経たある日、主人公徳正の右足が突如としてふくれあがり、親指の先から水が滴り落ちる。その水を飲むために沖縄戦で死んだ兵隊たちが毎夜徳正の前に姿をあらわす。徳正は床についたまま身動きもできずに、戦争の記憶と向き合うことを余儀なくされる。また、徳正の従兄弟である清裕は、徳正の足から滴る水に育毛・強壮の効能を見出す。清裕は水を売って大儲けする。しかし徳正が回復すると同時に水は効能を失い、清裕は客から袋叩きにされてしまう。

芥川賞選評において、黒井千次は「意識は過去の一点に向けて遡るのではなく、戦後の「この五十年の哀れ」として主人公に抱かれることによって、紛れもない現在の問題となる」と指摘した。また、「戦後の自己欺瞞」（日野啓三）や「戦場の体験を語ることはいかに誠意を以てしても嘘になる」（池澤夏樹）ことを描いている点も高く評価された。(1)

一方、清裕によって水が売り買いされるという部分はしばしば「寓話的」だと批判されてきた。(2)しかし、仲程昌徳が徳正をめぐる物語を「「水」が命と関わる物語」、清裕をめぐる物語を「「水」が金と関わる物語」として捉えているように、この二つの物語は水によって強く結びつけられている。(3)生き残ってしまった者の身体に生起し、死者を癒す水は、同時に富をもたらす商品ともなる。水の循環は一方で戦争の記憶を呼び起こし、もう一方で商品の流通を成立させている。身体をめぐり、記憶を呼び起こす水に着目することで、「水滴」というテクスト全体の構造を明らかにすることが可能となるだろう。

抑圧され、言葉にならない記憶こそが水となって滴っていることをいちはやく指摘したのは岡本恵徳であった。岡本は、戦争の記憶が体験者の無意識の領域において生き方の根底を規定していることに言及し、「無意識の負い目が、抑圧された分だけ身体の奇型《ママ》として現れる」と評した。(4)

その後、記憶と身体の問題は新城郁夫「「水滴」論」(5)で深められることになる。新城は「シュールな状況を身体感覚という具体的な媒介を介して提示する」小説の方法を評価し、「沖縄戦とそれにともなう罪の問題を、社会政治的な構図の中で性急に意味づけようとはしていない」この作品において、沖縄戦の記憶が「常に現在化される鋭い痛みとして極めてリアルな感覚の中に表出することが可能になっている」と論じた。

また、宮沢剛は出来事を語ること、聞き取ることの問題を問い直す中で、徳正の「老い」の自覚に言及している。「老い」が自己・現実への同一性の「破損」をもたらすものであり、不可避的なものであるという自覚を持つことで、読者としての「私」もまた出来事にさらされるという宮沢の見解は、身体に根差した読みとして位置づけることができるだろう。[6]

以上のように、「水滴」において記憶と身体が分かちがたく絡み合っていることは先行研究によってくりかえし指摘されてきた。[7]これらの研究を踏まえ、本章では、身体を循環する水が記憶や経済の循環をも成立させていることを明らかにしていく。

2. 徳正の身体感覚

兵隊たちがあらわれた最初の晩、徳正は「右の爪先にむず痒いような痛いような感覚」を覚えて目を覚ます。深い傷を負った兵隊たちが列をなし、踵から滴る水を飲んでいる。兵隊たちの口の動きは徳正の皮膚を刺激する。その感覚は徳正の「頭」に容赦なく侵入し、「正常」さを脅かす。

足元の男が踵に口をつけ、足の裏をなめ始める。恐ろしさとくすぐったさで、徳正は顔を歪め、おかしくなりそうな頭を正常に保とうと豊年祭の村踊りの歌詞を諳じた。しばらくして水を飲んでいた男が立ち上がった。間を置かずに、先頭に立っていた男がしゃがんで水を飲み始める。飲み終えた男は未練気に目をやったが、すぐに真っすぐ向き直り、徳正に敬礼し頭を下げると右手に向かい、ゆっくりと壁の中に消えて行った。〔中略〕
壁の時計を見ると一人二分程度。滴る程度の水では、それだけの時間で渇きを癒すのは難しいらしく、たいがいの兵隊は立ち去る時に未練気に足に目をやり、次の兵隊に急かされて順を譲るものも少なくなかった。時折は足の裏をなめ上げたり、水の出が悪くなったのか親指を口に含んで吸う者までいて、徳正はくすぐったさに目を剝いた。それにもしだいに慣れてくると、うつらうつらと浅い眠りをくり返した。(8)

徳正は、眠りによって「頭」を身体から切り離し、「くすぐったさ」から逃れようとする。徳正が身体を動かせなくなった瞬間から、身体は異他的な位相を帯びる。「頭」と身体が互いにせめぎ合い、それぞれの領域を確保しようとすればするほど「頭」と身体は乖離していかざるをえない。「頭」の機能、すなわち「意識」を喪失することによってのみ、徳正は身体の感覚から逃れることができる。そのような事態について、熊野純彦は以下のように考察している。

たとえば病気にかかったとき、疲れきってしまい〈からだ〉が重くてしかたのないとき、ひとは身体に取りつかれているじぶんに気づく。身体を所有（possess）しているのではなく、身体によって取りつかれ（be possessed）、かえって所有されているじぶんが存在する。身体という

所有の重みに、私の存在がおし潰される。身体こそが主導権をもち、「私」はむしろ受動的となる。(9)

徳正も身体感覚から自由になれず、身体によって「頭」を支配されている。身体感覚がこれほどまでに微細に描かれなければならないのは、徳正と兵隊たちの交流が、まさに身体を介して行われているためである。兵隊たちはこの世ならぬ者に違いない。しかし、その兵隊たちもまた、リアルな身体を持って徳正の前にあらわれる。兵隊たちは傷口にわくウジを払い落としながら列に並び、「喉を鳴らす音」を立てて水を飲む。まだ水にありついていない兵隊は、その音を聞いて「唾を飲み込む」。彼らはいまだ癒されることのない、ひりつくような「渇き」を抱えて水滴を口に受けている。兵隊たちも彼ら自身の身体にとらわれた存在なのである。

やがてかつての戦友、石嶺があらわれる。石嶺の出現によって、兵隊たちを壕に置き去りにした「あの夜」の記憶が徳正に回帰してくる。それを自覚したとき、徳正が兵隊たちに感じていた「哀れみ」は、「右足の痛み」という身体の感覚に移行する。「痛み」を生起させている徳正の足を、石嶺は「掌」や「唇」で包みこむ。

兵隊たちは、あの夜、壕に残された者達だった。

右足の痛みがよみがえる。石嶺の番が来た時、徳正は声をかけようと頭をもたげた。石嶺は目を伏せたままだった。徳正は何も言えないまま枕に頭を落とし、目を閉じた。冷たい両の掌が腫れた足首をつつむ。薄い唇が開いて親指を口に含んだ。舌先が傷口に触れた時、爪先から腿の付根に走ったうずきが、硬くなった茎からほとばしった。小さく声を漏らし、徳正は老いた自分の体が立てる青い草の匂いを嗅いだ。

石嶺は徳正の足先から滴る水を飲み、徳正は石嶺の舌の感触に刺激されて射精する。二人の身体は循環する水によって繋がれている。そして徳正の身体は兵隊たちとの接触によって官能的な関係を作り出していく。そのような日々を過ごすうちに、徳正は兵隊たちが自らの身体に与える感覚を「眠り」によって遮断することができなくなってくる。

最初の兵隊が待ちかねていたように親指に口をつけると、冷たさに一瞬背筋が震える。唇と舌の動きが気になって眠ることができなかった。兵隊達のおしゃべりに苛立ち、何度も怒鳴ったが、擦れた声が漏れるだけで相手にされない。こういう状態がこれ以上続けば、頭がおかしくなると思った。耳を押さえることも布団に潜り込むこともできず、うとうとしかけては何度も起こされ、遠くで五時の時報を聞いたと思った時、目の前に石嶺が立っていた。

徳正は石嶺に指を吸われながら「イシミネよ、赦してとらせ……」と言葉を発する。しかし、石嶺は「徳正の足をいたわるように掌で足首を包み」「一心に水を飲んでいる」だけである。石嶺の舌が「傷口をくじる」感触に促されて、徳正は精を放つ。

唇が離れた。人差し指で軽く口を拭い、立ち上がった石嶺は、十七歳のままだった。正面から見つめる睫の長い目にも、肉の薄い頬にも、朱色の唇にも微笑みが浮かんでいる。ふいに怒りが湧いた。

「この五十年の哀れ、お前が分かるか」

徳正の言葉に、石嶺が直接応答することはない。石嶺は「渇きがとれた」という身体的な欠落の回復に対して「ありがとう」という礼を口にするが、徳正と石嶺の言葉は、どうしようもなくすれちがってしまう。言うまでもなく「渇きがとれた」という言葉は、徳正の言葉に直接応答するものではないとしても、赦しの意味を含むものである。しかし、徳正の足から滴る水も、それを兵隊たちに手向けるという状況も、徳正の意志によって作り出されたものではない。それゆえに徳正は、この先も癒されることのない「痛み」を抱えつづけていかなければならないであろうことも予想される。むしろ徳正は自身の意に沿わない変容を示した身体によって振り回され、不可避的に到来してくる記憶と向き合わされたのであり、その意味では徳正は身体と過去に二重に領有された存在として位置づけることができる。

3. 死者の身体性

徳正のもとを訪れる兵隊たちは、死者であるにもかかわらず、傷ついた身体から解き放たれることなく「渇き」を感じつづけている。熊野純彦は生と身体が不可分に結びついていることを「ひとは身体として生きており、身体として生きることは欠落をかかえて生きることにほかならない。身体こそが、飢え渇くからである」[10]と指摘している。「飢え渇く」身体を有することは、彼らが「欠落」を抱えてなお「生きて」いることを示す。兵隊たちは壕の中で、死にゆく身体を抱えて水を求めつづけた。そしてその状態のまま身体に留め置かれ、いま・ここの徳正に回帰してきている。

徳正の身体と兵隊たちの身体は皮膚によって接触する。皮膚はそれぞれの身体の表面を覆い、あたかも自閉させているかに見える。しかし、「水滴」において、皮膚は傷、あるいは破れ目を絶えずさらすものでもある。何よりもまず、徳正の足から滴る水こそが、皮膚の破れ目から噴出する。水は徳正の「親指の皮の破れ目から盛り上がっては滴り落ちる」。皮膚は身体の内部と外部を隔てる境界でありながら、同時に内部を内部として措定しつづけることができないものである。それは傷つき、破れ、内部を外部へと溢れ出させる。身体の境界に位置する皮膚が破れたとき、水が滲み出し、循環をはじめる。

徳正の親指を吸う兵隊たちは、徳正の皮膚の外部を、「口」という、自らの皮膚の外部であると同時に内部でもある場所に取りこんで水をすする。石嶺が「ほとんど水の出なくなった親指を口に含んでやさしくねぶる」とき、二人の皮膚の内部と外部は入り混じり、境界を消失する。

兵隊たちの傷ついた身体もまた、その内部をさらしている。ある兵隊は「顔の右半分がどす黒く膨れ上がり、裸の上半身に三列の大きな裂目が斜めに走っている。紫の桑の実のような血の塊が傷口にこびりついて」いた。また別の兵隊は「喉から鎖骨のあたりにかけて大きく抉り取られていて、呼吸のたびにごぼごぼと血の泡が気管から噴き出していた」。徳正の眼にさらされる兵隊たちの皮膚は、内部をさらけだし、露出させる傷口としてあらわれる。皮膚の接触によって兵隊と近接する徳正は、破壊された身体を突きつけられ、身体のもろさと傷つきやすさを感じ取る。しかし皮膚は個々の身体の表層として、触れ合っているまさにその瞬間、自己と他者を隔ててしまう。徳正は接触によって兵隊たちと同質化するのではなく、むしろ傷ついた死者としての彼らと年老いた生者である自分の身体のずれを感じることになる。

ところが兵隊たちは水を飲むことで次第に傷を回復させ、表情を変容させていく。多くの兵隊の表情は「柔かく」なっていくが、いつまでも「強ばったまま」の顔をさらしている「二十歳ぐらいの若者」も存在する。

その兵に会ったのは、糞尿の入った桶を運び出そうとしている時だった。壁際の寝台から伸びてくる手を振り切りながら進んでいたのだが、桶の縁をつかまえられて、中身が寝ている兵隊の顔にかかった。罵声が飛んでくるかと身をすくめたが、声はなかった。出入口に近かったこともあって、糞尿に濡れた顔を薄明かりに確認できた。兵隊は舌を伸ばして口のまわりの汚水をなめていた。胸に巻いた包帯が引っ切りなしに動いている。頭がゆっくりと動き、眼窩の奥の目が自分を見つめているのが分かった。明日までもたないだろうと思った。「すぐに水を持ってきます」と言って先に進んだが、約束は果たせなかった。

横たわったまま手を伸ばし、顔にかかった汚水をなめ取った兵隊の身体が、まさにその状態のまま徳正の眼前に回帰してくるとき、徳正は「あの壕」から時間的にも空間的にも隔たった場所にいるにもかかわらず、「自分がもう一度あの壕の闇の中に引きずり込まれていくような」恐れを感じている。皮膚や時間によって隔てられていたはずの死者とのずれが、水の授受によって埋められ、徳正を過去へと引き戻すのである。

徳正のもとに到来する兵隊たちは、まったき死に向かうことができないまま、身体に留め置かれていると言えよう。兵隊たちは痛みや渇きという欠落と同時に、移ろうことのない身体をも有している。兵隊たちはその身体が「不変」であるという、まさにそのことによって死んでいたのである。だが、生と死の境界上に位置づけられているこの存在は水を飲むという行為を通して身体を回復させていった。兵隊たちは「不変」であったはずの身体を水によって変容させ、欠落を補い、生と死の境界を越えていく。

五十余年の年月を生きる中で老いていった徳正の身体が水をはらみ、戦場で置き去りにされたままの兵隊たちの身体の前にさらされること。それは、到来する出来事に身をさらす体験にほかならない。兵隊たちの傷は戦後五十年が経っても癒えることなく、血や膿を流しつづけている。それはかつてそこに痛みが存在したことの痕跡としての傷跡ではなく、いま・ここの身体に痛みが生起することの証左としての傷なのだ。

このように考えると、傷は記憶の表象として機能していると言えるだろう。徳正は、「なぜ自分がこんな目に遭わなければならないのか」と嘆きながら、その理由を考えようとはしない。徳正自身の皮膚の破れ目から滴る水のように、あるいは兵隊たちの傷口からこぼれる血膿のように、記憶が徳正の意志に反して「とめどもなく溢れ出す」ことが恐れられている。

記憶が溢れ出すのを防ぐためには、傷口は塞がれなければならない。傷は傷跡に、すなわち出来事の痕跡に変容しなければならない。しかし傷が裂け目でありつづけている以上、記憶はいつほとばしり出てくるかわからない。そして記憶のほとばしりは、徳正の意志によって押し留められるものではない。だからこそ徳正の意志とは無関係に滴り落ち、循環する水が死者との関係を結ぶものとなっている。水は徳正の足から滴って兵隊たちの体内へと取りこまれ、「渇きがとれた」時に兵隊たちは徳正の前から去っていく。兵隊たちが去るのと同時に徳正の身体は「頭」と統合されるが、それは出来事からの解放を意味するものではなく、徳正は「身体として生きる」場所に立ち戻ってしまうことになる。

4. 水が示す二つの循環

徳正の見舞いに訪れた従兄弟の清裕は、まず「足に顔を近づけて観察」する。清裕の目に映る水はエロティックな要素を多分にはらんでいる。「親指の先」の破れ目から滴る「無色透明な液体」。清裕はほどなく徳正の足から滴る水を撒いた箇所に勢いよく雑草が茂ることに気づく。

清裕はバケツの所にとって返し、滴る水を手に受け、薄くなった額をぴちゃぴちゃ叩いた。効果が表れるのに五分もかからなかった。むずむずと皮膚の下で小さな虫が這うような感じがし、撫でると細くやわらかい毛髪を突き上げるように固い芽の手触りがあった。心《ちむ》どんどんするのを抑えてバケツの水を掬ってみた。どう見ても普通の水にしか見えない。鼻先に持ってきても匂いはなかった。踵から落ちる水を手に受けた清裕は、恐る恐る舌を伸ばした。思ったよりやわらかな口当たりで、かすかな甘味が口中に広がる。少し多目に口に含み、舌でこねていると、急に肛門のあたりに熱の塊ができて全身がほてり始めた。腰の中心に心地よいうずきが走る。ズボンの前が盛り上がっている。この数年、女を前にするといつも駄目になり、死んだ雀の頭のようだったのが、鳩の頭くらいになって首を振っている。

清裕は水を容器に詰め、「奇跡の水」と名づけて商売をはじめる。死者の身体を癒す水は、清裕によって育毛・強壮という「奇跡」をもたらすものとして読みかえられ、瓶に詰められて商品となる。もはやこの水は渇きに苦しむ者へ贈与されるものではない。商品となった「奇跡の水」は、身体をめぐる水の循環とは異なるもう一つの循環、すなわち貨幣と商品の交換という経済的な循環を成立させる。清裕は本来所有不可能であるはずの「奇跡の水」の暫定的な所有者となり、それを交換する。そのような清裕の位相は、徳正が「嘘物言い《ゆくしむぬ》」によって記憶を商品化するあり方と重なり合う。徳正は十年程前から、「沖縄戦戦没者慰霊の日」の前になると近隣の学校で戦争体験の講演をするようになっていた。

初めは無我夢中で話をしていた徳正も、しだいに相手がどういうところを聞きたがっているのか分かるようになり、あまりうまく話しすぎないようにするのが大切なのも気づいた。調子に乗って話している一方で、子供達の真剣な眼差しに後ろめたさを覚えたり、怖気づいたりすることも多かった。

「嘘物言い《ゆくしむぬ》して戦場《いくさば》の哀れ《あわり》事語てぃ銭儲《じんもう》けしよって、今に罰被《ばちかぶ》るよ」

ウシは不愉快そうに忠告していた。

徳正の語りを「嘘物言い」と切り捨て、「銭儲け」を非難するウシの言葉は、徳正に重く響く。「戦場の哀れ事」を消費される語りとして商品化し、報酬と交換する徳正の行為を、ウシは断罪するのである。徳正の「嘘物言い」は大学やメディア、そして書物という沖縄戦の歴史認識を形成する言説に取りこまれ、共同体に承認される。それは徳正自身が所有者となりえない記憶を、「嘘物言い」によって商品化し、「謝礼金」と交換に切り売りする行為にほかならない。徳正と清裕は、この点において相似形を成す。二人はともに、水や記憶を商品とする経済的な循環に身を投じているのであり、同時にまたその循環を一瞬にして突き崩す可能性を持った存在としてあらわれている。

マルクスは交換過程の成立について、次のように指摘する。

商品交換は、共同体の終わるところに、すなわち、共同体が他の共同体または他の共同体の成員と接触する点に始まる。しかしながら、物はひとたび共同体の対外生活において商品となると、ただちに、また反作用をおよぼして、共同体の内部生活においても商品となる。その量的交換比率は、まず初めは全く偶然的のものである。それらの物は、その所有者が、これを相互的に譲渡し合おうという意志行為によって、交換されうるものである。だが、他人の使用対象にたいする欲望は、次第に固定化する。交換の絶えざる反復は、これを一つの規則的な社会過程とする。したがって時の経過とともに、少なくとも労働生産物の一部は、故意に交換のために生産されなければならなくなる。この瞬間から、一方においては直接的欲望のための物の有

用性と、その交換のための有用性との間の分裂が固定化する。(11)

清裕はマスコミの取材を受け、「神がかりしている者」として拝まれるまでになる。共同体の内部で沖縄戦の語りをはじめた徳正も、次第に共同体の外へと語りの領域を広げていく。しかし、清裕と徳正は、自らの商品である水や記憶の起源、真実を語ることができない。商品は「嘘」によって粉飾されねばならない。清裕と徳正は「嘘」をつきつづけることで、ともに共同体における「他者」的な位相に属すことになる。(12)そして、ひとたび商品として流通しはじめると、「奇跡の水」も「嘘物言い」も「交換のために生産」されるようになってしまう。

ある時期まで、清裕は首尾よく商売をやり遂げて大金を稼ぐ。しかし、水が「奇跡」を示すことができなくなり、「腐れ水」と化したとき、清裕は信用を失い、循環は崩壊する。だが、「嘘物言い」の流通が断ち切られることはない。共同体の中で承認され、価値づけられている「嘘物言い」は、沖縄戦をめぐる言説の中で読み直され、語り直されながら共同体の「歴史」となっていく。共同体における沖縄戦の語りは徳正の「嘘物言い」を取りこんで「歴史」を生産する。ただし「歴史」という集合的記憶からは、語られない個の記憶がこぼれ落ちてしまう。「歴史」に位置づけることのできない徳正の記憶は、個としての徳正の身体に到来し、誰とも分かち合うことのできない痛みを生起させる。

兵隊たちの渇きが癒されたとき、水は止まり、傷は塞がる。奔流のように記憶が溢れ出し、到来することはもはやないかのように思われる。しかし、徳正の身体を冬瓜さながらに変容させた水は、巨大な冬瓜に内包され、いま一度徳正の眼前に突きつけられる。

仏桑華の生垣の下に、徳正でも抱えきれそうにない巨大な冬瓜《すぶい》が横たわっていた。濃い緑の肌に産毛が光っている。溜息が漏れた。軽く蹴ってみたが動きもしない。親指くらいもある蔓が冬瓜から仏桑華に伸びている。長く伸びた蔓の先で、黄色い花が青空に揺れていた。その花の眩ゆさに、徳正の目は潤んだ。

冬瓜は地中に埋められた沖縄戦の死者の存在を想起させる実である。(13) 徳正の前に出現した冬瓜は、水や死者の身体、足の変容という出来事の記憶を象徴するものとしてあると言えよう。清裕の物語が華々しい崩壊を迎えたのに対して、徳正の物語は「濃い緑の肌」に包まれた冬瓜として閉じていく。水とともに循環していた記憶も、個の記憶としてここで閉じられていくのだ。しかし、この冬瓜は完結としてではなく、むしろ誰とも分かち合えないままに肥大化していく記憶の堆積として読まれるべきだ。巨大な冬瓜は、いつほとばしるともしれない記憶をその内部にはらんで現前するのである。

5. 排除される女性身体

「水滴」には徳正と深く関わる二人の女性が登場する。一人は徳正の妻ウシ、いま一人は戦場で別れた宮城セツという女学生である。徳正や兵隊たちの身体が微細に描かれるのとは対照的に、この作品における女性の身体性は希薄である。水は女性の存在を経て導き出されながら、彼女らの身体に帰結することはない。水をもたらす女性の身体は、その循環から遠ざかっていく。

徳正が奇病に見舞われた直後、ウシが張りつめた皮膚に一撃を加えることで足から水が滲み出した。しかしウシにとって水は金や記憶をもたらすものではなく、ただひたすら不可解なものである。ウシは、水を惜しげもなく庭にぶちまける。清裕の商売、徳正と兵隊の関係からウシは遠ざけられ、排除されている。

商売に成功した清裕は、その最盛期に引き際を考える。「税務署や保健所に目を付けられないうちに本土に渡るに越したことはない」という理由以上に、「ウシにばれる方がもっと恐かった」という清裕の語りは、この商売が何よりもウシに対して秘匿されなければならないことを示している。清裕は独身で、定職に就かない遊び人だが、「旧正月の前には村に帰って両親の残した家で過ごし、砂糖キビの刈り取りの仕事で日銭を稼ぐ」。村と家は、清裕にとって唯一の拠り所であると言えよう。そして清裕にとってウシは共同体の規範そのものであるがゆえに、秘密は最も固く守られなければならない。

徳正の場合も同様である。病が癒えた徳正は、次のように逡巡する。

明かりを点けっ放しにしたまま、自分が寝たきりになっていた間の村の出来事を聞きながら、水を飲みにきた兵隊や石嶺のことを話そうかと迷った。しかし、結局話せなかった。これからも話すことはないだろうと思った。ただ、体調が回復したら、ウシと一緒にあの壕を訪れてみたいと思った。戦争中、ここに隠れていたのだ、とだけ言い、花を捧げ、遺骨を探すつもりだった。そう決意する一方で、自分はまたぐずぐずと時間を引き延ばし、記憶を曖昧にして、石嶺のことを忘れようとするのではないかと不安になった。

徳正の語りが「嘘物言い」だと断じたのがウシであるにもかかわらず、ウシに対して「実際にやったこと」は語られない。徳正とウシが壕の前にともに立つのであれば、徳正が「実際にやったこと」をウシと分かち合う可能性が示される。しかし、決意するそばからその可能性は打ち消されてしまい、交わることのない一線が徳正とウシの間に引かれるのである。ウシという共同体に深く根づいた女性に対して、共同体にあってこそ秘められねばならない秘密は開陳されることがない。

宮城セツもまた、徳正の秘密に深く関わっていた。宮城セツは戦場で徳正と石嶺に水筒を手向けた。徳正はその水を死にゆく石嶺から奪い、「水の粒子がガラスの粉末のように痛みを与えながら全身に広がっていく」のを感じながら、一人で飲み干して石嶺を置き去りにする。戦後、徳正は「収容所でも、村に帰ってからも、誰かにふいに、石嶺を壕に置き去りにしてきたことを咎められはしないか」と恐れつづけた。石嶺の母に対しては、「逃げる途中ではぐれて、その後の行方は知らない」と「嘘」をついてしまう。数年が過ぎ、徳正は村の老女たちの会話から宮城セツが「自決」していたことを偶然知る。

水筒と乾パンを渡し、自分の肩に手を置いたセツの顔が浮かんだ。悲しみとそれ以上の怒りが湧いてきて、セツを死に追いやった連中を打ち殺したかった。同時に、自分の中に、これで石嶺のことを知る者はいない、という安堵の気持ちがあるのを認めずにはおれなかった。声を上げて泣きたかったが、涙は出なかった。酒の量が一気に増えたのはそれからだった。以来、石嶺のこともセツのことも記憶の底に封じ込めて生きてきたはずだった。

宮城セツの死は、徳正の秘密を守りつづけるために、徳正自身によって求められてもいた。それもまた、徳正が村という共同体で咎められずに生きていくためであった。

ウシは徳正の足から滴る水を捨てつづけ、宮城セツは水筒を手放す。彼女らは、自らの手を離れた水が循環していることすら知ることができない。男性の身体は、水を循環させることによって記憶を生起させる。その記憶とは、あくまで徳正という個人の、語りえぬ記憶である。その記憶を分かち合うことのできない共同体を体現するものとしてウシの存在があり、共同体で語られる沖縄戦の悲劇の一部として宮城セツの死がある。ウシや宮城セツにとっての水は、時間と同じように流れ去り、再び戻ってくることのないものである。女性の身体を水が循環の中に取りこむことはない。

「水滴」は、満ち満ちる水のイメージを濃密に漂わせながら、水の源泉としての母胎を欠落させている。女性はウシのように子供を産むことのできない身体として、あるいは宮城セツのように「自決」する身体として描かれている。生殖と無縁の存在として表象された彼女たちは、幻想としての「母」をこの作品に読みこむことを許さない。「母」に収斂されていく家族共同体的な「沖縄」を「水滴」に読みこむことは、ほとんど不可能である。むしろここには、家族的なものによって癒されることのない沖縄戦の記憶や、無残なまでに家族の共同性を断絶してしまった暴力の痕跡が見出せる。

しかし、「母」となりえない女性たちですら、共同体に深く取りこまれている。ウシは「村の神事にもかかならず参加し、祖先の供養も欠かしたことのない」という伝統的な女性像を提示しており、宮城セツは「自決」という共同体による死の要請を体現している。沖縄戦当時「生きて虜囚の辱めを受けず」

という戦陣訓は軍人のみならず、動員された学徒隊員、一般住民にまで浸透していた。[14] 宮城セツは、国家、軍隊、学校、村という折り重なる共同体の論理によって求められた死を死んだのである。

徳正の口をつぐませてきた理由の一つに、共同体の存在があることはすでに指摘したとおりである。「母」を投影されることを拒みながらも、女性は共同体の脅威を象徴するものとしてあらわれているのだと言える。

右足の変容によって身体にとらわれた徳正は、兵隊たちの到来を無条件に受け入れざるをえない状態に置かれる。そのような状況において、はじめて徳正は「嘘物言い」の「罰」を受け止め、水によって呼び出される記憶の領域に踏みこんでいく。だが、その領域を浮かび上がらせるまさにそのために、徳正の人生に深く関わる二人の女性は隔てられ、遠ざかる者として水の循環から排除されるのである。

6. 出来事に引きこまれること

徳正の身体に生起した水は明確な起源を持たない。水は雨であり、霧であり、水筒の中身であり、渇きに耐えかねた兵士がなめ取った汚水ですらある。傷口から溢れる血、死体から滲み出す体液、精のほとばしりもまた水であると言えよう。水は複数の起源を持ち、それゆえに起源を特定できない。さまざまなものが溶解し、入り混じったカオスの液体として水はあり、そのカオスこそが水が循環していることの証となる。

これまで見てきたように、水は男性の身体に流れこみ、記憶や金銭の循環を生成していく。徳正は、記憶の回帰によって自分自身が聞き捨ててしまった声、応えることができなかった呼びかけにさらされる。だが、はたして本当に記憶は語られていないのだろうか。「水滴」から滲み出る水は、語られることのない出来事を読者である私たちに転移させ、ほかならぬ私たちに痛みを生起させる共振作用を呼び起こす。

他者の記憶について考え、表現することは、他者の痛みに接近し、共振する試みにほかならない。現在に至るまで、沖縄戦に関する多数の証言や記録が発表され、それらを集積することで沖縄戦という出来事の全体像に近づくことが可能となりつつある。しかし、どれほどの証言や記録を集めようとも、出来事の全体像を完全に把握することは不可能であるとも言わなければならない。出来事のすべてを語り尽くすことはできず、死すらもが忘れ去られていくような死を死んだ死者の声は失われたままなのである。目取真俊の作品にあらわれる沖縄戦の記憶は、完結した過去の物語としてではなく、その出来事を生き延びた者が「戦後」の生をつなぐ上で直面せざるをえない痛みとして描かれる。足先から滴る水を介して記憶は到来し、出来事をふたたび現前させる。しかしそれでもなお、徳正は自分の記憶を語ることができずにいる。

記憶が不可避的にはらんでいる共有不可能性、表象不可能性を、「語られない」というかたちでくりかえし描きつづけているのが目取真俊という書き手である。記憶を描くことは、出来事の内部に存在した人間に深く寄り添おうとする試みだ。そのようにして描かれた記憶は読者に対しても出来事の痛みを受け取ることを要請するだろう。出来事を語ること、表現することは、その出来事を対象化してはじめて可能となるが、記憶を描くためにはまず出来事の内部に引きこまれることからはじめなければならない。そのような困難を経て、目取真の作品は読者である私たちに届けられている。

(1)「芥川賞選評」、『文藝春秋』一九九七年九月。

(2)黒井千次、丸谷才一、田久保英夫らが「水滴」の「寓話性」に着目している。黒井は「後半、寓意性が突出していささか空転の気味がある」と述べながらも、「重い主題を土と肌の臭いのする熱い寓話として持ち上げた」と肯定的に評価しているが、丸谷と田久保は「水滴」の「寓話性」に対して批判的である。丸谷は「足から出る水が毛生え薬になつて、それで儲ける段になると、想像力の働き具合が急に衰へる」と評し、田久保は「従兄弟がそれ〔水〕を世間に売り出して大儲けする段取りになると、寓話性が強まる。まして最後に水が効力を失い、従兄弟が群衆に制裁をうけるに至っては、寓話性がきわめて濃厚になり、つくりが目だつ」と述べている（前掲「芥川賞選評」）。

(3)仲程昌徳「目取真俊「水滴」を読む」上下、『琉球新報』一九九七年七月一八、二一日。

(4)岡本恵徳「沖縄の小説の現在――内面化への志向」『敍説XV』一九九七年八月。

(5)新城郁夫「「水滴」論」、『沖縄文学という企て　葛藤する言語・身体・記憶』インパクト出版会、二〇〇三年。

(6)宮沢剛「目取真俊「水滴」論――幽霊と出会うために」中山昭彦、島村輝、飯田祐子、高橋修、吉田司雄編『文学の闇／近代の「沈黙」』文学年報1』世織書房、二〇〇三年。

(7)このほか、「水滴」に関する代表的な論文としては川村湊「沖縄のゴーストバスターズ」（『風を読む　水に書く――マイノリティー文学論』講談社、二〇〇〇年）、島村幸一「マイノリティー文学としての戦後沖縄文学――『水滴』に触れて」（『立正大学國語國文』四六号、二〇〇七年度）、天満尚仁「単独性としての〈沖縄戦《きおく》〉――目取真俊「水滴」論」、（『立教大学日本文学』二〇〇九年一二月）、柳井貴士「不可視なものとの抗いにむけて――目取真俊論」（『文藝と批評』二〇一二年一一月）などがある。

(8)以下、本文の引用は目取真俊「水滴」（『赤い椰子の葉　目取真俊短篇小説選集2』影書房、二〇一三年）に拠る。

(9)熊野純彦『差異と隔たり　他なるものへの倫理』岩波書店、二〇〇三年、四二頁。

(10)前掲『差異と隔たり』一一頁、傍点原文。

(11)マルクス『資本論（一）』エンゲルス編、向坂逸郎訳、岩波文庫、一九六九年、一五八頁。

（12）新城郁夫は「徳正を巡る話と清裕を巡るそれは、一見すると悲劇と喜劇という対照的な展開と読めるが、その実、嘘を物語る男がそれ故に共同体の中で疎外を受けるという同じ構造を持っているのであった」と指摘している（前掲『沖縄文学という企て』一三八頁）。
（13）戦死者の養分を吸った巨大な作物は、船越義彰「カボチャと山鳩」（『新沖縄文学』一九七八年九月）などにも描かれる。また、松下博文は「巨大なスブイは徳正が生きている限り、あたかも大地の怨霊のように、毎年、彼の前にあらわれ、あの夏の体験を語りかけてくるはず」だと指摘している（松下博文「沖縄戦と〈きれいな標準語〉――目取真俊「水滴」への視角」、『語文研究』九州大学国語国文学会、二〇〇六年六月）。
（14）宮城晴美は、日本軍が駐屯していた座間味島でネクロパワーが強く働いていたことを指摘し、「集団自決」が引き起こされた背景について以下のように考察している。「日常生活の中で「敵に捕まると男は八つ裂きにされ、女は強姦されてから殺される」、あるいは「耳、鼻を削がれて徐々に殺される」など、将兵は住民に、敵に対する憎悪の念を植え付け、捕まる前に自ら命を絶つよう、〝憎悪発話〟を手段に「玉砕思想」を吹き込んでいった」（宮城晴美「座間味島の「集団自決」ジェンダーの視点から（試論）」、屋嘉比収編『沖縄・問いを立てる4　友軍とガマ――沖縄戦の記憶』社会評論社、二〇〇八年、九〇頁）。

終章

1. 分断の痛みと出来事への共振

本書では第一部「原爆を書く・被爆を生きる」と第二部「占領下沖縄・声なき声の在処」を通して軍事占領がもたらした分断を浮かび上がらせ、第三部「到来する記憶・再来する出来事」と第四部「いま・ここにある死者たちとともに」を通して体験を持たない者が出来事の痛みや記憶に共振する瞬間を拾い上げることを試みてきた。

分断から生じた痛みを分有につなげていこうとする時、痛みを生み出しつづける構造から目を背けることはできない。しかし軍事占領に伴うジェンダー的な政治力学などについては、個々の作品分析を通しては十分に論じきれなかった。そのため、本章第二節ではジェンダーの問題を中心に各章を結び合わせ、補遺としたい。

いま一つの課題であった出来事への共振については、体験を持たない者が新たに出来事に出会い直し、生き直そうとしているプロセスを、個々の作品から抽出することができたと考える。作品にあらわれていた出来事への共振は、現在あらゆる場所で生起している暴力的な出来事とその記憶に近接していくための回路と重なるかもしれない。ただし、当事者／非当事者という分断をいかに乗り越えていくかについては、各章を関連させて見ていくことでより明確になると思われる。本章第三節ではこの問題意識に基づき、当事者／非当事者の問題をあらためて考えていきたい。

2. 軍事占領とジェンダー

第一章では大田洋子の一九五〇年代の作品をめぐって、それが「記録」であって「小説」ではないとする批評が文壇に根強く存在したことを指摘した。しかしこれは大田洋子に固有の問題ではない。第七章で扱った林京子「祭りの場」（一九七五年）が群像新人賞および芥川賞を受賞した際にも、同様の言説がくりかえされている。

「祭りの場」の芥川賞選評を見ると、「今回は際立ってすぐれた作品がなく、素材の持つ力によって、最初から「祭りの場」に票が集まった」（大岡昇平）、「林京子の「祭りの場」は被爆者による長崎原爆の記録であるところに、圧倒的な重みがあった」（船橋聖一）などの言葉が目につく(1)。林京子の作品も大田洋子と同じく、原爆を落としたアメリカの責任を問おうとする視点を有していることは第七章で指摘した通りであるが、そのような面が批評で言及されることはほとんどなかった。原爆の当事者によって書かれた作品を、文壇の面々が非当事者として受け止めつつ「小説」の巧拙を議論するという構図は大田洋子が生きた時代と変わっていない。一九八〇年代に入ってから、中上健次が林京子を「原爆ファシスト」と呼び、「小説家として認めない」と厳しく批判したことなども、大田洋子が「原爆作家」として囲いこまれつつ排除されていった一九五〇年代の文壇の言説を彷彿とさせる。[2] 林京子＝原爆の「当事者」という構図から逃れられないでいるのはむしろ読み手の側ではないかと思わずにはいられない。

大田洋子と林京子はともに原爆を「ありのまま」に描くことを試みていたが、体験の場所も、世代も隔たっている。また、作家としての自分自身の眼を通して作品を構築しようとした大田洋子と、自身の記憶を記録や証言という他者の視点から検証し直し、出来事をつかみ取ろうとした林京子では、当然作品のあり方も大きく異なる。そのような違いがあるにもかかわらず、原爆を描いたこの二人の女性作家はどちらも作品を「記録」として評価され、アメリカへの批判的視点を薄められ、「小説」の習熟を要求されることになったのである。一方、井伏鱒二「黒い雨」（一九六六年）の淡々とした描写や原民喜「夏の花」（一九四九年）の静謐さは高く評価され、そこに描かれた被爆者の受苦はアメリカへの怨嗟や怒りとは切り離されたものとして受容されていった。[3]

大田洋子の忘却を経て林京子が登場してきたとき、文壇は「記録」への感銘を表明し、「小説」的な未熟さを指摘する言説をはからずもくりかえしてしまった。そこには当事者である女性たちに原爆の記憶の分有を迫られるとき、「小説」というものの権威にすがることによってしか彼女たちに対抗できない男性作家・批評家たちの苦痛がにじみ出ているように思われる。体験に基づいて書かれた彼女たちの作品に要求されたのは、登場人物の内面の掘り下げや、作者が作品を通してイデオロギーを表明することの自粛であった。そのような文壇の要請は、原爆投下に対するアメリカの責任を問うことを困難にし、帝国日本やその体制に結果的に与してしまった自分たちを問う視点を鈍らせるものにほかならない。

ジェンダーの問題は批評の場だけではなく、個々の作品の内部にもあらわれていた。特に傷つけられた無垢な「少女」と、「従軍慰安婦」を含む「娼婦」という存在はしばしば焦点化された。第二章、第三章で扱った大田洋子「ほたる――「H市歴訪」のうち」（一九五三年）と「半人間」（一九五四年）には、「原爆娘」と名指される「少女」が登場する。原爆でひどい火傷を負った「少女」はその顔を無遠慮に眺められ、哀れまれる存在として規定されていく。大田洋子自身も被爆者を見つめ、書くという権力性を帯びることを免れてはいないが、少女たちを取り巻くそのような状況に対しては批判的なまなざしを向けていた。第五章で取り上げた大城立裕「カクテル・パーティー」（一九六七年）に登場する娘も傷つけられた「少女」の一人であった。米軍占領下の沖縄の矛盾を公にするため、米兵にレイプされた「少女」の痛みを父が代弁し、「少女」を裁判に引き出す時、「少女」自身の声は幾重にも奪われていく。大城立裕はきわめて早い段階で、沖縄もまた戦争や植民地体制の加害者として責任を負うべき側面があったことを抉り出したが、このような「少女」の痛みには無自覚であったと言ってよい。

また、林京子のように「少女」として体験したことを成人してから作品として構成する場合もある。「祭りの場」（一九七五年）や『ギヤマン　ビードロ』（一九七八年）を読むと、語り手自身や友人の女学生たちが自らの「少女」性に自覚的であったことが伺える。それは無垢な被害者としての「少女」の表象と親和的に結びつく面もある。しかし恋や結婚、出産を経験していく中で、被爆という出来事がいかに「少女」たちを傷つけていったかが克明にたどられていく時、そこには「少女」の当為が浮かび上がってくるように思われる。

『ギヤマン　ビードロ』を構成する一篇、「黄砂」は、「少女」であった「私」の目を通して占領下上海に生きた日本人「娼婦」お清さんを描いた作品である。「私」は母親たちがお清さんを「国辱もの」と非難するのを耳にしながらも、彼女と束の間の親交を結んでいた。一九七八年、日中平和友好条約が結ばれた年に、分断と孤独の中で死んだ日本人「娼婦」の記憶が大人になったかつての「少女」によって呼び覚まされていたことに留意しておきたい。

「娼婦」として生きる女性たちの姿は、『ギヤマン ビードロ』のほか、先に挙げた「半人間」と「カクテル・パーティー」、第四章の長堂英吉「黒人街」(一九六六年)、第十章の又吉栄喜「ギンネム屋敷」(一九八〇年)などにも散見される。このようなかたちで彼女たちがあらわれてくるのは、戦争と占領の中に「娼婦」が常に存在し、しかし同時に忘却されてきたことの証左である。軍事占領に伴って建設される基地やそこに常駐する兵士、占領者の居住地などとその周辺の住人の間には濃密な関係が形成されていく。物や性の売買はもとより、恋愛や友情と言ってよい関係もそこには芽生えるだろう。しかし軍事占領によってもたらされた出会いは戦死や移動に伴う別れ、暴力、差別を内在させている。死地に趣く米兵たちが基地の街で豪遊し、そこで働く人々の性／生を消費する構造や、軍隊と切り離すことができない頻発するレイプはその問題の一つのあらわれである。軍事占領はあらかじめ分断と暴力を内包しているシステムであり、そこで出会う人々が豊かな関係を形成することを阻害し、傷を与え、それを深めていく。

「半人間」では引き揚げてきたものの「娼婦」としてしか生きる道がなく、混血の子どもを生んで狂気を帯びてしまった南千佐子が自殺未遂をし、『ギヤマン ビードロ』では上海で苦力を相手に商売していた日本人のお清さんが自殺を遂げ、「ギンネム屋敷」では「従軍慰安婦」として沖縄に連行されてきた朝鮮人の〈小莉〉がかつての恋人に殺される。性をひさぐ女性たちは、なぜこのようなかたちで作品に呼びこまれ、なおかつそこで死んでいかなければならないのか。彼女たちの身体に行使された暴力は忘却され、その死は悼みの対象にすらならない。

生き延びた「娼婦」たちの未来も決して明るいものではない。「カクテル・パーティー」に登場する米兵の愛人は「私だって犠牲者なのよ」という言葉を残して行方も告げずに姿をくらまし、「黒人街」のうめは商売に必要不可欠なライセンスを取り上げられる。「娼婦」たちはその傷を省みられることなく、表舞台から立ち去っていく。

まったき被害者として表象される「少女」と、殺され、埋められ、行き場を奪われていく「娼婦」。被害者としての「少女」と「娼婦」を常に生み出しつづける軍事占領という構造の中で、彼女たちはそれぞれの孤独を生き、死んでいくのである。

このように個々の作品を結び合わせてみると、東アジアにおいてくりかえされてきた軍事占領がもたらす分断にジェンダーの政治力学が常に密接に関わっていたことがより明確に浮かび上がってくるのではないかと思われる。

・3・ 当事者／非当事者の分断を越えて

出来事の当事者／非当事者の間に存在する分断は越えていくことが可能なのか、という問いは、痛みや記憶の分有を考えていく上で避けては通れないものであった。

まず『ギヤマン　ビードロ』の考察を通して、出来事の当事者である被爆者もほかの被爆者と体験を共有しているわけではない、ということに気づくことができた。林京子の作品に対する批評でしばしば目にしたのは、読者が被爆者である「私」に自己を投影して読むことが困難であるとか、体験を持たないことで疎外感を味わうなどという、苛立ちにも似た指摘であった。例えば青木洋子は、『ギヤマンビードロ』について「首筋から胸元へ少しずつ珠が大きくなっていくネックレスのように、負い目の少ないものから多いものへと、林京子の作品の被爆者たちは数珠つなぎになっているみたいだ。それなら、長崎にも広島にもいあわせなくて被爆していない人間はどれほどの負い目を持てばいいのだろう[4]」と述べている。批評の中にまぎれこんだ感情的なこの言葉は、林京子の作品が個人体験に回収しきれないものへの直面を強い、同時に他者の体験を分有するという困難に向き合うことを要請するものとして受け止められたことを示している。それは時に、体験を持たない読者に居心地の悪さや「負い目」を抱かせる。たしかに出来事はそれに向き合おうとする非当事者に快く開かれているものではない。だが、出来事を体験していないことを「負い目」だと感じる時、おそらく読者はすでに出来事に巻きこまれている。体験を持たないことが一つの傷となって、残響を感じ取っている読者を苛むのである。しかし『ギヤマンビードロ』の語り手もまた、自分自身の当事者性に回収できない体験に突き当たっており、出来事を語ることに対する特権的な当事者性など持ち合わせていなかったはずである。

　そして、第九章で取り上げた井上光晴「西海原子力発電所」（一九八六年）で描かれていた贋被爆者は、いったい誰が本当の当事者なのかを問いかける存在であった。一九八六年四月のチェルノブイリ原発事故によって執筆が中断され、後半の構想が練り直されたこの作品において問われたのは、被害の範囲を限定することのできない原爆／原発事故の当事者とはいったいどのように規定できるのかという問題であった。被爆者の劇団に所属し、長年被爆者としてふるまってきた贋被爆者たちは、最終的にその「嘘」を暴かれる。しかし遅れて爆心地に入った者、何もない風景を見て自分を被爆者だと思いこんだ者、一歳で被爆したと偽って生きてきた者を一九四五年八月六日、九日の所在のみで贋被爆者だと退けることができるのかどうか。例えば本当の一歳の被爆者や胎内被爆者、被爆二世らが当事者として体験を記憶し、語ることは不可能である。彼ら／彼女らにとっての出来事とは事後的に獲得していくしかない体験であり、当事者性であるはずなのだ。そうであるとすれば、自分を被爆者だと思いこんでしまった贋被爆者の語りもまた、当事者と同等の強度を持つものとしてたちあらわれてくる可能性を有していないとは言いきれないのである。

第六章で扱った嶋津与志「骨」（一九七三年）にも、二歳で終戦を迎えた鎌吉が登場する。鎌吉にとって記憶にない沖縄戦は遠い昔の伝説のようなものだった。思いがけず戦没者の遺骨を掘り出す作業に関わりはじめた鎌吉は骨を通して沖縄戦を追体験していくのだが、彼自身が自覚できていない戦争の語りの矛盾はともすれば見過ごされ、了解可能な物語として完結していきかねない。このとき、二歳で終戦を迎えた鎌吉という当事者は、記憶や体験が了解可能な物語であることを欲望する非当事者とどれほど異なる場所にいるだろうか。

第十章で扱った又吉栄喜「ギンネム屋敷」（一九八〇年）、第十一、十二章で取り上げた目取真俊「風音」（一九九七年）と「水滴」（一九九七年）はいずれも戦後生まれの書き手による作品である。戦争の記憶を保持する当事者が次第に亡くなっていく時代において、これらの作品が描いたのは当事者が語ることのできないままに自らの内に留め置いていた戦争の記憶であった。「ギンネム屋敷」では「朝鮮人」や〈小莉〉が、「風音」では遺体となった特攻隊員や加納が、「水滴」では石嶺というかつて自分が見捨てた死者が、沖縄戦の記憶を了解可能な物語として成立させることを拒みつづける。説明づけられない不可解な領域をはらみ、自らの加害の記憶や欲望が生々しく生起するために、それらの記憶は当事者の口をつぐませる。又吉栄喜や目取真俊は、当事者が語ることのできない、あるいは「嘘」を交えなければ語りが成立しない記憶を、まさに出来事の残響に共振するようにして書き上げていったのである。

非当事者が当事者によって語られないことを描く。当事者の語りに「嘘」が入りこんでいる可能性を指摘する。ここに至って、当事者／非当事者というくくりわけはさほど意味を持たなくなってくるように思われる。むしろ重要なのは出来事の瞬間にどこにいたかということで規定される括弧つきの「当事者性」や、祖父母や両親から体験を「継承」することの自明性を疑うことである。記憶の分有は当事者／非当事者の分断を越えて課せられている問題であり、出来事に向き合うことは困難で痛みを伴う。あるいは記憶は、分有などされないままに埋められ、消えていくのかもしれない。しかし本書で取り上げた作品には、当事者の内部に沈潜する記憶が溢れ出す瞬間や、自分のものではない体験を受け渡される可能性が刻まれていた。出来事の記憶は当事者から非当事者へ一方的に受け渡されるわけではなく、より広いかたちで開かれているのだと考えられる。そこには無論、読者としての私たち自身が当事者性を獲得していく可能性も潜勢している。

4. 呼びかけに応えることを目指して

一つの出来事への直面が、別の出来事に対して扉を開くことがある。出来事の固有性や一回性、痛みを手放すことはできない。しかし他者の傷が自分自身に痛みを与える感覚や、どこまでが自分自身の傷なのかがわからないという感覚は、おそらく今後非常に重要になってくると思われる。自分自身が傷を負っていることに気づくとき、その傷にはすでに誰かからの、何かからの呼びかけが潜んでいるような気がしてならない。

出来事の後に書かれた文学を読むことは、言葉を通して他者の体験を生き、言葉にならない残響としての呼びかけを聞き取ることにほかならない。それは過去だけでなく、未来に向けた作業のように思われる。この困難な生きがたい時代にあって、過去の出来事からの呼びかけは一層切実に空気を震わせている。完結しえない読みの実践をくりかえすとき、その震えはたしかに感じられるのである。

（1）「芥川賞選評」、『文藝春秋』一九七五年九月。
（2）中上健次は林京子の「無事」（一九八二年）について「変に社会的な発言としてとらえられては困るんだけど、これも、読んで、林さんの体質である、文学の場における原爆ファシストとしての性格を、まさにありありと出したものだと思うんですよ。つまり、原爆のことを書けば何かになり得る。まさに「無事」というのは原爆を書いて、自分の中で風化しているものを見もしないで、それから、こんなふうにエッセーでもない、小説でもないものを書いていけることの「無事」なんだろうと解釈しました。ちょっとひどいんではないか」と発言している（柄谷行人、中上健次、川村二郎「創作合評」、『群像』一九八二年二月）。
（3）川口隆行は、江藤淳が「黒い雨」の「平常心」を評価したことを受け、大江健三郎が「平常心」という言葉の再配置を試みながら「夏の花」を再評価したことで両作品の位置が拮抗していったことを指摘している。また、それに伴って「原爆投下国アメリカに対する激しい憎悪を喚起すると同時に、被爆者を差別する非被爆者の視線を徹底的に抉りだす」大田洋子がその激しい身振りのゆえに忌避され、忘却されていったのではないかと「推測」している（川口隆行『原爆文学という問題領域《プロブレマティーク》　増補版』創言社、二〇一一年、一七―三四頁）。
（4）青木洋子「八月九日に収斂される思い　林京子『ギヤマン　ビードロ』」、『民主文学』一九九五年六月。

文献一覧

青木洋子「八月九日に収斂される思い　林京子『ギヤマン　ビードロ』」、『民主文学』一九九五年六月。

アクティブ・ミュージアム「女たちの戦争と平和資料館」編『軍隊は女性を守らない――沖縄の日本軍慰安所と米軍の性暴力』アクティブ・ミュージアム「女たちの戦争と平和資料館」、二〇一二年。

朝日新聞東京本社企画部編『ヒロシマ・ナガサキ原爆展』一九七〇年七月。

阿部小涼「ラディカルな沖縄の〈当事者〉――屈折するインテグリティと沖縄戦後史プロジェクト（書評：屋嘉比収著『沖縄戦、米軍占領史を学びなおす――記憶をいかに継承するか』世織書房、二〇〇九年）」、『沖縄文化研究』三八号、二〇一二年三月。

阿部小涼「繰り返し変わる――沖縄における直接行動の現在進行形」、『政策科学・国際関係論集』一三号、二〇一一年三月。

新崎盛暉『日本になった沖縄』有斐閣新書、一九八七年。

新崎盛暉『沖縄現代史　新版』岩波新書、二〇〇五年。

池宮正治「琉球文学総論」、『岩波講座　日本文学史　第一五巻　琉球文学、沖縄の文学』岩波書店、一九九六年。

石川巧、川口隆行編『戦争を〈読む〉』ひつじ書房、二〇一三年。

石川為丸「目取真俊「水滴」論」、『琉球新報』一九九七年七月一二日。

井上ひさし、小森陽一編著『座談会昭和文学史』第五巻、集英社、二〇〇四年。

岩崎文人『原民喜――人と文学』勉誠出版、二〇〇三年。

岩崎文人「GHQ／SCAP占領下の大田洋子」、『国文学攷』一九七号、二〇〇八年三月。

岩崎稔、上野千鶴子、北田暁大、小森陽一、成田龍一編著『戦後日本スタディーズ』全三巻、紀伊國屋書店、二〇〇八―二〇〇九年。

岩崎稔、大川正彦、中野敏男、李孝徳編著『継続する植民地主義　ジェンダー／民族／人種／階級』青弓社、二〇〇五年。

岩永悌二「長崎・原子爆弾記――私の長崎原爆体験記」、『原爆前後』ⅩⅩⅨ、思い出集世話人、一九七四年。

上田三四二、黒井千次、柄谷行人「創作合評　小説の中の生と死」、『群像』一九七七年一一月。

内海宏隆「林京子『祭りの場』論――序説」、『芸術至上主義文芸26』二〇〇〇年一一月。

内海宏隆「林京子『祭りの場』論――初期作品の考察を中心として」、『芸術至上主義文芸27』二〇〇一年一一月。

江刺昭子『草饐――評伝・大田洋子』濤書房、一九七一年。

江刺昭子「大田洋子論」、『国文学　解釈と鑑賞』一九八五年八月。

江口渙「文藝時評」、『新日本文学』一九五二年二月。

江口渙「大田洋子に答える」、『近代文學』一九五三年三月。

遠藤周作、後藤明生、水上勉「読書鼎談」、『文藝』一九七五年一一月。

大江健三郎選、日本ペンクラブ編『何とも知れない未来に』集英社文庫、一九八三年。

大里恭三郎「『祭りの場』（林京子）――記録と批評の文体」、『国文学　解釈と鑑賞』一九八五年八月。

大城立裕「沖縄文学の可能性」、『国語通信』二七七号、一九八五年八月。

大城立裕、又吉栄喜、仲程昌徳「座談会「水滴」の波紋――沖縄文学を語る」上下、『琉球新報』一九九七年七月二二、二三日。

大城立裕『大城立裕全集』全一三巻、勉誠出版、二〇〇二年。

大田洋子『屍の街』中央公論社、一九四八年。

大田洋子『屍の街』冬芽書房、一九五〇年。

大田洋子「原民喜の死について」、『近代文學』一九五一年八月。

大田洋子『大田洋子集』全四巻、三一書房、一九八二年。

大野隆之「大城立裕「カクテル・パーティー」を読み直す――文化論としての「カクテル・パーティー」」、『沖縄文化』一一一号、二〇一二年七月。

大野光明『沖縄闘争の時代1960/1970――分断を乗り越える思想と実践』人文書院、二〇一四年。

岡真理『思考のフロンティア　記憶/物語』岩波書店、二〇〇〇年。

岡野八代『法の政治学――法と正義とフェミニズム』青土社、二〇〇二年。

岡本恵徳『沖縄文学の地平』三一書房、一九八一年。

岡本恵徳『現代沖縄の文学と思想』沖縄タイムス社、一九八一年。

岡本恵徳『現代文学にみる沖縄の自画像』高文研、一九九六年。

岡本恵徳、マイク・モラスキー、親泊仲真「座談会「水滴」と沖縄文学――目取真俊氏の芥川賞」上下、『沖縄タイムス』一九九七年七月二一、二二日。

岡本恵徳「沖縄の小説の現在――内面化への志向」、『敍説XV』一九九七年八月。

岡本恵徳「沖縄戦の「語り」と「水滴」と」、『文学時標』一一六号、一九九七年一〇月。

岡本恵徳『沖縄文学の情景　現代作家・作品をよむ』ニライ社、二〇〇〇年。

岡本恵徳、高橋敏夫編『沖縄文学選　日本文学のエッジからの問い』勉誠出版、二〇〇三年。

岡本恵徳「記録すること　記憶すること――沖縄戦の記憶をめぐって」新崎盛暉、比嘉政夫、家中茂編『地域の自立　シマの力（下）　沖縄から何を見るか、沖縄に何を見るか』コモンズ、二〇〇六年。

小川忠『戦後米国の沖縄文化戦略――琉球大学とミシガン・ミッション』岩波書店、二〇一二年。

沖縄タイムス社編『沖縄戦記　鉄の暴風』沖縄タイムス社、一九五〇年。

沖縄タイムス社編『庶民がつづる　沖縄戦後生活史』沖縄タイムス社、一九九八年。

沖縄文学全集刊行委員会編『沖縄文学全集』全二〇巻、国書刊行会、一九九〇年―（刊行中）。

「沖縄を知る事典」編集委員会編『沖縄を知る事典』日外アソシエーツ、二〇〇〇年。

桶谷秀昭「読む者の心を強くうつ力作　林京子『ギヤマン　ビードロ』」、『海』一九七八年九月。

長田新編『原爆の子――広島の少年少女のうったえ』上下巻、岩波文庫、一九九〇年。

小田切秀雄編『原子力と文学』大日本雄弁会講談社、一九五五年。

小田切秀雄「『水滴』は普遍の主題を語りかける」、『文学時標』一一四号、一九九七年八月。

尾西康充「大田洋子――ジャーナリズムの自主規制と文壇からの排除に抵抗して」、『民主文学』二〇一一年一〇月。

柿谷浩一編『日本原発小説集』水声社、二〇一一年。

「核戦争の危機を訴える文学者の声明」署名者＝編集世話人『日本の原爆文学』全一五巻、ほるぷ出版、一九八三年。

金井景子「作家案内——林京子」林京子『祭りの場・ギヤマン　ビードロ』講談社文芸文庫、一九八八年。

鹿野政直『戦後沖縄の思想像』朝日新聞社、一九八七年。

鹿野政直『沖縄の戦後思想を考える』岩波書店、二〇一一年。

我部聖「大城立裕をめぐる批評言説のポリティクス——米須興文の言説を中心に」、『琉球アジア社会文化研究』七号、二〇〇四年一一月。

我部聖「「日本文学」の編成と抵抗——『琉大文学』における国民文学論」、『言語情報科学』七号、二〇〇九年三月。

亀井千明「大田洋子論・序説——〈原爆作家〉としての神話／からの逸脱」、『原爆文学研究3』二〇〇四年八月。

亀井千明「昭和二五年版『屍の街』の文脈——大田洋子が見極めた被爆五年後」、『原爆文学研究4』二〇〇五年八月。

亀井千明「大田洋子と原爆と志賀直哉——原爆に対する文学の作用をめぐって」、『原爆文学研究5』二〇〇六年一〇月。

川口隆行『原爆文学という問題領域《プロブレマティーク》　増補版』創言社、二〇一一年。

川田文子「街を記録する大田洋子——『夕凪の街と人と——一九五三年の実態』論」、『原爆文学研究10』、二〇一一年一二月。

川田文子『赤瓦の家——朝鮮から来た従軍慰安婦』筑摩書房、一九八七年。

川西政明『一つの運命。——原民喜論』講談社、一九八〇年。

川村湊『風を読む　水に書く——マイノリティー文学論』講談社、二〇〇〇年。

川村湊『原発と原爆——「核」の戦後精神史』河出ブックス、二〇一一年。

川村湊『震災・原発文学論』インパクト出版会、二〇一三年。

柄谷行人、中上健次、川村二郎「創作合評」、『群像』一九八二年二月。

キャシー・カルース『トラウマ・歴史・物語　持ち主なき出来事』下河辺美知子訳、みすず書房、二〇〇五年。

北村毅『死者たちの戦後誌——沖縄戦跡をめぐる人びとの記憶』御茶の水書房、二〇〇九年。

吉川清『「原爆一号」といわれて』ちくまぶっくす、一九八一年。

木下順二、高橋英夫、三木卓「創作合評　文学のテーマたり得るもの」、『群像』一九七八年一月。

木下順二、高橋英夫、三木卓「創作合評　〝未清算の過去〟について」、『群像』一九七八年三月。

木村朗子『震災後文学論——あたらしい日本文学のために』青土社、二〇一三年。

金富子『継続する植民地主義とジェンダー――「国民」概念・女性の身体・記憶と責任』世織書房、二〇一一年。

具志堅隆松『ぼくが遺骨を掘る人「ガマフヤー」になったわけ。――サトウキビの島は戦場だった』合同出版、二〇一二年。

楠田剛士「一九五三年のルポルタージュ／文学」、『原爆文学研究4』二〇〇五年八月。

久保田正文、佐々木基一、荒正人、奥野健男「文藝時評」、『近代文學』一九五四年一二月。

熊野純彦『差異と隔たり　他なるものへの倫理』岩波書店、二〇〇三年。

栗原貞子『核・天皇・被爆者』三一書房、一九七八年。

黒古一夫『原爆とことば　原民喜から林京子まで』三一書房、一九八三年。

黒古一夫『原爆文学論――核時代と想像力』彩流社、一九九三年。

黒古一夫「「沖縄文学」と目取真俊」上中下、『琉球新報』一九九七年七月二五、二九、三〇日。

黒古一夫「パラダイムの転換は可能か？――目取真俊『水滴』に触発されて」、『文学時標』一一四号、一九九七年八月。

黒古一夫『21世紀の若者たちへ4　原爆は文学にどう描かれてきたか』八朔社、二〇〇五年。

黒古一夫『林京子論　「ナガサキ」・上海・アメリカ』日本図書センター、二〇〇七年。

香内信子「林京子論」、『国文学　解釈と鑑賞』一九八五年八月。

髙口智史「目取真俊・沖縄戦から照射される〈現在〉――「風音」から「水滴」へ」、『社会文学』三一号、二〇一〇年二月。

ドゥルシラ・コーネル『脱構築と法――適応の彼方へ』仲正昌樹監訳、御茶の水書房、二〇〇三年。

小林昭「沖縄と目取真俊の文学」、『民主文学』二〇〇六年八月。

小林八重子「わが内なる「その日」を見給え　林京子「祭りの場」」、『民主文学』一九九四年八月。

小林八重子「林京子の原爆文学――『ギヤマン　ビードロ』を中心に」、『民主文学』一九八六年八月。

呉屋美奈子「戦後沖縄における「政治と文学」――『琉大文学』と大城立裕の文学論争」、『図書館情報メディア研究』四巻一号、二〇〇六年九月。

近藤健一郎『沖縄・問いを立てる2　方言札――ことばと身体』社会評論社、二〇〇八年。

酒井直樹『日本／映像／米国　共感の共同体と帝国的国民主義』青土社、二〇〇七年。

榊二郎「受賞作を読む　第一一七回芥川賞『水滴』」、『Voice』一九九七年一一月。

佐々木基一「大田洋子『人間檻褸』」、『多喜二と百合子』四巻五号、一九五六年八月。

佐々木基一「世論と感覚の間　注目された今年の作品（二）」、『文學界』一九五五年一二月。

佐佐木幸綱「鎮めきれない〈過去〉」、『文學界』一九七八年八月。

笹本征男『米軍占領下の原爆調査　原爆加害国になった日本』新幹社、一九九五年。

佐藤泉『戦後批評のメタヒストリー　近代を記憶する場』岩波書店、二〇〇五年。

佐藤武「『広島・長崎における原子爆弾の影響』について」DVD『広島・長崎における原子爆弾の影響〔完全版〕』（日映映像、二〇一〇年）付属資料。

重里徹也「長堂英吉取材メモ」、『敍説XV』一九九七年八月。

繁沢敦子『原爆と検閲　アメリカ人記者たちが見た広島・長崎』中公新書、二〇一〇年。

篠崎美生子「温存される〈浦上燔祭説〉——原爆死の意味づけと戦後天皇制をめぐって」、『社会文学』三八号、二〇一三年七月。

島村幸一「マイノリティー文学としての戦後沖縄文学——『水滴』に触れて」、『立正大学國語國文』四六号、二〇〇七年度。

下河辺美知子『歴史とトラウマ　記憶と忘却のメカニズム』作品社、二〇〇〇年。

下河辺美智子『トラウマの声を聞く　共同体の記憶と歴史の未来』みすず書房、二〇〇六年。

朱恵足「沖縄の「身体」を書く——戦後の沖縄の小説を考える」勝方＝稲福恵子、前嵩西一馬編『沖縄学入門』昭和堂、二〇一〇年。

敍説編集部「記憶の固執——山田かん氏に聞く」、『敍説XIX』一九九九年八月。

新城郁夫『沖縄文学という企て——葛藤する言語・身体・記憶』インパクト出版会、二〇〇三年。

新城郁夫『到来する沖縄——沖縄表象批判論』インパクト出版会、二〇〇七年。

新城郁夫編『沖縄・問いを立てる3　攪乱する島——ジェンダー的視点』社会評論社、二〇〇八年。

新城郁夫『沖縄を聞く』みすず書房、二〇一〇年。

新城郁夫『沖縄の傷という回路』岩波書店、二〇一四年。

陣野俊史『世界史の中のフクシマ——ナガサキから世界へ』河出ブックス、二〇一一年。

鈴木智之『眼の奥に突き立てられた言葉の銛——目取真俊の〈文学〉と沖縄戦の記憶』、晶文社、二〇一三年。

高雄きくえ「「原爆乙女」とジェンダー——なにが彼女たちに渡米治療を決意させたのか」、『女性史学』二〇号、二〇一〇年。

高木信「林京子「空罐」の〈亡霊〉的時空、あるいは記憶の感染の（不）可能性」助川幸逸郎、相沢毅彦編『可能性としてのリテラシー教育21世紀の〈国語〉の授業にむけて』ひつじ書房、二〇一一年。

高里鈴代、宮城晴美、大越愛子、井桁碧「沖縄・基地問題・暴力」大越愛子、井桁碧編『戦後・暴力・ジェンダー2　脱暴力へのマトリックス』青弓社、二〇〇七年。

高野庸一「戦争責任論の新しい提起　目取真俊の『水滴』について」、『文学時標』一一四号、一九九七年八月。

高橋哲哉『犠牲のシステム　福島・沖縄』集英社新書、二〇一二年。

高嶺朝一『知られざる沖縄の米兵——米軍基地15年の取材メモから』高文研、一九八四年。

竹内栄美子『女性作家が書く』日本古本通信社、二〇一三年。

武山梅乗『不穏でユーモラスなアイコンたち——大城立裕の文学と〈沖縄〉』晶文社、二〇一三年。

田仲康博『風景の裂け目——沖縄、占領の今』せりか書房、二〇一〇年。

田仲康博編『占領者のまなざし——沖縄／日本／米国の戦後』せりか書房、二〇一三年。

ジョン・ダワー『容赦なき戦争　太平洋戦争における人種差別』猿谷要監修、斎藤元一訳、平凡社ライブラリー、二〇〇一年。

ジョン・ダワー『増補版　敗北を抱きしめて　第二次大戦後の日本人』上巻　三浦陽一・高杉忠明訳、下巻　三浦陽一、高杉忠明、田代泰子訳、岩波書店、二〇〇四年。

塚原理恵「大田洋子『屍の街』が語りかけるもの」、『民主文学』一九九五年六月。

津久井喜子『破壊からの誕生——原爆文学の語るもの』明星大学出版部、二〇〇五年。

天満尚仁「単独性としての〈沖縄戦《きおく》〉——目取真俊「水滴」論」、『立教大学日本文学』二〇〇九年一二月。

ジャック・デリダ『たった一つの、私のものではない言葉——他者の単一言語使用』守中高明訳、岩波書店、二〇〇一年。

ジャック・デリダ『火ここになき灰』梅木達郎訳、松籟社、二〇〇三年。

ジャック・デリダ『法の力』堅田研一訳、法政大学出版局、一九九九年。

ジョン・W・トリート『グラウンド・ゼロを書く——日本文学と原爆』水島裕雅、成定薫、野坂昭雄監訳、法政大学出版局、二〇一〇年。

鳥山淳編『沖縄・問いを立てる5　イモとハダシ――占領と現在』社会評論社、二〇〇九年。

鳥山淳『沖縄／基地社会の起源と相克　1945―1956』勁草書房、二〇一三年。

永井隆『長崎の鐘』アルバ文庫、一九九五年。

長岡弘芳『原爆文学史』風媒社、一九七三年。

中上健次、古屋健三「対談時評　小説家の覚悟」、『文學界』一九七七年五月。

中上健次、津島佑子、三田誠広、高橋三千綱、高城修三「われらの文学的立場――世代論を超えて」、『文學界』一九七八年十月。

長堂英吉「本町通り界隈――黒人街再訪記」、『新沖縄文学』三二号、一九七六年六月。

中野和典「「原爆乙女」の物語」、『原爆文学研究1』二〇〇二年八月。

中野和典「心象風景としての被爆都市――大田洋子『夕凪の街と人と――一九五三年の実態』論」、『原爆文学研究4』二〇〇五年八月。

中野和典「触媒としての身体――大田洋子「暴露の時間」論」、『原爆文学研究6』、二〇〇七年一二月。

中野和典「空洞化する言説――井上光晴『西海原子力発電所』論」、『原爆文学研究10』二〇一一年一二月。

中野和典「「原爆／原発小説」の修辞学」、『原爆文学研究12』二〇一三年一二月。

中野孝次「新著月評　事実と表現のあいだ」、『群像』一九七八年八月。

中野敏男、波平恒男、屋嘉比収、李孝徳編著『沖縄の占領と日本の復興　植民地主義はいかに継続したか』青弓社、二〇〇六年。

長野秀樹「原爆は「神の摂理」か――永井隆の前景と後景」、『叙説XIX』一九九九年八月。

仲程昌徳『沖縄の戦記』朝日選書、一九八二年。

仲程昌徳『原民喜ノート』勁草書房、一九八三年。

仲程昌徳「沖縄近代文学の一系譜」、『現代詩手帖』一九九一年一〇月。

仲程昌徳「目取真俊「水滴」を読む」上下、『琉球新報』一九九七年七月一八、二一日。

仲程昌徳『アメリカのある風景――沖縄文学の一領域』ニライ社、二〇〇八年。

中村三春「レトリックは伝達するか――原民喜「鎮魂歌」のスタイル」、『山形大学紀要（人文科学）』一二巻三号、一九九二年一月。

仲村豊「自責と再出発──目取真俊「水滴」」、『社会評論』一九九七年一〇月。

中谷いずみ『その「民衆」とは誰なのか　ジェンダー・階級・アイデンティティ』青弓社、二〇一三年。

中山昭彦「〈アイヌ〉と〈沖縄〉をめぐる文学の現在──向井豊昭と目取真俊」小森陽一、富山太佳夫、沼野充義、兵藤裕己、松浦寿輝編『岩波講座　文学13』岩波書店、二〇〇三年。

成田龍一「解説「被爆」と「被曝」をつなぐもの」、『西海原子力発電所／輸送』講談社文芸文庫、二〇一四年。

日韓共同「日本軍慰安所」宮古島調査団著、洪玧伸編『戦場の宮古島と慰安所──12のことばが刻む「女たちへ」』なんよう文庫、二〇〇九年。

日本弁護士連合会編『売春と前借金』高千穂書房、一九七四年。

丹羽文雄、本多顕彰、小田切秀雄「創作合評」、『群像』一九五五年一月。

野坂昭雄「峠三吉の詩──目取真俊「水滴」と戦争詩を補助線として」、『原爆文学研究4』二〇〇五年八月。

野間宏、佐々木基一、秋山駿「創作合評　生存の底にあるもの」、『群像』一九七七年八月。

ジョン・ハーシー『ヒロシマ〔増補版〕』石川欣一、谷本清、明田川融訳、法政大学出版局、二〇〇三年。

長谷川綾子「大田洋子「屍の街」」、『民主文学』二〇〇四年三月。

服部達、奥野健男、日野啓「小説世界の現情」、『新日本文学』一九五四年九月。

ジュディス・バトラー『触発する言葉──言語・権力・行為体』竹村和子訳、岩波書店、二〇〇四年。

花田俊典『沖縄はゴジラか──〈反〉・オリエンタリズム／南島／ヤポネシア』花書院、二〇〇六年。

浜川仁「目取真俊の「水滴」──嘘物言い《ゆくしむぬいい》の真実」、『うらそえ文芸』一〇号、二〇〇五年五月。

早川雅之「ナガサキを描いた三人の女性作家──佐多稲子・後藤みな子・林京子」、『社会文学』四号、一九九〇年七月。

林京子、野呂邦暢「昭和二〇年八月九日──芥川賞受賞作「祭りの場」をめぐって」、『文學界』一九七五年九月。

林京子「《講演》八月九日からトリニティまで」、『芸術至上主義文芸27』二〇〇一年一一月。

林京子、内海宏隆、河野基樹「《鼎談》林京子さんを囲んで」、『芸術至上主義文芸27』二〇〇一年一一月。

林京子『林京子全集』全八巻、日本図書センター、二〇〇五年。

林京子、〔聞き手〕島村輝『被爆を生きて──作品と生涯を語る』岩波ブックレット、二〇一一年。

林房雄、中野好夫、北原武夫「創作合評」、『群像』一九四九年一〇月。

原民喜『夏の花・心願の国』新潮文庫、一九七三年。

比嘉豊光、西谷修編『フォト・ドキュメント　骨の戦世《イクサユ》　65年目の沖縄戦』岩波ブックレット、二〇一〇年。

檜山久雄「大田洋子著『半人間』」、『近代文學』一九五四年十月。

平林たい子「大田洋子さんと私」、『別冊文藝春秋』一九五六年六月。

平山三男「林京子論――意味としての原爆文学」、『関東学院大学文学部紀要』四三号、一九八五年三月。

スーザン・ブーテレイ『目取真俊の世界《オキナワ》――歴史・記憶・物語』影書房、二〇一一年。

深津謙一郎「記憶を分有すること――林京子と文学の領分」、『千年紀文学』五七号、二〇〇五年七月。

深津謙一郎「「八月九日」の〈亡霊〉――林京子『ギヤマン　ビードロ』論」、『共立女子大文芸学部紀要』五七集、二〇一一年一月。

福間良明『焦土の記憶　沖縄・広島・長崎に映る戦後』新曜社、二〇一一年。

藤澤健一編『沖縄・問いを立てる6　反復帰と反国家――「お国は?」』社会評論社、二〇〇八年。

フロイト「喪とメランコリー」伊藤正博訳『フロイト全集14』新宮一成、本間直樹、伊藤正博、須藤訓任、田村公江訳、岩波書店、二〇一〇年。

堀場清子『禁じられた原爆体験』岩波書店、一九九五年。

洪玧伸「沖縄から広がる戦後思想の可能性――戦場における女性の体験を通じて」、大越愛子、井桁碧編『戦後・暴力・ジェンダー1　戦後思想のポリティクス』青弓社、二〇〇五年。

本多秋五「人間襤褸」、『近代文學』一九五二年一一月。

正宗白鳥「読書雑記」、『中央公論』一九五六年一一月。

又吉栄喜「受賞のことば」、『すばる』一九八〇年一二月。

松下博文「沖縄戦と〈きれいな標準語〉――目取真俊「水滴」への視角」、『語文研究』九州大学国語国文学会、二〇〇六年六月。

松下優一「作家・大城立裕の立場決定――「文学場」の社会学の視点から」、『三田社会学』一六号、二〇一一年七月。

丸川哲史「世/代の継承――目取真俊と崎山多美を切り口として」、『ユリイカ』二〇〇一年八月。

丸川哲史『冷戦文化論　忘れられた曖昧な戦争の現在性』双風舎、二〇〇五年。

マルクス『資本論（一）』エンゲルス編、向坂逸郎訳、岩波文庫、一九六九年。

道場親信『占領と平和　〈戦後〉という経験』青土社、二〇〇五年。

宮沢剛「目取真俊「水滴」論――幽霊と出会うために」中山昭彦、島村輝、飯田祐子、高橋修、吉田司雄編『文学の闇／近代の「沈黙」　文学年報1』世織書房、二〇〇三年。

宮城悦二郎『占領者の眼――アメリカ人は〈沖縄〉をどう見たか』那覇出版社、一九八二年。

宮城晴美『新版　母の遺したもの　沖縄・座間味島「集団自決」の新しい事実』高文研、二〇〇八年。

宮原昭夫、黒井千次「対談時評」、『文學界』一九七五年七月。

村山敏勝『（見えない）欲望へ向けて――クィア批評との対話』人文書院、二〇〇五年。

銘苅純一「喋る傷口――大城立裕「カクテル・パーティー」論」、『社会文学』三九号、二〇一四年二月。

目取真俊『風音　The Crying Wind』リトル・モア、二〇〇四年。

目取真俊『沖縄「戦後」ゼロ年』生活人新書、二〇〇五年。

目取真俊『目取真俊短篇小説選集』全三巻、影書房、二〇一三年。

マイク・モラスキー『占領の記憶／記憶の占領　戦後沖縄・日本とアメリカ』鈴木直子訳、青土社、二〇〇六年。

森敦、川村二郎、田久保英夫「創作合評　血縁と神話」、『群像』一九七七年四月。

森啓輔「沖縄社会運動を「聴く」ことによる多元的ナショナリズム批判へ向けて――沖縄県東村高江の米軍ヘリパッド建設に反対する座り込みを事例に」、『沖縄文化研究』三九号、二〇一三年三月。

森啓輔「直接行動空間の解釈学――沖縄県東村高江の米軍基地建設に反対する座り込みを事例に」、『社会システム研究』二九号、二〇一四年九月。

屋嘉比収、近藤健一郎、新城郁夫、藤澤健一、鳥山淳編『沖縄・問いを立てる1　沖縄に向き合う――まなざしと方法』社会評論社、二〇〇八年。

屋嘉比収編『沖縄・問いを立てる4　友軍とガマ――沖縄戦の記憶』社会評論社、二〇〇八年。

屋嘉比収『沖縄戦、米軍占領史を学びなおす――記憶をいかに継承するか』世織書房、二〇〇九年。

柳井貴士「不可視なものとの抗いにむけて――目取真俊論」、『文藝と批評』二〇一二年一一月。

柳井貴士「語りの位相変化――「カクテル・パーティー」をめぐる沈黙の問題」、『社会文学』三九号、二〇一四年二月。

山川文太「創刊号の創作を読んで」、『新沖縄文学』二号、一九六六年七月。

山谷哲夫『沖縄のハルモニ〈大日本売春史〉』晩聲社、一九七九年。

山田盟子『慰安婦たちの太平洋戦争　沖縄編　闇に葬られた女たちの戦記』光人社、一九九二年。

山本昭宏『核エネルギー言説の戦後史1945―1960――「被爆の記憶」と「原子力の夢」』人文書院、二〇一二年。

横手一彦「長崎原爆を長崎浦上原爆と読みかえる――林京子『長い時間をかけた人間の経験』を軸に」、『社会文学』三一号、二〇一〇年二月。

吉原公一郎『第七艦隊　アメリカ極東戦略のシンボル』三一新書、一九六七年。

米山リサ『暴力・戦争・リドレス　多文化主義のポリティクス』岩波書店、二〇〇三年。

米山リサ『広島　記憶のポリティクス』小沢弘明、小澤祥子、小田島勝浩訳、岩波書店、二〇〇五年。

李静和編『残傷の音　「アジア・政治・アート」の未来へ』岩波書店、二〇〇九年。

ロバート・J・リフトン『ヒロシマを生き抜く　精神史的考察』上下巻、桝井迪夫、湯浅信之、越智道雄、松田誠思訳、岩波現代文庫、二〇〇九年。

琉球新報社編『沖縄短編小説集――「琉球新報短編小説賞」受賞作品』琉球新報社、一九九三年。

和田春樹『朝鮮戦争』岩波書店、一九九五年。

渡邊澄子『林京子――人と文学　〝見えない恐怖〟の語り部として』長崎新聞社、二〇〇五年。

渡邉正彦「現代作家を読む　林京子――長崎・一九四五年八月九日の語り部」、『月刊国語教育』一九九八年四月。

「芥川賞選評」、『文藝春秋』一九六七年九月。

「芥川賞選評」、『文藝春秋』一九七五年九月。

「芥川賞選評」、『文藝春秋』一九九七年九月。

『EDGE』五号（特集・目取真俊解体全書）一九九七年一〇月。

『週刊朝日臨時増刊　長崎医大原子爆弾救護報告』一九七〇年七月。

「選後評」、『文藝春秋』一九五四年九月。

「第十八回群像新人文学賞　選評」、『群像』一九七五年六月。

「第二十七回九州芸術祭文学賞　選評」、『文學界』一九九七年四月。

「第四回すばる文学賞発表　選評」、『すばる』一九八〇年一二月。

『「中国文化」原子爆弾特集号復刻並に抜き刷り（二号〜一八号）』、（初出一九四六年三月）、「中国文化」復刻刊行の会、一九八一年。


【新聞資料】


「米兵〝日の丸〟を盗む」、『沖縄タイムス』一九六五年一月四日。

「日の丸事件で警告」、『琉球新報』一九六五年一月一六日。

「「日の丸」盗まれる」、『琉球新報』一九六五年六月二四日。

「米兵の日本国旗損壊にたいする抗議決議」、『琉球新報』一九六五年六月二六日。

「B52沖縄から発進」、『琉球新報』一九六五年七月三〇日。

「ワッソン施政の一年」、『琉球新報』一九六五年八月二日。

「佐藤首相の訪沖と日の丸」、『琉球新報』一九六五年八月一〇日。

「日の丸掲揚　首相の来島中」、『沖縄タイムス』夕刊、一九六五年八月一七日。

「感慨胸に迫る思い　佐藤首相ステートメント」、『沖縄タイムス』夕刊、一九六五年八月一九日。

「迎える会25万人動員」、『琉球新報』一九六五年八月一九日。

「日米協調高める」、『沖縄タイムス』一九六五年八月二〇日。

「琉球新報創刊八〇年懸賞小説決定発表」、『琉球新報』一九七三年一二月五日。

「内にこもる怒りの情感　林京子著『祭りの場』」、『朝日新聞』一九七五年八月一八日。

「消えがたい映像三〇年　控え目で落ち着いた文体　林京子著『祭りの場』」、『読売新聞』一九七五年八月一八日。

初出一覧

初出一覧は次の通りである。いずれも本書をまとめるにあたり、加筆修正した。

序章　書き下ろし

第一章　原爆文学と批評――大田洋子をめぐって

「原爆文学と批評――大田洋子をめぐって」、ひろしま女性学研究所編『言葉が生まれる、言葉を生む　カルチュラルタイフーン2012 in 広島　ジェンダー・フェミニズム篇』ひろしま女性学研究所、二〇一三年。

第二章　原爆を見る眼――大田洋子「ほたる――「H市歴訪」のうち」

「原爆を見る眼――大田洋子「ほたる」論」、『立命館言語文化研究』二五巻二号、立命館大学国際言語文化研究所、二〇一四年一月。

第三章　半人間の射程と限界――大田洋子「半人間」

「〈半人間〉の射程と限界――大田洋子「半人間」論」、『原爆文学研究13』二〇一四年一二月。

第四章　来るべき連帯に向けて――長堂英吉「黒人街」

「〈他者〉との連帯の可能性に向けて――長堂英吉「黒人街」論」、『昭和文学研究』六六集、二〇一三年三月。

第五章　沈黙へのまなざし――大城立裕「カクテル・パーティー」

「沈黙へのまなざし――大城立裕「カクテル・パーティー」におけるレイプと法」、新城郁夫編『沖縄・問いを立てる3　攪乱する島――ジェンダー的視点』社会評論社、二〇〇八年。

第六章　骨のざわめき――嶋津与志「骨」と沖縄の現在　書き下ろし

第七章　せめぎ合う語りの場――林京子「祭りの場」

「せめぎあう語りの場――林京子「祭りの場」論」、『社会文学』三八号、二〇一三年七月。

第八章　体験を分有する試み――林京子『ギヤマン　ビードロ』

「体験を分有する試み――林京子『ギヤマン　ビードロ』論」、『日本近代文学』八五集、二〇一一年一一月。

第九章　原発小説を読み直す——井上光晴「西海原子力発電所」
「原発小説を読み直す——井上光晴『西海原子力発電所』を中心に」、『Quadrante』一四号、東京外国語大学海外事情研究所、二〇一二年三月。
第十章　亡霊は誰にたたるか——又吉栄喜「ギンネム屋敷」
「〈亡霊〉は誰にたたるか——又吉栄喜「ギンネム屋敷」論」、『地域研究』一三号、沖縄大学地域研究所、二〇一四年三月。
第十一章　音の回帰——目取真俊「風音」
次の論考の問題意識の一部を引き継ぎ、全面改稿。
「喪失、空白、記憶——目取真俊「風音」をめぐって」、『琉球アジア社会文化研究』一〇号、琉球アジア社会文化研究会、二〇〇七年七月。
第十二章　循環する水——目取真俊「水滴」
「循環する水——目取真俊「水滴」論」、『日本近代文学』八〇集、二〇〇九年五月。
終章　書き下ろし

あとがき

広島に原爆が落とされたとき、私の母方の祖母は当時中学生だった弟を探しに広島市内に赴き、入市被爆したのだそうだ。祖母の弟はついに帰らず、見つかることもなかったという。これは母から聞いた話である。祖母は私が物心つく前に亡くなってしまった。

私は広島市内から約六〇キロ離れた広島県三原市で育った。ずっと三原で暮らしてきた父方の祖母は、「原爆が落ちたときには三原からも妙な雲が見えた」と私に語ってくれた。その距離感とイメージはとんと私の胸に落ちた。自分に連なる数人の人間をたどれば行き当たらずにはいられない、しかし自分がその渦中にいるのではない出来事。そのようなものとして、私は原爆を捉えていた。

やがて私は琉球大学に進学し、二〇〇〇年から二〇〇八年まで沖縄で暮らした。大学生活を楽しむうちに、最初は大きな衝撃を感じたはずの沖縄の「異常」な風景――講義中に二重の窓を突き破って耳に届く軍用機の爆音、どこまでも途切れることのない基地のフェンスなど――が次第に「日常」になっていくのを感じ、私はそれに当惑していた。大学図書館で沖縄出身の友人に薦められ、大城立裕『カクテル・パーティー』を手に取ったのはその頃のことである。ページをめくると、わからないこと、知らないことが次々と目の前にあらわれた。そのわからなさに引きつけられて夢中で読んだ。文学を通して戦後沖縄の問題について考えたいと思うようになったのはこの読書体験があったからだ。だが、二〇〇一年の同時多発テロの衝撃や二〇〇四年の沖縄国際大学への米軍ヘリ墜落事件への直面を経て、次第に私は文学の世界だけに留まることができなくなっていった。名護市辺野古や、東村高江での座り込みにおずおずと顔を出し、多くの人と出会う中で、文学に描かれた沖縄といま自分が暮らしている沖縄が重なり合うような瞬間を何度も体験した。

一方、沖縄戦や米軍占領下の痛みを描く沖縄文学を読み進めるにつれて、体験を持たない者がどのように体験や痛みを分有できるのか、出来事の記憶とはいかなるものかなどの「沖縄」の枠を超える問いも頭をもたげてきた。そのため、東京大学大学院の博士課程に進学して以降は沖縄文学の研究を継続しながら、自分にとって近くて遠い出来事だった原爆を主題とする文学にも向き合っていくことに決めた。そして林京子についての最初の論文をなんとか書き上げようとしていたとき、東日本大震災が起きた。

被害のすさまじさに呆然とし、三月一一日、一二日は自宅に閉じこもって眠れぬ夜をすごした。テレビで報じられる原発事故の状況は坂道を転がり落ちるように悪化していく。余震と被曝の危険に怯えた私は、三原の実家に一時避難した。避難した後、あの破壊と混乱の中で亡くなった人々、逃れようのなかった人々への想像力を完全に欠いていた自分に気づいたときの情けなさは忘れることができない。原発を描いた文学を探し、読みはじめたのはこの直後からである。

私は沖縄戦も、原爆も、占領下の沖縄も、震災も、原発事故も「当事者」として体験してはいない。隔たった時間、隔たった場所において、及び腰になりながらそれらを主題とする文学を読んできたにすぎない。「当事者」ではない私が、いま・ここから、すでに起こってしまった出来事を語る言葉に出会い直そうとする時、自分が身を置いている状況が作品の読みに強く影響していることをいつも感じている。それは文学研究者としては望ましくない態度なのかもしれない。また、原爆文学と沖縄文学は、本来別個に論じられるべきものなのかもしれない。

しかし複数の出来事から生まれた言葉の渦の間を漂い、揺れ動きながら言葉をつかみとっていくことしか私にはできなかった。また、自分が体験していない出来事の渦中に、あるいはその渦から生まれた流れにいつか流れ着くためには、そのようにして書きついでいくしかないようにも思われた。本書が原爆文学と沖縄文学を行き来する構成をとることとなったのはそのためである。

私はまだ渦の際の穏やかな場所をぐるぐる回っているに過ぎない。本書を手にとってくれた方にここで取り上げた作品に触れてもらえたら、これ以上の喜びはない。新たな読者を巻きこんでこの言葉の渦が広がり、勢いを増していくことを心から願っている。

本書は二〇一四年一一月に東京大学大学院総合文化研究科に提出した博士論文「出来事の残響――〈原爆文学〉と〈戦後沖縄文学〉」を加筆修正したものである。同大学院での指導教員であった小森陽一先生は、作品の細部に拘泥しがちな私に、より広く複雑な文脈を示してくださった。行き詰まったときにいつも助けてくれたのはゼミでともに学んだ村上克尚さん、堀井一摩さんをはじめとする大学院の仲間たちである。ラテンアメリカ研究が本来の専門である藤田護さんからも、ゼミや研究会で多くのコメントをいただいた。みなさんの存在がなければ、本書をまとめることはできなかった。博士論文執筆にあたっては、同大学院のエリス俊子先生、武田将明先生、田尻芳樹先生から大切な言葉を惜しみなく与えていただいた。すばらしい先生方と仲間たちに恵まれたことに感謝したい。

私の研究の出発点となった琉球大学でも、先生方から本当に多くのことを教わった。特に、無知で無礼な学生であった私を学部から修士課程まで根気よくご指導いただいた仲程昌徳先生、新城郁夫先生には感謝の言葉を言い尽くせないほどである。また、故岡本恵徳先生、故屋嘉比収先生の講義を受けることができた幸運をいまになって噛みしめている。そして「先生」と呼ぶことを許してくれない阿部小涼さんの言葉と行動から、どれだけ多くのものを受けとっているかわからない。沖縄を離れてからも、私は先生方の研究に時に圧倒され、時に励まされ、そして常に支えられてきた。

すべての方々のお名前を記すことは到底できないが、大学院や連続ティーチイン沖縄、原爆文学研究会、WINC、日本社会文学会などでお世話になったみなさん、とりわけ伊佐由貴、岩川ありさ、岩崎稔、大野光明、上原こずえ、郭東坤、我部聖、川口隆行、金誾愛、金ヨンロン、小池まり子、高榮蘭、坂口博、逆井聡人、佐藤泉、篠崎美生子、島村輝、高野吾朗、竹内栄美子、土井智義、徳田匡、戸邉秀明、中野和典、中谷いずみ、成田龍一、野坂昭雄、深津謙一郎、藤井貞和、松田潤、水谷明子、森啓輔、吉田裕、李静和の各氏にはお礼を申し上げたい。沖縄や原発をめぐる状況、そして戦争の記憶をめぐる問題が困難を極めていく時代にあって、専門や世代を越えて語り合える豊かな学びの場に身を置けたことは私にとって希望以外の何ものでもなかった。研究や言葉の力を、みなさんが信じさせてくれたのである。

そして「ゆんたく高江」の仲間たち。「ゆんたく」とは沖縄の言葉で「おしゃべり」を意味する。高江についておしゃべりしよう、という名前のこのグループは、オスプレイの離着陸帯となる新たな米軍基地の建設に抵抗しつづける沖縄県東村高江の問題を周知するため、東京のあちこちで小さな活動を積み重ねてきた。私にとって「ゆんたく高江」の活動への参加は東京での生活と沖縄での体験の接続を意味した。高江や辺野古の苦境が伝わってくるたび、絶望に打ちひしがれるより先に自分にできる行動を、と思えたのは「ゆんたく高江」の仲間たちのおかげである。沖縄につながるための行動の片鱗が、本書の言葉に宿っていればいいのだが。

本書の刊行に際しては、インパクト出版会の深田卓さんに大変お世話になった。私のような若輩者の論文を本にしていただけると聞いたとき、どれだけうれしかったことか。また、東京大学大学院生の北山敏秀さん、平井裕香さんには本書の校正にご協力いただいた。心よりお礼を申し上げる。

最後に、離れた場所からいつも応援してくれている両親と、私の研究をあたたかく見守り、支えつづけてくれたパートナーの伊波邦光に尽きぬ感謝を捧げたい。

村上陽子（むらかみようこ）

1981年、広島県生まれ。

東京大学大学院総合文化研究科博士課程修了。博士（学術）。

現在、成蹊大学アジア太平洋研究センター特別研究員および大学非常勤務講師。

専攻は沖縄・日本近現代文学。

論文に「〈半人間〉の射程と限界——大田洋子「半人間」論」（『原爆文学研究13』2014年12月）、「〈亡霊〉は誰にたたるか——又吉栄喜「ギンネム屋敷」論」（『地域研究』13号、2014年3月）など。

出来事の残響——原爆文学と沖縄文学

2015年7月8日　第1刷発行

著　者　村　上　陽　子
発行人　深　田　　　卓
装幀者　宗　利　淳　一
発　行　インパクト出版会
〒113-0033　東京都文京区本郷2-5-11　服部ビル2F
Tel 03-3818-7576　Fax 03-3818-8676
E-mail：impact@jca.apc.org
http:www.jca.apc.org/˜impact/
郵便振替　00110-9-83148

モリモト印刷

年報・死刑廃止　インパクト出版会刊

袴田再審から死刑廃止へ 年報･死刑廃止 2014　2300 円＋税
袴田巌さんは無実で 48 年間、獄中に幽閉された。死刑はあってはならないのだ。

極限の表現 死刑囚が描く 年報･死刑廃止 2013 2300 円＋税
絵画、詩歌句、小説、自伝など極限で描く作品は、死刑囚の生をまざまざと表現する。

少年事件と死刑 年報･死刑廃止 2012　2300 円＋税
更生ではなく厳罰へ、抹殺へとこの国は向かう。少年事件と死刑をめぐり徹底検証。

震災と死刑 年報･死刑廃止 2011　2300 円＋税
あれだけの死者が出てもなぜ死刑はなくならないのか。震災後の今、死刑を問い直す。

日本のイノセンス･プロジェクトをめざして 年報・死刑廃止 2010　2300 円＋税
DNA 鑑定により米国で無実の死刑囚多数を救出したプロジェクトは日本でも可能か。

死刑 100 年と裁判員制度 年報･死刑廃止 2009　2300 円＋税
足利事件・菅家利和さん、佐藤博史弁護士に聞く。

犯罪報道と裁判員制度 年報･死刑廃止 2008　2300 円＋税
光市裁判報道へのＢＰＯ意見書全文掲載。

あなたも死刑判決を書かされる 年報･死刑廃止 2007　2300 円＋税
21 世紀の徴兵制・裁判員制度を撃つ。

光市裁判 年報･死刑廃止 2006　2200 円＋税
なぜメディアは死刑を求めるのか。

オウム事件 10 年 年報･死刑廃止 2005　2500 円＋税
特集２・名張事件再審開始決定／再審開始決定書全文を一挙掲載。

無実の死刑囚たち 年報･死刑廃止 2004　2200 円＋税
誤判によって死を強要されている死刑囚は少なくはない。

死刑廃止法案 年報･死刑廃止 2003　2200 円＋税
上程直前だった死刑廃止議員連盟の廃止法案と 50 年前の死刑廃止法案。

世界のなかの日本の死刑 年報･死刑廃止 2002　2000 円＋税
死刑廃止は世界の流れだ。第 1 回世界死刑廃止大会のレポートなど。

終身刑を考える 年報･死刑廃止 2000 ～ 2001　2000 円＋税
終身刑は死刑廃止への近道なのか。

死刑と情報公開 年報･死刑廃止 99　2000 円＋税
死刑についてのあらゆる情報はなぜ隠されるのか。

犯罪被害者と死刑制度 年報･死刑廃止 98　2000 円＋税
犯罪被害者にとって死刑は癒しになるのか。

死刑―存置と廃止の出会い 年報･死刑廃止 97　2000 円＋税
初めて死刑存置派と廃止派が出会い、議論をした記録。

「オウムに死刑を」にどう応えるか 年報･死刑廃止 96　2000 円＋税
凶悪とはなにか？　90 ～ 95 年の死刑廃止運動の記録。